L'hôte du passage des Postes

Gabriel Philizot

Dépôt légal : avril 2018

ISBN : 979-10-699-2195-5

A mes études de lettres classiques, qui m'ont fourni une grande part de l'inspiration à l'origine de ce livre.

A Barbey d'Aurevilly, qui m'a appris la technique des récits enchâssés.

A Joris Karl Huysmans, auquel j'ai emprunté quelques personnages (puisse-t-il ne pas me reprocher l'usage que j'en ai fait).

SOMMAIRE

CHAPITRE I

SOUFFRANCES DE SORCIER

Hugues Ranolphe jeta un bref coup d'œil sur sa copie et, désemparé, enfouit tristement sa tête dans ses mains. Depuis la mi-septembre et la reprise des cours, c'était la deuxième fois que sa version se soldait par un 2/20 triomphal. Pourtant, deux semaines auparavant, il s'était efforcé de déchiffrer le texte qu'on lui avait soumis, consultant sa grammaire pour déjouer les tournures ambiguës, potassant son dictionnaire pour identifier tous les mots et sacrifiant son sommeil dans l'espoir d'obtenir un simple 10. Mais cela n'avait pas marché : tel un rempart, l'idiome du texte avait rompu tous ses efforts. Pourtant, en parlers étrangers et exotiques, Hugues Ranolphe n'était point un élève médiocre : non seulement il avait pratiqué l'allemand de la sixième jusqu'au bac, mais depuis la quatrième, ses résultats en latin étaient toujours restés corrects et l'apprentissage du grec au début de ses études supérieures ne lui avait posé aucune véritable difficulté. Mais à présent, la situation était différente. Car la langue en question n'était pas une banale langue ancienne, et car l'établissement où il se lamentait n'était pas une faculté ordinaire. Certes, comme lors de toute séance de travaux dirigés, la salle autour de lui rassemblait une foule de jeans, de polos et de chandails notant scrupuleusement des corrections, tandis que résonnait la voix monocorde d'un professeur, et ses murs s'ornaient de vitrines abritant des étagères chargées de revues que feuilletaient seulement, de temps à autre, les professeurs et quelques thésards. Mais ces revues s'intitulaient *Les Héritiers de Merlin* ou *Le Legs de Circé* et elles ne traitaient que de sciences occultes, parce que, bien qu'il fût officiellement inscrit en master I d'histoire à la Sorbonne, Hugues Ranolphe était sorcier et passait le plus clair de ses études à l'Institut libre de magie de Paris.

Parmi tous les établissements d'enseignement supérieur hébergés par la capitale, c'était le plus étrange, le plus merveilleux, et aussi le plus mal loti. A vrai dire, hormis ses étudiants et ses professeurs, personne n'en connaissait l'existence. Pourtant, c'était le seul institut de magie en France, fondé en 1885 par le Cénacle des gardiens, un cercle de quinze magiciens dirigés par un alchimiste breton, Eusèbe Mahé. En le créant, ce dernier avait voulu préserver les connaissances magiques transmises depuis l'Antiquité et permettre à de jeunes sorciers de se former et d'exercer leur art, en dépit d'une société matérialiste et positiviste qui ne jurait plus que par les sciences exactes et leur déniait tout pouvoir. Depuis, bien qu'écartelé entre quatre adresses au cœur du quartier latin, l'institut vivotait, entretenu par la foi de ses enseignants qui se succédaient, sinon de pères en fils, du moins de directeurs de recherches en thésards, et en octobre 2006, il fonctionnait encore à plein régime, n'ayant jamais subi de baisse de ses effectifs. Certes, il n'était pas clandestin : l'administration le connaissait vaguement sous le nom d'Ecole ésotérique et théosophique et elle le laissait tranquille, ignorant parfaitement le contenu des formations que l'on y dispensait. Mais comme elle le rangeait parmi la masse des établissements d'enseignement privé hors contrat, elle ne lui octroyait aucun subside et l'institut ne pouvait compter, pour sa publicité, que sur son maigre budget. Ce handicap ne le dérangeait pas, car la foi de ses professeurs et de son conseil d'administration franchissait tous les obstacles. Dans la cave d'un immeuble au 5, rue Christine, où se trouvaient les presses et la librairie de l'institut, une vieille Linotype composait sans relâche des tracts et des affichettes que d'anciens étudiants en magie distribuaient et placardaient dans toutes les villes de France. A première vue, il ne s'agissait que de vulgaires annonces pour une formation en astrologie à l'Ecole ésotérique et théosophique, mais si celui qui prenait le tract ou déchiffrait l'affiche croyait à la magie, ses yeux se dessillaient et il lisait une description complète de l'institut, avec ses chaires, ses cours et les diplômes proposés. Dans l'absolu, tout le monde aurait pu lire ce véritable message, car tout le monde, théoriquement, pouvait devenir magicien. Il n'y avait point, d'un côté, d'heureux élus naissant avec des pouvoirs merveilleux et, de l'autre, d'infortunés profanes totalement dépourvus de ces capacités. Les puissances surnaturelles, engendrées par la Divinité et répandues dans toute la nature, étaient prêtes à servir chaque homme, pourvu qu'il abandonnât sa confiance naïve en la science, qu'il cessât de se considérer comme tout-puissant, qu'il se soumît à leur autorité et qu'il formulât un authentique acte de foi envers l'irrationnel. Mais en ce XXIe siècle féru de positivisme, beaucoup d'individus s'avéraient incapables d'une telle attitude et à cause de leur blocage psychologique, l'encre enchantée restait muette. Cependant, si une âme croyant sincèrement au surnaturel la lisait, alors, sans retenue, elle lui dévoilait ses secrets.

Hugues Ranolphe était de ces âmes-là. Depuis son plus jeune âge, la plate réalité ne l'avait jamais satisfait et toujours il avait pensé qu'elle dissimulait autre chose. Tout enfant, dans la cour de l'école primaire, il n'osait égratigner l'écorce des platanes de peur d'entendre une voix ligneuse lui formuler d'amères réprimandes, et lorsque sa famille quittait sa ville natale de Châteauroux pour se reposer dans un coin tranquille de la campagne berrichonne, il s'éclipsait subrepticement pour gambader dans la forêt à la recherche d'éventuels lutins ou farfadets, ne revenant qu'au crépuscule, quand sa quête s'était avérée vaine. Naturellement, ses parents en concevaient des frayeurs terribles et, lorsqu'il réapparaissait, ils ne savaient s'ils devaient le gronder ou pleurer de joie parce qu'il ne s'était pas perdu. Leur embarras était d'autant plus grand qu'Hugues Ranolphe refusait d'expliquer les raisons de son absence. Finalement, après l'avoir quelque temps gourmandé, ils s'étaient résolus à le laisser errer dans les bois, du moment qu'il les avertissait de toutes ses sorties et qu'il n'oubliait pas de rentrer à l'heure qu'ils lui avaient prescrite. Grâce à cette tolérance, les convictions d'Hugues n'avaient cessé de s'affermir. A l'âge de neuf ans, il avait été le seul de sa classe à ne pas applaudir un prestidigitateur venu se produire dans son école, parce que les trucages, que pas même les instituteurs n'avaient remarqués, lui semblaient d'une évidence grossière, et à dix ans, lorsque son père l'avait emmené, avec son frère et sa sœur, sur le tombeau de Merlin dans la forêt de Brocéliande, il avait grimacé de dépit et soutenu énergiquement que ce tombeau n'était qu'une fumisterie, parce que, s'il avait été authentique, lui l'aurait senti. Avec l'adolescence, sa haine du rationalisme béat et des banales préoccupations du commun s'était encore renforcée. Au collège, Hugues était le rêveur. Plutôt que de s'intéresser à la dernière série télévisée en vogue ou d'écouter Skyrock ou NRJ, il empruntait dans les bibliothèques des ouvrages sur les dragons, l'hydre de Lerne ou la tarasque, il potassait des études sur la légende de Merlin, de Morgane et de Viviane et relisait sans cesse l'épisode de Circé changeant en porcs les marins d'Ulysse. Ce dernier prodige, il aurait bien voulu le reproduire, mais nulle part il ne connaissait d'association qui prît la magie au sérieux. Les quelques « cercles ésotériques » qu'il avait fréquentés à Châteauroux à partir de son entrée en seconde, sans en parler à ses parents, s'étaient révélés composés d'escrocs et de naïfs dont on soulageait discrètement la bourse. Dégoûté, il allait, à l'approche de son bac de français, s'abandonner au désespoir, quand il examina un tract que lui avait remis, auprès d'un abribus, un homme à barbichette vêtu d'un polo rayé. Tout d'abord, il n'y vit qu'une réclame pour des cours d'astrologie, puis, brusquement, le texte changea sous ses yeux et il lut la description de l'Institut de magie de Paris. Stupéfait, il présenta la feuille à l'un de ses rares amis du lycée, qui n'y vit aucune allusion à cet établissement et lui conseilla de jeter cette publicité pour des charlatans. Mais Hugues n'en fit rien. Comme il était le seul à percevoir le véritable message de ce texte, il avait compris qu'il s'agissait de magie authentique et que les études dont il rêvait lui tendaient les bras. Pendant un mois, cette perspective tourmenta son sommeil – pas au point, cependant, de le faire échouer au bac –, puis, en juillet 2002, il prit son courage à deux mains et montra le tract à ses parents. A sa grande surprise, ces derniers lurent eux aussi la description de l'Institut libre de magie de Paris. En effet, ils n'étaient pas matérialistes et terre à terre comme la plupart de leurs concitoyens, mais avaient toujours professé une sorte de spiritualisme qui leur faisait vaguement admettre l'existence de phénomènes inexplicables par la science. En vérité, les gens de leur espèce n'étaient pas exceptionnels, ils formaient au contraire une forte minorité, mais quand on croyait au surnaturel, il fallait encore suffisamment de profondeur et d'engagement dans sa foi pour entreprendre une carrière de magicien, or les parents d'Hugues Ranolphe n'en étaient pas capables, à la différence de leur fils. Ils avaient donc longtemps hésité, avant de lui permettre de s'installer à Paris pour faire ses études et répondre enfin à sa véritable vocation.

Ainsi, en septembre 2002, Hugues Ranolphe avait reçu de l'institut sa carte d'étudiant en première année de DEUG de magie, imprimée à l'ancienne sur une vénérable presse à bras, l'institut étant trop pauvre pour se payer des ordinateurs et des imprimantes. Toutefois, comme la carrière de magicien ne nourrissait pas son homme dans une société qui récusait le paranormal, il s'était inscrit en histoire à la Sorbonne afin de devenir professeur de lycée ou de collège, imitant en cela ses camarades qui suivaient tous des cours dans les diverses universités parisiennes, afin d'obtenir un métier reconnu comme sérieux par la masse des hommes ordinaires. Malgré cette contrainte psychologique et horaire – car son emploi du temps en était doublement chargé –, ses études de magie avaient toujours tenu la première place dans son cœur. Rapidement, il avait appris à connaître les quatre bâtiments de l'institut, tous réunis dans ce vieux quartier du VIe arrondissement qu'encadraient, non loin de la Seine, le boulevard Saint-Michel et le boulevard Saint-Germain, et il s'était trouvé sa place parmi la centaine d'étudiants qu'accueillait, chaque année, l'établissement fondé par Eusèbe Mahé. De 2002 à 2006, pendant les deux années de DEUG et la licence, on lui avait prodigué une formation générale, lui décrivant les animaux fabuleux, lui enseignant les vertus magiques des plantes et des minéraux et l'initiant à la télékinésie, à la divination et à l'hypnose, tandis qu'une formation en grec ancien lui avait donné accès aux textes des grands magiciens helléniques. Toutefois, le cours qu'il préférait était celui d'histoire de la magie, assuré au 20, rue des Grands Augustins. D'emblée, le titulaire de la chaire, le professeur Emile Chauvet, l'avait séduit. Cet homme était un conteur expert, un puits de science et d'intelligence qui savait captiver ses étudiants avec les actions des grands magiciens et des sorcières illustres. Jamais Hugues

Ranolphe n'avait oublié l'émotion qui l'avait étreint lorsqu'en deuxième année de DEUG, il leur avait raconté la véritable vie de Mélusine, et il se souvenait parfaitement des frissons qui l'avaient parcouru en écoutant la mort d'Empédocle, l'enchanteur philosophe de Sicile, emporté malgré ses sortilèges par les génies malfaisants de l'Etna. Aussi, lorsqu'en s'inscrivant en maîtrise, il avait dû opter pour une discipline principale – parce qu'Eusèbe Mahé, lors de la création de l'institut, avait édicté que chaque étudiant se spécialiserait dans une seule branche, afin de ne point succomber à l'orgueil par suite d'une connaissance intégrale de la magie –, c'était tout naturellement qu'il avait choisi Emile Chauvet comme directeur de recherches pour un mémoire sur les disciples de Circé, quatre fées qui la servaient sur son île au large de l'Italie, quand elle hébergeait Ulysse. Malheureusement, dès la rentrée de septembre, la scolarité en maîtrise ne s'était pas révélée totalement à son goût. En effet, outre le séminaire qu'il devait suivre en plus de celui d'Emile Chauvet, afin de garder quelques contacts avec une autre branche des arts magiques, il lui fallait assister à deux options : un cours de grec, pour combler ses ultimes lacunes, et surtout le cours de langue des magiciens qui se déroulait tous les jeudis, de 9 heures à 10 heures 30, dans la salle même où avaient lieu, chaque mercredi de 10 heures à midi, les leçons si fascinantes de son directeur de recherches. C'était pourquoi, en ce beau 19 octobre 2006, Hugues Ranolphe se morfondait sur la copie d'une version de cette langue et se sentait d'autant plus au bord des larmes qu'il n'entrevoyait aucun remède à cette triste situation.

Lentement, il posa ses mains et releva la tête. Devant un tableau verdâtre, délavé et quelque peu craquelé, le professeur Samuel Tanguy corrigeait le devoir. Natif de Saint-Brieuc, il était entré à l'institut en 1998, comme étudiant, et depuis 2004 il avait entrepris une thèse supervisée par Emile Chauvet. Pour l'aider à accomplir ce travail, la direction lui avait accordé, en tant que moniteur, l'enseignement de la langue des magiciens, dans laquelle il excellait, et ainsi Hugues Ranolphe avait fait sa connaissance dès la licence, puisqu'il avait dû suivre cette année-là une initiation à cet idiome, conformément au règlement. D'emblée, aucun courant n'était passé entre lui et ce professeur. Un homme hautain, mystérieux et impénétrable, tel était Samuel Tanguy, à l'image de cette langue qu'il aimait tant et qui était décidément incompréhensible. De fait, non seulement elle possédait un système de déclinaisons à faire frémir un Latin ou un Grec, une syntaxe où l'on pouvait mettre les mots à n'importe quel endroit de la phrase et des noms changeant presque de forme selon leur fonction, mais ces difficultés s'accompagnaient d'une prononciation aberrante avec une foule de sons bizarres, notamment un coup de glotte devant lequel capitulaient la plupart des étudiants. Hugues Ranolphe ne comprenait pas pourquoi les étudiants en histoire de la magie devaient souffrir avec cette langue, d'autant plus qu'elle était complètement artificielle, qu'elle n'avait été employée que du VIIIe au XVe siècle, par quelques sorciers gallois, irlandais et écossais qui désiraient échanger des grimoires sans qu'un voleur pût les lire, et que tous les ouvrages qui l'illustraient avaient été traduits en latin et en français depuis plus de deux siècles. Emile Chauvet lui-même lui avait avoué que sa maîtrise n'était pas nécessaire pour devenir maître de conférence à l'institut, voire professeur en chaire, et que d'ailleurs lui-même ne la connaissait que peu. Mais il avait ajouté qu'il fallait qu'on l'enseignât, car tel était le vœu d'Eusèbe Mahé en 1885, et c'était pourquoi cette matière comptait dans la note de maîtrise, malgré son faible coefficient. Avec un bon professeur, Hugues aurait pu espérer la comprendre, mais Samuel Tanguy manquait de psychologie et, derrière les mauvaises notes, il ne voulait voir que de la paresse. Brièvement, Hugues contempla son visage carré, au nez pointu, aux tempes rasées et aux cheveux châtains coiffés en brosse. Malgré sa jeunesse, il le trouva empreint de dureté et détourna les yeux.

Autour de lui, une vingtaine d'étudiants en histoire de la magie notait la correction de la version, un extrait d'un traité d'Egmont le Taciturne, obscur mage du pays de Galles qui avait vécu au XIVe siècle. Parmi eux, Hugues Ranolphe se distinguait nettement, d'abord par son apparence physique. Depuis 2002, tout le monde connaissait sa grande silhouette dégingandée d'un mètre quatre-vingt-cinq ainsi que son visage rond profondément juvénile, orné d'yeux bleus toujours cerclés de lunettes rondes et auréolé de cheveux noirs assez mal coiffés. Ses vêtements aussi le séparaient des autres. Parmi les auditeurs de Samuel Tanguy, il portait un veston vert assez râpé, parcouru de fils noirs, et, surtout, il avait une cravate bleue. Depuis le début de ses études supérieures, il arborait toujours cet accessoire qu'il appréciait énormément et dont il ne se défaisait qu'en été, quand il enfilait un t-shirt à rayures. Bien que certains de ses camarades s'en fussent d'abord amusés, tous les étudiants avaient fini par accepter cette particularité, trouvant qu'elle lui donnait du charme, et quelques-uns l'imitaient même dans d'autres séminaires. Hugues Ranolphe s'en réjouissait. Il avait toujours aimé l'élégance des cravates, bien qu'il ne se souciât pas de dandysme : ses pantalons, de fait, ne s'harmonisaient jamais vraiment avec ses vestons. Mais, tel qu'il s'habillait, il était plus attirant que Samuel Tanguy, qui non seulement ne portait pas de cravate, mais unissait à un jean peu propre un pull pendant au coloris brun crasseux.

Les étudiants se taisaient, écoutant leur professeur, et Hugues n'osait les examiner : lors de la correction de la première version, Samuel Tanguy l'avait rabroué parce qu'il laissait simplement vagabonder son regard dans un moment d'inattention. Cependant, tout le monde n'était pas concentré. Au premier rang se trouvait un gros jeune homme blond avec un pull ocre, qui dormait presque sur sa table et qui inspirait à Hugues Ranolphe, depuis le début de ses études de magie, une violente aversion : Wilfried Mahé. C'était l'homme le plus stupide et le plus vulgaire qu'on eût pu imaginer. Dès l'entrée d'Hugues à l'institut, il l'avait accablé de plaisanteries paillardes et lui avait demandé s'il s'était déjà aventuré dans de mauvais lieux. Sa vie privée était déplorable : il passait son temps à draguer les apprenties sorcières et à les laisser tomber au bout de quelques semaines. Quant à son alimentation, elle était à l'image de ses mœurs : en guise de déjeuner, il se contentait de kebabs ou fréquentait un Quick sur le boulevard Saint-Michel, non loin de la Sorbonne, n'absorbant que ce que la restauration rapide cuisinait de plus gras. Au collège et au lycée, de tels personnages inspiraient à Hugues une sainte horreur. Il avait donc été d'autant plus dégoûté en en retrouvant un exemple après son bac, lors de ses études supérieures. En outre, Wilfried Mahé était la honte de l'institut. Non seulement il bavardait et chahutait encore en cours lors de sa première et de sa deuxième année de DEUG, mais, en dépit de sa formation générale, il avait toujours été incapable de jeter un sortilège ou de concocter une potion. Par conséquent, on l'avait orienté lors de sa maîtrise en histoire de la magie, non par vocation, mais parce que cette filière constituait pour lui une sorte de voie de garage. A sa place, en vérité, tout autre étudiant eût été renvoyé depuis longtemps, mais Wilfried Mahé était presque intouchable, parce qu'il était le dernier descendant d'Eusèbe Mahé, le fondateur de l'institut, et que son père, Grégoire Mahé, tenait la chaire de cryptobotanique. Or, au sein de l'Institut libre de magie, le respect pour la famille Mahé était immense et personne n'aurait osé toucher à un cheveu de Wilfried. Jamais les professeurs ne l'avaient fait redoubler et, ainsi, il avait accompagné Hugues Ranolphe depuis 2002, franchissant chaque échelon avec lui et suivant en maîtrise les mêmes séminaires et les mêmes options, dont la langue des magiciens. Dans cette dernière matière, il était tout aussi médiocre, mais en tant que descendant du père fondateur et que fils d'un des titulaires d'une chaire, il bénéficiait de notes honorables. Samuel Tanguy lui avait apposé un 10 et, bien que l'autre se prélassât, béat et indifférent, il n'osait le réprimander, malgré une lueur d'irritation dans ses yeux. Devant cette injustice, Hugues Ranolphe était scandalisé. Il essaya de calmer son indignation en essayant de se concentrer et de comprendre les explications de Tanguy, mais ce dernier était évasif et peu clair. Désemparé, il reposa les yeux sur sa copie et attendit 10 heures et demie.

Le cours se termina enfin. Tanguy distribua une nouvelle version, un texte sur les dragons par un certain Eamon de Dublin, à traduire dans une semaine, puis il rangea ses notes de correction dans une chemise cartonnée bleue toute neuve, avec une grande étiquette sur laquelle il avait tracé au stabilo violet : « Monitorat. » Discrètement, Hugues regarda avec attention le contenu de la pochette et vit que le corrigé du texte d'Eamon de Dublin s'y trouvait déjà. Deux semaines auparavant, il avait déjà cru remarquer dans cette même chemise la correction de la version sur Egmont le Taciturne, mais la foule de ses camarades l'avait entraîné au-dehors sans qu'il pût confirmer cette impression. Maintenant, le doute n'était plus permis : Samuel Tanguy préparait ses corrections longtemps à l'avance et les gardait en permanence dans ses affaires. Comme il aurait voulu s'emparer de cette chemise en carton pour ne pas souffrir encore devant un texte intraduisible ! Mais c'était impossible. Plus vexé qu'un rat mort, Hugues Ranolphe se dépêcha de quitter la salle et sortit de l'édifice de la rue des Grands Augustins.

A l'extérieur, la vision du quartier latin le consola un peu. Bien qu'il connût parfaitement ce coin de Paris, depuis quatre ans qu'il y étudiait, les vieilles maisons de pierres aux larges portes cochères et aux murs légèrement inclinés ainsi que le dédale des rues étroites, seulement faites pour les piétons et les chevaux, l'enchantaient toujours : elles formaient un spectacle pittoresque, et en déambulant parmi ces bâtiments, on se sentait propulsé loin du XXIe siècle, à une époque où les magiciens étaient certes persécutés, mais quand même pris au sérieux. Un instant, Hugues voulut se rendre devant une boutique de jeux étranges, au début de la rue Saint-André des Arts, puis, reprenant ses esprits, il dépassa le lycée Fénelon et parcourut la rue Suger jusqu'au principal bâtiment de l'institut de magie, un immeuble du XVIIIe siècle sis au numéro 5. Franchissant la porte cochère, il gagna le hall et s'y assit : là devait le retrouver sa petite amie, Manon Selvathasan. Fille de Réunionnais émigrés en France et installés à Lille, née d'un père malbarais et d'une mère blanche, elle était entrée l'institut en 2002, en même temps qu'Hugues Ranolphe, mais elle avait choisi d'entamer une maîtrise de télékinésie sous la direction du doyen de l'établissement, le professeur Jankel Abramowicz. Originaire de Cracovie, âgé de quatre-vingt-sept ans, ce dernier était un maître dans le déplacement d'objets à distance et dans l'animation de la matière inerte. Nulle main n'était plus habile que la sienne à façonner un golem et à lui insuffler la vie. Pendant la Seconde Guerre mondiale, il avait fabriqué une dizaine de ces statues vivantes grâce auxquelles il avait sauvé beaucoup de ses coreligionnaires persécutés. Jamais les nazis n'avaient pu les vaincre, dix d'entre eux, des officiers SS, étaient même morts broyés par les bras des golems. Malheureusement, son zèle antifasciste n'avait pas reçu sa récompense : lors de la libération de la Pologne, les communistes l'avaient expulsé, refusant la présence d'un sorcier dans un Etat régi par le rationalisme marxiste. Jankel Abramowicz avait donc fui en France où l'Institut libre de magie l'avait accueilli à bras ouverts. Depuis, il était demeuré inamovible, occupant la chaire de télékinésie et d'animation d'objets, et en 2006, il enseignait encore dans son laboratoire au premier étage du bâtiment de la rue Suger, secondé par trois maîtres de conférences dont le plus doué était sans doute le professeur David Chakroun, natif de Constantine, auquel on pensait déjà pour le remplacer. Les cours d'Abramowicz comptaient parmi les plus populaires de l'Institut et ils drainaient chaque année plus d'un quart des étudiants en maîtrise. Manon s'y était inscrite immédiatement : comme le déplacement à distance d'objets n'avait, dès la licence, plus de secrets pour elle, elle brûlait de savoir donner la vie à des créations. Hugues aurait bien voulu la suivre : depuis qu'il l'avait rencontrée, en première année de DEUG, une douce affection était née entre eux deux, qui était restée de l'amitié pendant deux ans puis s'était muée en amour au début de leur licence. Mais la passion d'Hugues était l'histoire de la magie et il ne se sentait pas aussi doué que Manon en télékinésie. En plus, Manon excellait en alchimie et ses potions soulevaient l'enthousiasme d'Edmond Mirouet, le professeur chargé d'expliquer les vertus magiques des minéraux. Pour 2006-2007, elle avait donc décidé de suivre son séminaire parallèlement à celui de son directeur Abramowicz. Hugues Ranolphe aurait pu s'y inscrire pour la retrouver, mais ses propres breuvages magiques lui donnaient des complexes d'infériorité et, craignant de décevoir Mirouet, il avait opté, en guise de second séminaire, pour le cours de Grégoire Mahé, professeur de cryptobotanique et père de Wilfried. Depuis qu'il ne voyait plus Manon en permanence, chaque rendez-vous avec elle lui procurait un immense plaisir et, quand il l'attendait, il s'impatientait toujours.

Pour se calmer, il regarda le grand hall rectangulaire. Sur une corniche courant le long des murs se dressaient des bustes des pères fondateurs de l'institut, présidés par l'effigie d'Eusèbe Mahé qui trônait au-dessus d'une porte donnant sur un large escalier qui emmenait aux trois étages de l'édifice. Un instant, Hugues contempla son visage triangulaire aux cheveux ras et au nez parfaitement droit, qu'agrémentait un collier de barbe : il semblait si sérieux, figé dans la pierre, qu'on se demandait comment la lignée d'un magicien aussi docte avait pu engendrer cette andouille de Wilfried. « Inutile de se creuser la tête, pensa Hugues. De toute façon, comme nous l'enseigne l'institut, il n'est pas permis aux hommes de tout savoir. » De chaque côté de la porte, deux plaques de marbre indiquaient les noms des premiers docteurs en magie de l'institut, ceux qui avaient soutenu leurs thèses en 1895, tout en précisant leurs dates de naissance et de mort. Hugues Ranolphe les examina. La chance avait souri à ces jeunes gens : nés dans les années 1860, ils étaient tous morts de vieillesse entre 1930 et 1950, sauf une malheureuse du nom d'Edmée Chantelouve, enfantée en 1866 et qui s'était éteinte en 1895, peu après l'obtention de son diplôme. « Elle n'est sûrement pas morte de la tuberculose, songea Hugues. La magie l'en aurait guérie. Là encore, ne cherche pas à savoir : tu n'en as pas le droit, et puis, quelle importance ? »

Brusquement, du brouhaha emplit l'escalier et des étudiants envahirent le hall. Hugues s'écarta et passa discrètement à son index un objet merveilleux qu'il avait fabriqué en première année : un anneau en magnétine, la pierre magique du Gange qui déplaçait tous les objets. C'était l'accessoire indispensable pour les sorts de télékinésie, et afin qu'il pût fonctionner, il avait soigneusement inscrit dessus : « *Mobilis.* » La foule des étudiants passait ; soudain, une courte silhouette féminine aux cheveux noirs, coiffée d'un béret, se profila derrière la porte. « Envole-toi » lancèrent simultanément Hugues et la silhouette, et le béret sauta sur la tête du jeune sorcier tandis que sa cravate, tel un serpent volant, se dénouait pour s'enrouler autour du cou de la jeune fille. « Ha, ha, ha ! s'écria Manon en lui montrant son propre anneau, tu croyais encore me faire le coup du béret ? Le problème, c'est que ce n'est pas à un vieux singe qu'on apprend à faire des grimaces. Depuis qu'on se fréquente, je commence à être habituée. Et puis, quand même, faire une plaisanterie aussi grossière à une sorcière en maîtrise de télékinésie et d'animation, c'est un peu culotté.

- Peu importe, dit Hugues. Pour entretenir l'affection, rien de tel qu'une gentille farce de temps en temps. »

Manon ne répondit rien. Posant une grosse mallette tremblante et grinçante qu'elle tenait à la main, elle se laissa glisser dans les bras de son ami. Longtemps, ils se caressèrent le dos en silence. Malgré son nez assez large, Manon était sans conteste l'étudiante la plus charmante de l'institut. Son éternel sourire et ses yeux espiègles envoûtaient Hugues Ranolphe, sa chevelure épaisse, si noire que le soleil la rendait bleue, était l'oreiller de son cœur et sa peau brun clair était plus douce que de la soie. Sur son ventre rebondi, son nombril étincelait comme une coupe ronde, et sous son pull rouge et beige se cachaient deux seins suaves et enflés comme des pêches. Tendrement, elle l'embrassait sur le cou, quand sa mallette trépigna comme si elle allait éclater. « Bon sang ! s'exclama-t-elle, mes golems !

- Tu as déjà fabriqué des golems ? demanda Hugues.
- Bien sûr, répondit-elle. J'ai les ai réalisés la semaine dernière. Plus précisément, je les ai commencés ici et je les ai terminés chez moi.
- Et sous la direction de qui ? D'Abramowicz ou de Chakroun ?
- De Chakroun, bien sûr. Enfin, tu sais comment se déroule ma maîtrise. Chaque semaine, j'ai une heure de séminaire avec Jankel Abramowicz, qui nous explique les théories sur les golems, et deux heures de travaux dirigés avec l'un des assistants – en l'occurrence David Chakroun –, pendant lesquels nous faisons nos propres créations. Ce sont mes

premiers. Je vais te les montrer et tu me diras ce que tu en penses. »

Elle ouvrit sa mallette qui laissa échapper deux soldats en argile, une voiture qui fonctionnait théoriquement avec des piles et une télécommande mais qui, présentement, roulait toute seule, et un hélicoptère en Meccano. Devant les deux jeunes gens, les soldats défilèrent au pas cadencé, tandis que la voiture se mit à faire dix fois le tour du hall et que l'hélicoptère, où l'on n'apercevait nulle trace de moteur, s'envolait sans même vrombir. « C'est fabuleux ! s'écria Hugues. Comment as-tu réussi à les faire fonctionner ?

- Oh ! c'est tout simple, répondit Manon en lui montrant un anneau d'ambre à son index, qui accompagnait celui en magnétine. Tu vois cet anneau ? C'est lui qui donne sa puissance au maître des golems, et Jankel Abramowicz lui-même nous a appris à le fabriquer. Il porte gravé le mot « *émet* », qui en hébreu signifie « vie ». Avec cet accessoire, tu peux animer n'importe quoi, aussi bien des statues d'argile, de plomb ou de fer que des petites voitures ou des avions. Il suffit d'y fixer une toute petite fiole contenant de l'argile pilée, une autre poudre selon la matière principale du golem et un mince phylactère sur lequel est également écrit : « *Emet.* » Ensuite, tu n'as plus qu'à poser sur l'objet ta main avec l'anneau et à prononcer à voix haute, en hébreu : « Eveille-toi. » Le tour est joué. Il s'anime et il t'obéira au doigt et à l'œil.
- Vraiment ?
- Mais oui. Il suffit que tu restes concentré et que tu songes toujours à eux. Autrement, ils risquent de devenir incontrôlables.
- C'est… c'est merveilleux. Tu es vraiment une sorcière adorable. »

Il se précipita pour l'embrasser sur les deux joues et elle s'abandonna en éclatant de rire. Mal lui en prit, car elle oublia un instant les golems. Les deux soldats commencèrent à errer sans but, la voiture dérapa dans un virage et se renversa, et l'hélicoptère, quittant sa position stationnaire, fonça vers le buste d'Eusèbe Mahé qu'il percuta, lui écorchant le nez de son hélice – heureusement, il ne s'écrasa pas et continua de voler. « Revenez ici », leur cria Manon qui s'empara de la voiture puis força les autres golems à rentrer dans la mallette. Rouges de confusion, les deux étudiants déguerpirent dans la rue et s'arrêtèrent devant le lycée Fénelon, remerciant le ciel que l'incident fût survenu alors que le hall était redevenu désert. Manon demanda alors à Hugues comment s'était déroulée sa matinée, mais il ne lui évoqua que sa mauvaise note, les textes intraduisibles de Samuel Tanguy et ses déboires avec la langue des magiciens, option maudite qui menaçait de faire chuter sa note de maîtrise. « En plus, ajouta-t-il, ces temps-ci, je me sens bien seul, que ce soit chez moi ou lors des cours, et ça me désole. Ne pourrions-nous pas passer la nuit ensemble ?

-A moi aussi, ça me ferait très plaisir, répondit Manon en l'enlaçant. Mais je dois repartir à Lille dès ce soir, pour ne revenir que lundi. Mon père souffre d'un ulcère à l'estomac et, plutôt que d'acheter des médicaments ordinaires, il préfère que je le guérisse avec quelques sortilèges : c'est plus efficace et cela ne coûte rien. J'ai déjà acheté mes billets, je ne peux manquer le train qui part à 7 heures du soir. Que veux-tu ? Je te manquerai tout le week-end. C'est dommage pour nous deux, mais on ne peut rien contre un événement imprévu. Déjà que nous discutons encore, alors que je dois me rendre à mon travail…

-Vas-y. Je ne retiens pas. Il faut manger quand même.

-Oh ! après cinq heures d'un boulot comme le mien, l'on n'a plus envie de manger. »

Comme ses parents, de simples épiciers, étaient trop pauvres pour lui payer un appartement, Manon avait dû, dès son entrée à l'institut, se chercher un travail. Par un étrange caprice du sort, les seuls employeurs à l'avoir embauchée étaient des restaurateurs en bas du quartier latin, près de la Seine. Par conséquent, elle connaissait tous les restaurants exotiques qui s'entassaient près du théâtre de la Huchette. A l'époque où se passait cette histoire, elle remplissait l'office de serveuse au Newroz, un restaurant gréco-turc près de l'église Saint-Séverin, et pendant des heures, elle tranchait au couteau d'immenses brochettes et fourrait des pains avec les morceaux de viande. Elle aurait bien voulu lancer un sortilège sur le couteau pour qu'il coupât la viande lui-même, mais mieux valait ne pas semer la panique. Les vapeurs de kebab et de graisse à frites l'écœuraient et le soir, quand elle rentrait chez elle, elle avait à peine envie de dîner. Néanmoins, comme il fallait bien vivre, elle poursuivait ce travail, sachant bien qu'il ne durerait pas éternellement.

Tendrement, elle embrassa les lèvres d'Hugues puis s'en alla. Hugues la regarda s'éloigner, puis il partit déjeuner dans un resto U situé non loin de là. Son repas terminé, il parcourut de nouveau la rue Suger et, arrivé au bout, s'arrêta devant une boutique de films d'occasion. Une foule de cassettes s'accumulait dans la vitrine, accompagnée de vieilles affiches, de vieux posters à l'effigie d'anciennes actrices et de quelques accessoires de cinéma, notamment une bobine et deux caméras Super 8. Hugues soupira : ce spectacle lui rappelait son enfance et son adolescence, lorsque les films étaient systématiquement enregistrés sur bande magnétique. C'était encore le cas en 2002, quand il avait passé son bac. Mais en quelques années, le DVD avait relégué au musée cet ancien support. La technologie avait évolué trop vite. A l'intérieur de la boutique, on apercevait le propriétaire, un vieil homme grisonnant qui lisait un journal en guettant un hypothétique client. « Qui voudrait acheter des cassettes vidéo aujourd'hui ? se demanda Hugues. Pourvu que son commerce ne fasse pas faillite trop vite. » Attristé, il se rendit près du Panthéon, à la bibliothèque Sainte-Geneviève où il fit des recherches pour un mémoire préparé à la Sorbonne. En effet, il était aussi en maîtrise d'histoire dans la célèbre faculté parisienne, et on l'y avait chargé d'une étude sur les relations entre les cambriolages et la délinquance politique à Paris de 1850 à 1855. Mais ses échecs en langue des magiciens ne cessèrent de le hanter, et ils le tourmentaient encore tandis qu'il parcourait la rue Saint-Jacques pour rejoindre sa tanière, dans un immeuble au 7, rue des Ursulines, non loin du Val de grâce. Arrivé au cinquième étage de l'édifice, il gagna son appartement et claqua la porte. « Flamme sans feu, allume-toi », lança-t-il. Aussitôt, une lueur jaune jaillit d'une bouteille scellée et illumina toute la pièce. C'était une chambre minuscule, avec une seule fenêtre, un lit de camp sur la droite, une planche de bois posée sur des tréteaux à gauche, en guise de bureau, à côté d'une armoire, et, dans un coin, un réchaud ainsi qu'un petit réfrigérateur. Il n'y avait ni salle de bain ni toilettes : pour se laver ou assouvir un besoin naturel, il fallait se rendre dans une petite pièce au bout de l'étage. Pourtant, le loyer était de cinq cents euros par mois, plus une taxe supplémentaire sur la consommation de gaz et d'électricité. Bien que ses parents eussent largement eu de quoi payer – car c'étaient eux qui se chargeaient de ces frais –, Hugues avait employé ses talents de sorcier à réduire leurs dépenses. Dès sa première année, avec un œil de hibou séché, de la poudre de luciole et de la phosphorine, il avait transformé la bouteille sur son bureau en lampe magique s'éclairant à la demande et sans rien consommer. Il n'allumait jamais le radiateur électrique sous sa fenêtre : dans une bassinoire, il avait déposé des charbons ensorcelés qui chauffaient sans se consumer. Par un enchantement inverse, il avait fabriqué des glaçons incapables de fondre dont il avait empli le fond du frigo. Enfin, quant au réchaud, qui lui appartenait, il l'avait trafiqué afin qu'il fît des flammes sans brûler de gaz, par simple sortilège. Dans ce monde matérialiste qui ne jurait que par l'argent, la magie permettait de substantielles économies.

Après un morne dîner, Hugues regarda dans son armoire : elle renfermait plusieurs ouvrages de sorcellerie – des publications récentes ou des rééditions d'auteurs anciens –, des cornues, des fioles et un mortier, des réserves de produits magiques comme des racines de mandragore, des graines d'hellébore, de la peau de belladone, de la poudre de pavot, du bolet Satan et d'autres champignons séchés, et aussi des yeux de crapaud, des becs de chouette, des griffes de rat, des cornes de crotale, des barbiches de chèvre et même un peu de poudre qui provenait de la dernière licorne que le monde eût portée. On voyait aussi, dans des bouteilles de bière, quelques potions fabriquées en cours d'alchimie, notamment une lotion contre la calvitie, un philtre donnant des hémorroïdes, un autre qui les guérissait et, surtout, le plus terrible somnifère de la planète, un mélange de belladone, d'essence de mandragore et d'alcool de pavot. Il suffisait d'en boire une goutte ou de le respirer deux secondes pour dormir pendant vingt-quatre heures. Jamais Hugues n'avait osé l'utiliser, même lors de ses pires insomnies. Tout en bas de l'armoire étaient entreposés du papier toilette et des boîtes de conserve, ainsi que plusieurs habits : deux pantalons, deux vestons, trois pulls, quelques chemises, deux cravates, plusieurs paires de chaussettes et divers sous-vêtements. Hugues referma le meuble et, avec son anneau en magnétine, fit voler par magie la poussière de son bureau. Sur la planche, il y avait une petite photocopieuse – cadeau d'un oncle qui dirigeait une fabrique d'outils de bureautique et que la mondialisation avait réduit au chômage –, un vieux téléphone, des feuilles blanches, un bocal plein de crayons et de stylos et deux petits reliquaires : une boîte ronde contenant des touffes de poils d'Arthur, le cochon d'Inde qu'Hugues avait choyé pendant son enfance, et un étui en cuir où dormaient deux plumes de la queue de Surcouf, un perroquet vert que lui avait légué un des grands-oncles, pour ses dix ans, et qui l'avait amusé par ses bons mots jusqu'à sa mort en 2001. On y voyait aussi divers livres, pour la plupart empruntés à la Sorbonne ou à la bibliothèque de l'institut de magie. Hugues en feuilleta un, sur les vols à Paris de 1800 à 1860, et tomba sur le portrait d'un homme en frac, encore jeune, qui arborait une fine barbiche et des cheveux noirs élégamment bouclés. Il s'agissait d'un certain Bertrand de La Saulnaie, né en 1819 et mort en 1856, qui avait été un des plus fameux gentlemen cambrioleurs parisiens sous la monarchie de Juillet et le Second Empire. Cette lecture n'était pas très intéressante. Hugues s'empara des *Mystères des sorcières gauloises*, un ouvrage de son directeur Emile Chauvet, édité par les presses de l'Institut libre de magie, et il parvint à un chapitre sur leurs pouvoirs nécromantiques. Dans l'Antiquité, pour réaliser tous leurs désirs, les sorcières gauloises gravaient des formules magiques sur des tablettes de plomb et les enfouissaient dans des tombes. Le spectre du mort surgissait aussitôt et exécutait l'ordre inscrit sur la tablette, qu'il s'agît de saboter un char, de ramener un amant infidèle, de faire une vilaine farce à un ennemi ou de commettre un vol ou un meurtre. « Comme ce serait pratique si j'avais un fantôme à ma disposition, pensa Hugues. Il volerait les corrigés de Samuel Tanguy sans que ce dernier s'en aperçoive, et je n'aurais plus qu'à les photocopier pour rendre des traductions irréprochables. » Malheureusement, Emile Chauvet ne mentionnait aucune des formules pour convoquer les morts, ce qui était normal : à l'Institut libre de magie, la nécromancie était formellement interdite. Aucun professeur ne l'enseignait. Ce n'était d'ailleurs pas seulement une matière proscrite, elle était clairement taboue : lors d'un voyage en Italie qu'il avait organisé en avril 2006, et auquel avait participé Hugues Ranolphe, Emile Chauvet n'avait pas emmené les étudiants sur le site d'un ancien oracle des morts, près du lac Averne en Campanie, tant il craignait les foudres de la direction. Pourtant, c'était en ce lieu que le héros grec Ulysse avait évoqué le spectre de Tirésias, le grand enchanteur de Thèbes, afin qu'il lui indiquât le moyen de regagner Ithaque. Mais l'institut refusait d'expliquer pourquoi il bannissait cette pratique magique, sauf en faisant quelquefois de vagues allusions au respect dû aux morts. Ces justifications ne convainquaient pas Hugues : l'évocation des défunts n'avait pas forcément un but maléfique, comme le montrait l'exemple d'Ulysse. Cependant, dans sa situation, il ne pouvait compter sur un spectre pour dérober les corrigés de son professeur de langue des magiciens. Dépité, il jeta *Les Mystères des sorcières gauloises*, enfila son pyjama et se coucha. « Flamme sans feu, éteins-toi », dit-il. Les ténèbres envahirent la chambre et il s'entortilla dans ses draps, songeant tristement que ce serait une nuit sans Manon et probablement parasitée par Samuel Tanguy, sa langue de fou et ses affreuses versions.

CHAPITRE II

TRICHERIE NECROMANTIQUE

Le lendemain, cette intuition était devenue réalité. Dans ses cauchemars, l'infernal thésard s'était introduit et l'avait obligé à traduire successivement trois textes par Insomnius de Cardiff, Barbantius de Birmingham et Cacurge d'Edimbourg, ce qui s'était soldé par une brochette de zéros. Hugues s'en était éveillé en sueur, blême comme un linge. Après une morne toilette dans la minuscule pièce au fond du couloir de l'étage, il s'habilla, noua sa cravate et prit son petit déjeuner, manquant, dans sa hargne, se blesser en coupant ses tartines. Ce jour-là, le 20 octobre 2006, il n'avait pas de cours, parce qu'on était un vendredi et que lors de la constitution de son emploi du temps, il s'était arrangé pour que ce jour fût réservé à la recherche. Toute la matinée, il consulta les ouvrages empruntés à la Sorbonne et prit des notes pour son mémoire sur les cambriolages au XIXe siècle. Après le repas de midi, il décida de se rendre à la bibliothèque de l'institut de magie, pour chercher de la documentation sur le seul mémoire qui comptait vraiment à ses yeux : son étude sur les disciples de Circé. Avant de partir, il jeta un coup d'œil à une pendule accrochée au-dessus de sa porte : une assiette en faïence aux motifs délicats, ornée de chiffres et munie de trois aiguilles. C'était un cadeau de ses parents pour son vingt-et-unième anniversaire, et il l'aimait beaucoup. Il aurait bien voulu la faire fonctionner elle aussi par magie, mais les sorts produisant de l'électricité étaient jugés si dangereux qu'on ne les enseignait qu'au niveau du D.E.A., et seulement à des étudiants spécialisés en alchimie. Il avait donc dû se contenter d'acheter des piles, bien qu'il s'en plaignît à cause de la pollution. Soupirant, il déplora son manque de chance et sortit.

Après vingt minutes de marche, il s'engagea dans la rue Saint-André des Arts, puis tourna dans la rue des Grands Augustins et atteignit la minuscule rue Christine. Au numéro 5, à peu près en face de l'Action Christine, un cinéma spécialisé dans les films anciens, se dressait un bâtiment du XVIIe siècle, muni de trois étages et d'une grande porte cochère. Derrière les fenêtres se cachaient les salles et la réserve de la bibliothèque, et à gauche de la porte se trouvait une boutique avec une entrée et une devanture verte où les publications des professeurs de l'institut voisinaient avec les œuvres des grands magiciens de jadis. Parmi les livres récents, on distinguait même quelques ouvrages écrits par son directeur de recherches. Cependant, Hugues ne s'attarda pas sur cet étalage qu'il avait déjà contemplé des dizaines de fois, et il franchit la porte cochère pour gagner, au premier étage, la salle de lecture. Il s'agissait d'une pièce rectangulaire éclairée par trois fenêtres, dont les murs disparaissaient derrière des étagères protégées par des vitrines. Sur ces planches de bois dormaient des centaines de livres, des traités de magie et des vies de sorciers publiés au XIXe ou au XXe siècle et qu'on avait classés selon l'auteur par ordre alphabétique, indifférent au domaine sur lequel ils portaient. Il y avait aussi un coin spécialement réservé aux thèses soutenues à l'institut depuis 1895. A cause du manque de place qui avait fini par se manifester – quoique la pièce fût haute –, on avait couché certains livres par-dessus les rangées, en prenant bien soin d'en laisser la tranche visible. Cette précaution s'avérait fort inutile, puisque personne ou presque ne les consultait : à en juger par l'épaisse couche de poussière qui s'y accumulait malgré les vitrines, on devinait que peu de mains saisissaient l'occasion de feuilleter ces ouvrages. Plus généralement, avec leurs pages jaunies et leurs frêles reliures en carton qu'émiettaient peu à peu les ravages du temps, les livres de la bibliothèque étaient à l'image de la pauvreté de l'institut et de la triste condition des magiciens depuis la fin du XVIIIe siècle. En tout cas, ils s'harmonisaient superbement avec le crépi écaillé qui recouvrait le haut des murs. Au-dessus des étagères se dressaient, là encore, des bustes des pères fondateurs de l'institut, mais cette fois-ci, leurs regards convergeaient vers l'effigie d'Eusèbe Mahé, qu'on avait établie juste au-dessus de l'entrée. Avec sa face immaculée, ce dernier était bien le seul qui eût belle allure. Ses collègues, en revanche, arboraient en guise de barbes et de favoris des toiles d'araignées et des moutons de crasse. Pour leur malheur, au sein de l'école, la vénération pour la famille Mahé incitait le personnel à n'entretenir que la mémoire de l'alchimiste breton et à négliger celle des autres Gardiens qui, pourtant, avaient autant contribué que lui à la création de cet établissement exceptionnel. Au début, cette injustice faisait soupirer Hugues, mais ce vendredi-là, elle ne lui arracha aucune réaction : il s'y était habitué.

Zigzaguant parmi des rangées de pupitres sur lesquelles travaillaient quelques étudiants, il se dirigea vers l'une des extrémités de la salle, à gauche de l'entrée. Là se trouvaient, posées sur des socles, deux vitrines qu'il ne se lassait jamais de contempler, bien qu'il les eût découvertes dès sa deuxième année de DEUG La première renfermait un basilic empaillé, étonnant mélange de serpent et d'oiseau. Le bas du corps lové, ce terrible dragon dardait fièrement le buste tout en déployant deux énormes ailes de coq scintillant de reflets verts, bleus et rouges, et de sa gueule béante, équipée de deux crochets qui jadis avaient dégoutté de venin, une langue fourchue jaillissait comme pour menacer encore un hypothétique adversaire. Par précaution, le taxidermiste lui avait retiré ses yeux jaunes qui abattaient ses victimes, et il les avait remplacés par deux boules en obsidienne. En effet, les yeux des basilics conservaient après la mort leur pouvoir meurtrier, et par cette manipulation, il avait évité tout accident fatal. Néanmoins, ce n'était pas ce monstre qui impressionnait le plus Hugues. Il frissonnait bien davantage devant la deuxième vitrine. Cette dernière abritait également un animal naturalisé, sauf qu'il s'agissait d'une manticore. Parmi tous les monstres que la terre avait portés, ce spécimen était bien l'un des plus terrifiants. Elle possédait le corps d'un lion, mais au milieu de ses poils roussâtres se hérissaient des piquants comparables à ceux d'un énorme porc-épic, tandis qu'au bout de sa queue recourbée, qu'équipaient les mêmes armes, on distinguait un dard identique à celui d'un scorpion. Ramassée sur elle-même comme pour se défendre, elle brandissait une patte avant terminée par cinq griffes en vrille, tandis que sa face se contractait et qu'elle paraissait prête à feuler et à cracher. Parmi tous les détails de la créature, cette face était celui qui intriguait le plus l'étudiant. Bien qu'elle fût surmontée d'une crinière, elle ne ressemblait pas à celle d'un lion, mais à celle d'un homme, ou plutôt à un hybride de têtes d'humain et de félin. En tout cas, elle n'avait pas une truffe, mais un nez busqué, et ce qui la rendait particulièrement effrayante était sa gueule, munie de trois rangées de dents. Hugues Ranolphe soupira. En 1643, cette manticore avait été offerte par un radjah du Pendjab à Hakim ben Younous, un sorcier égyptien qui avait voyagé dans tout le Moyen-Orient et qui, chassé des pays musulmans par des oulémas, avait fini sa vie à Venise chez un rabbin de sa connaissance. Les descendants de celui-ci avaient hérité de l'animal et, en 1868, l'un d'entre eux l'avait vendu à un collègue d'Eusèbe Mahé qui l'avait installé, après la fondation de l'institut, dans la bibliothèque. Cette manticore avait été une des dernières de son espèce. Autrefois, ses congénères avaient prospéré en Inde et en Perse et les hommes, terrifiés, se soumettaient à elles, reconnaissant à travers leur force la puissance de la nature. Mais les princes de ces pays les avaient toutes massacrées, afin de récupérer leurs piquants et leur venin pour les utiliser dans leurs sinistres guerres. Les dernières manticores avaient ainsi péri à l'aube du XVIIIe siècle, et il en était allé de même pour les basilics, dont les hommes avaient volé les plumes et la peau pour en faire des parures et des reliures, tout en leur arrachant les yeux dans le simple but de s'entretuer. La sagesse de la nature n'avait pu supporter une telle folie et, à terme, les yeux s'étaient désagrégés. Mais les hommes n'avaient pas pour autant renoncé à leur mauvais comportement et ils avaient ainsi exterminé la plupart des autres animaux fabuleux, pour s'enrichir en profitant de leurs capacités magiques ou, basiquement, pour essayer d'affirmer par là qu'ils étaient plus forts que la nature. Le déclin de la croyance à la magie, à partir du XVIIIe siècle, avait accru cette illusion. En ce début de XXIe siècle, le monde avait ainsi vu disparaître les dragons, les griffons, les léviathans, les licornes, les centaures et aussi les chevaux ailés, ces superbes créatures qui, toutes, descendaient de Pégase, ce magnifique destrier surgi, voici trois mille ans, du sang de la gorgone Méduse, cette femme aux cheveux de serpents qu'avait abattue le héros grec Persée. Seuls survivaient, dans des régions reculées du globe, quelques espèces enchantées comme le phénix, cet oiseau merveilleux qu'on ne pouvait décimer, puisqu'il était immortel. Néanmoins, depuis plus de cinquante ans, il se terrait dans les montagnes du Yémen, ne se montrant à personne et jugeant les hommes indignes de son spectacle. Même les magiciens avaient perdu le privilège de l'observer. En songeant à tout cela, Hugues sentait une boule se former dans sa gorge. Il ne parvenait pas à comprendre l'irrespect de la plupart des hommes envers les merveilles de la nature, irrespect qui les poussait dorénavant à tuer, à son époque, les animaux dépourvus de pouvoirs fabuleux.

Soudain, un grommellement l'arracha à sa triste méditation. Derrière lui se tenait le bibliothécaire, un petit homme revêche au nez crochu, vêtu d'un pull malpropre et empestant la cigarette. Auprès des étudiants, il passait pour un fieffé misanthrope et nul n'aimait échanger ne fût-ce que quelques mots avec lui. D'un ton rogue, il expliqua à Hugues que s'il ne choisissait pas un livre dans la minute même, il se verrait obligé de l'expulser de ce lieu « dévolu au travail et non à la glandouille ». En soupirant, l'étudiant se mit à fouiller dans le catalogue de la bibliothèque, un ensemble de fiches stockées dans un petit meuble à tiroirs. L'Institut libre de magie, en effet, n'avait pas de catalogue informatique de ses livres ; on ne s'y servait même jamais d'ordinateurs, et la vie y suivait son cours comme si l'électronique n'existait pas. Finalement, Hugues dénicha l'ouvrage qui l'intéressait pour son mémoire et dont il avait furtivement entrevu le titre lors d'un précédcnt passage : une biographie de Circé rédigée en 1517 par Jérôme Caillostre – en italien Girolamo Cagliostro –, un mage napolitain dont l'un des descendants avait stupéfait et captivé la noblesse française à la fin du XVIIIe siècle. Il en écrivit les références sur un bulletin et, aussitôt, le petit homme hargneux le conduisit hors de la salle de lecture, dans une minuscule pièce au second étage qui était réservée à la consultation des livres anciens. Elle ne disposait que d'une seule fenêtre, toujours voilée par des rideaux afin que la lumière n'altérât pas les textes ; du coup, à longueur de journée, la pièce baignait dans une clarté jaunâtre liée à la couleur des tissus. Sur ses murs lézardés, hormis de la peinture blanche, on ne distinguait aucun ornement, ni boiseries, ni papier peint, pas même des étagères, et en guise de mobilier, l'œil n'apercevait que des chaises ainsi qu'une table de chêne, conçue pour quatre personnes mais qui, dans le cas présent, ne servirait qu'à une, puisque Hugues était, depuis l'aurore, le premier étudiant à s'introduire dans ce lieu. A cet ameublement sommaire, il fallait ajouter un escalier de bois qui perçait le plafond pour s'enfoncer dans le troisième étage. Avec le grenier, ce dernier formait l'entrepôt où l'institut conservait la plus grande partie de ses ouvrages de magie. Les livres déposés dans la salle de lecture ne correspondaient en fait qu'aux titres les plus consultés. Quant à la cave, elle abritait la vieille Linotype qui composait notamment la publicité pour l'institut, ainsi qu'une rotative qui fonctionnait toute seule, grâce à un sortilège, et imprimait les traités édités par l'école ainsi que les deux revues nourries par ses professeurs, *Les Héritiers de Merlin* et *Le Legs de Circé*.

Hugues s'assit à la table tandis que le bibliothécaire, après un rapide passage dans l'entrepôt, déposait devant lui un énorme grimoire muni d'une reliure de cuir. Puis il le laissa tranquille, s'en retournant surveiller de ses yeux acariâtres les étudiants qui travaillaient dans la salle de lecture. Le jeune homme ouvrit le vieux livre et en examina le contenu. Il s'agissait d'un recueil d'incunables, des ouvrages imprimés entre 1470 et 1520 et qu'on avait probablement rassemblés aux alentours de 1590. Comme il ne comportait aucune table des matières, ce n'était pas facile de s'y repérer. Hugues commença à le feuilleter, cherchant le livre de Caillostre au hasard, quand, subitement, tout son corps se figea. Sur une page s'étalait ce titre qu'on n'eût jamais espéré découvrir à l'Institut libre de magie : *De la nécromancie bénéfique, par Owen de Limerick ; imprimé à Londres, en l'an de grâce 1480, par Peter Hobson, ami des sorciers*. Toutes ces indications étaient en latin, mais Hugues les comprit instantanément, grâce à sa connaissance parfaite de cette langue. Eberlué, il se frotta les yeux, incapable sur le coup d'admettre qu'un livre de nécromancie eût pu atterrir dans son école. Pourtant, il ne rêvait pas. Renonçant à expliquer la présence de cet ouvrage, il s'employa à lire le texte en latin qui s'étendait au-dessous du titre :

« Mon cher Harvey,

« Dans ta dernière lettre, tu me faisais part de ta détresse et de ton profond désir d'obtenir un secours de chez les morts. Bien que les commandements qui, depuis le grand Merlin, régissent la vie des enchanteurs condamnent le plus souvent le recours à de telles pratiques, tu appuyais ta requête en évoquant longuement le cas d'Ulysse qui, perdu dans l'ouest de la Méditerranée après la guerre de Troie, avait appelé le spectre du magicien Tirésias, en Italie du Sud, pour qu'il lui indiquât un trajet vers la Grèce. Je te permettrai donc, mon bon Harvey, de communiquer avec les morts, et je te donnerai le moyen d'exaucer pleinement ton désir. Toutefois, lis attentivement cet opuscule, car je t'enseignerai ici la seule forme de nécromancie qui soit bénéfique. Il n'en existe pas d'autre. L'évocation des ombres est une activité dangereuse et depuis longtemps déshonorée, car elle a beaucoup trop servi les crimes et les exactions accomplis depuis les temps anciens par les sorciers maléfiques. Si tu veux préserver ta réputation, ô Harvey, garde le silence sur tes pratiques et retiens bien mes instructions. Cependant, avec ma méthode, jamais tu ne seras tenté de commettre des méfaits. Concevrais-tu un tel projet, les fantômes que tu convoquerais refuseraient de l'exécuter et, contrairement aux nécromanciens malfaisants, tu ne pourrais les contraindre à agir contre leur conscience. D'autre part, jamais tu ne parviendrais à appeler l'ombre d'un vil scélérat qui accepterait d'exécuter des actions criminelles : mon rite ne peut attirer de telles âmes. Tu ne réussiras à évoquer que des serviteurs bons et loyaux. »

Le texte continuait ainsi sur cinq pages. En une mince brochure, ce mystérieux Owen, né dans la ville irlandaise de Limerick, avait exposé tout ce qu'il fallait connaître pour appeler un spectre et le faire disparaître. Il y avait aussi ajouté une description de ses capacités ainsi qu'un ultime paragraphe expliquant comment se défendre contre des fantômes envoyés par des nécromanciens malveillants. La méthode d'évocation était simple : il suffisait de manger crues, le ventre vide, deux endives et deux asperges, puis de jeûner pendant sept heures dans une parfaite immobilité, couché sur le dos et les yeux fermés, pour imiter les morts. Néanmoins, il ne fallait pour rien au monde céder au sommeil, autrement, tout le rituel était à refaire. Il en allait de même si l'on osait se coucher sur le ventre ou sur le côté, ou si l'on entrouvrait les paupières. Une fois le jeûne terminé, le nécromancien devait s'agenouiller devant la tombe du mort qu'il souhaitait évoquer. Si le tombeau était inaccessible, il devait au moins avoir un substitut du défunt. Ce pouvait être un vestige de son corps – un morceau d'os ou une mèche de cheveux –, ou les restes d'un vêtement qu'il avait longtemps porté, ou encore une image de lui, comme un portrait ou une photo. Il n'était pas nécessaire que cette image eût été réalisée de son vivant, la seule obligation était qu'elle ne le représentât pas mort. Owen de Limerick précisait que tous les sorts de nécromancie, quels qu'ils fussent, exigeaient un semblable substitut à défaut du lieu de sépulture. Au cas donc où il ne parvenait pas à découvrir le caveau où l'urne funéraire du trépassé qu'il avait choisi, le nécromancien devait s'agenouiller avec le substitut entre ses mains, puis il lui fallait prononcer en latin, à voix haute et claire, la formule suivante : « J'ai absorbé les plantes, j'ai observé le jeûne, j'ai partagé ton sort. O (nom du défunt), réponds à mon appel, reviens de chez les morts. » Le spectre qui surgirait accomplirait tous ses désirs, pourvu qu'ils ne fussent pas mauvais, et il le secourrait dès qu'il serait en difficulté. De fait, ses capacités étaient assez vastes : il pouvait retrouver n'importe quel objet ou n'importe quel homme qu'on lui donnerait à rechercher, pourvu qu'on lui en eût livré une description précise, et il pouvait aussi, par simple imposition des mains, crocheter n'importe quelle serrure, quel qu'en fût le type. Sans doute ce sortilège fonctionnait-il aussi sur les modernes dispositifs magnétiques, puisque Owen de Limerick affirmait qu'il déjouerait toutes les serrures de tous les temps. Le fantôme pouvait encore, en enveloppant un homme ou un objet et en se dérobant aux yeux des vivants, le rendre invisible. Tant qu'il ne reparaîtrait pas, aucun enchantement ne parviendrait à en révéler la présence, pas même les pierres magiques comme la smaragdine, une gemme verdâtre d'Ethiopie dont Hugues avait découvert les propriétés en licence. Pour congédier momentanément le spectre, le nécromancien n'avait qu'à lui dire : « Ame, repose un temps parmi les tiens. » Il pouvait ensuite le rappeler sans aucune préparation, murmurant simplement son nom et en ajoutant : « Vole à mon secours ! » Ces deux formules pouvaient être prononcées en langue vernaculaire, ce qui facilitait beaucoup leur usage. En revanche, pour renvoyer définitivement le fantôme dans l'au-delà, le sorcier devait s'agenouiller devant lui et déclarer en latin : « Reçois ta récompense, ô âme, rendors-toi. »

Concernant la défense contre les ombres, Owen de Limerick soutenait qu'il n'y avait qu'un seul moyen de les détecter quand elles étaient invisibles. Dans une petite fiole, il fallait verser une poudre composée de serres de vautour et d'ossements pilés, puis y attacher un fil et la porter en pendentif. Ce talisman avertirait le mage de toute tentative d'agression, en grésillant à l'approche des spectres malfaisants tout en produisant à l'intérieur de son corps une démangeaison du côté d'où viendrait l'ennemi. De la sorte, l'enchanteur aurait le temps de préparer sa riposte. Celle-ci était très simple. Selon Owen de Limerick, la seule arme contre des adversaires d'outre-tombe était les fèves crues. En effet, ce légume contenait une part de l'énergie divine qui avait créé le monde et continuait de l'entretenir ; la preuve en était que son germe ressemblait vaguement à un fœtus humain. Cette théorie ne datait pas du Moyen Age, elle avait été démontrée bien avant Owen par Pythagore, un célèbre magicien grec qui avait vécu au VIe siècle av. J.-C. en Italie du Sud et qui tenait les fèves en telle estime, à cause de sa découverte, qu'il avait interdit à ses disciples d'en manger. Etant chargées de cette faculté magique, ces graines s'opposaient radicalement aux énergies mortifères qui animaient les revenants. Pour repousser l'un d'entre eux, le mage n'avait qu'à lui jeter une fève en s'exclamant en latin : « Ombre de mort, retire-toi ! » Assommé par le charme, le spectre disparaissait immédiatement dans l'autre monde, d'où il ne pouvait ressurgir que si un nécromancien l'évoquait de nouveau. Owen de Limerick ajoutait qu'ayant dû souvent combattre des fantômes envoyés par des nécromanciens maléfiques, il avait testé l'efficacité d'une telle méthode de défense, et il concluait sa brochure en recommandant à son disciple, l'énigmatique Harvey, de pratiquer toujours ses activités dans la discrétion, sans se faire remarquer par d'autres nécromanciens que son maître : mieux valait ne jamais affronter de fantômes que devoir recourir aux techniques exposées dans cet ouvrage.

Abasourdi et émerveillé, Hugues contempla quelques instants le livre. Malgré ses efforts de réflexion, il ne parvenait pas à expliquer comment un tel traité était arrivé dans l'institut. Logiquement, étant donnée la rigueur du règlement qui bannissait toute idée d'un enseignement de la nécromancie, l'homme qui avait introduit cet opuscule aurait dû être renvoyé et la petite brochure brûlée. En même temps, le recueil d'incunables était si épais, par rapport à la minceur du traité, qu'on avait très bien pu le consulter sans en remarquer la présence. Joignant les mains, Hugues remercia la Divinité d'avoir permis que personne ne trouvât l'ouvrage d'Owen de Limerick, et il entreprit immédiatement de le recopier. En effet, la solution de ses problèmes en langue des magiciens venait enfin de lui être offerte. Avec cette méthode de nécromancie, il pourrait évoquer un spectre qui déroberait les corrigés de Samuel Tanguy. Il n'aurait plus qu'à les reproduire avec la photocopieuse qu'il détenait de son oncle, à les renvoyer discrètement chez leur propriétaire grâce à son assistant d'outre-tombe, puis à élaborer une fausse version, et le tour serait joué. Toutefois, comment s'y prendrait-il ? Se glisserait-il nuitamment au Père Lachaise ou au cimetière du Montparnasse ? C'était trop dangereux, d'autant plus que ces cimetières étaient surveillés. Tout à coup, une illumination le frappa. Il se servirait de Bertrand de La Saulnaie, cet homme mentionné dans le livre sur les vols à Paris qu'il avait feuilleté la veille au soir. Comme il avait son portrait, il pourrait l'évoquer sans la moindre difficulté. Toutefois, le rite d'Owen de Limerick parviendrait-il à faire apparaître ce délinquant ? Ce serait probablement le cas : d'après le texte qu'il avait lu, Bertrand de La Saulnaie n'était pas un « vil scélérat ». Il ne s'était jamais rendu coupable d'un crime. Néanmoins, accepterait-il de commettre des larcins chez son professeur ? Ne jugerait-il pas cela immoral ? Un instant, Hugues se mit à douter, puis il se dit que ses intentions n'étaient pas particulièrement condamnables : il ne désirait pas s'enrichir de façon honteuse, il souhaitait simplement redresser un peu sa moyenne dans une matière qui était mineure et dont le caractère obligatoire semblait quand même bien peu justifié. Bertrand de La Saulnaie le comprendrait certainement. En outre, ayant été gentleman-cambrioleur, il devait être assez indulgent à l'égard des projets de vols. Rassuré, l'étudiant se sentit aux anges.

Fébrilement, il recopiait, épiant tout bruit qui signalait l'arrivée d'un intrus. Quelquefois, il dut s'interrompre en entendant passer le bibliothécaire qui montait au magasin chercher des livres. Il ouvrait alors le recueil au niveau de l'ouvrage de Jérôme Caillostre, dont il avait repéré la localisation, puis, le danger écarté, il reprenait sa tâche, ne relâchant pas sa vigilance. Finalement, à 18 heures 30, il avait terminé et commençait vraiment à coucher des notes sur la vie de Circé et ses compagnes, quand le petit homme haineux l'expulsa en arguant que la bibliothèque fermait et qu'il aurait dû partir plus tôt, pour laisser les livres reposer en paix. Hugues n'écouta pas ses invectives, trop heureux du salut que lui avait octroyé la providence. Sifflant gaiement, il regagna ses pénates, contemplant avec tendresse la foule du quartier latin qui ne lui avait jamais paru aussi joyeuse. Comme il avait un léger creux, il s'acheta un gâteau au miel à la pâtisserie du Sud tunisien, une pâtisserie orientale installée non loin de la rue de la Huchette, puis il s'engagea dans le boulevard Saint-Michel, marchant lentement en direction du Val de grâce. Près du square de Cluny, il fut alpagué par un jeune homme qui distribuait des numéros de *Vingt Minutes* et n'avait pas réussi, depuis la matinée, à écouler toute sa provision. Hugues lui prit son canard de bonne grâce, en lui donnant même une pièce de deux euros : depuis son arrivée à Paris, il était désolé par le spectacle de ces pauvres gens réduits, pour gagner leur pain, à distribuer des feuilles de chou. D'un œil distrait, il parcourut le journal. Entre les informations sur les événements internationaux, les nouvelles de la politique intérieure française et les racontars *people*, le quotidien rapportait un fait divers particulièrement intrigant : sur une route de la Nièvre, on avait retrouvé à l'arrêt un camion qui transportait les fonds d'une grosse banque. Le véhicule était parfaitement fermé, mais sa cargaison de billets avait entièrement disparu. Quant au convoyeur, au chauffeur et à leurs gardes du corps, ils semblaient morts d'un arrêt cardiaque, aux dires des médecins légistes, et ne portaient aucune trace de violence ou d'inhalation de gaz toxique. La police se perdait en conjectures et l'affaire risquait fort d'être classée. En fronçant les sourcils, Hugues grommela. Ce n'était pas la première fois qu'il apprenait un fait divers de ce genre : depuis qu'il s'intéressait à la presse, il avait déjà lu, de temps à autre, le cas de semblables disparitions d'argent ou de bijoux, frappant des convois bancaires, des succursales ou des boutiques. Le diagnostic était toujours le même : bien que la somme ou les objets précieux se fussent évanouis, le camion ou l'édifice ne présentait aucune trace d'effraction et, s'il abritait des occupants, ces derniers avaient toujours péri d'un banal arrêt cardiaque. Jamais personne n'avait pu expliquer ces événements. Pour sa part, Hugues n'avançait aucune opinion et pensait simplement que ces voleurs – s'il s'agissait de vols – avaient découvert le moyen du hold-up parfait. Quant à établir comment ils s'y prenaient, il préférait ne pas s'y lancer. Cela paraissait plutôt dangereux, il ne faisait pas partie de la police et, au fond, on lui enseignait à l'institut qu'il ne lui était pas permis de tout savoir.

Fourrant la feuille de chou dans sa mallette, il reprit sa marche et se fraya un chemin à travers la foule, pressé d'échapper au vacarme des voitures qui s'entassaient, comme chaque soir, dans le boulevard Saint-Michel. Au croisement de la rue Saint-Jacques et de la rue des Ecoles, il jeta un bref coup d'œil sur des gothiques qui sortaient de la boutique Descartes, un magasin de jeux étranges, avec plein de figurines monstrueuses dans des sacs, puis il longea la Sorbonne, dépassa le Panthéon et remonta la rue Saint-Jacques jusqu'à la rue des Ursulines, aux environs du Val de grâce. Le calme de son quartier l'enchanta. Rentré dans son appartement, il savoura un copieux dîner puis, plus tard, au moment de se coucher, il songea aux notes merveilleuses qui lui permettraient bientôt de redresser sa moyenne. Avant d'éteindre sa bouteille magique, il contempla le portrait de Bertrand de La Saulnaie dans le livre emprunté à la Sorbonne et il le remercia d'avoir été célèbre au point d'y être mentionné. Curieusement, l'illustration sembla lui répondre par un clin d'œil. Hugues attribua cette impression à un excès d'exaltation et il s'endormit.

Le lendemain, sa joie redoubla quand il reçut une lettre de Manon. Grâce à une potion magique habilement concoctée, elle avait guéri son père et lui avait presque rajeuni l'estomac. Elle resterait encore deux jours auprès de sa famille, puis reviendrait à Paris le dimanche soir. Toutefois, elle ne pourrait passer la nuit chez Hugues avant une semaine, à cause de nombreux travaux en retard. L'étudiant n'en fut pas chagriné : une visite de Manon aurait contrecarré ses projets, car maintenant qu'il allait s'adonner à la nécromancie, il avait besoin d'être seul, le soir, dans son appartement. Tout le week-end, il prit des notes pour son mémoire à la Sorbonne et s'entraîna à rester de longues heures immobile sur son lit de camp. Ce n'était pas facile. Plusieurs fois, il se couchait sur le côté, position qui lui semblait la plus confortable, et il devait alors se remettre sur le dos en se persuadant qu'il pouvait tenir plus longtemps. Néanmoins, le dimanche soir, il était déjà parvenu à rester cinq heures sans bouger. Le lundi après-midi, quand il en eut fini avec ses deux séminaires d'histoire à la Sorbonne et avec son cours de grec à l'institut, qui duraient respectivement de 9 heures à 11 heures et de 13 heures 30 à 15 heures, il reprit son entraînement et réussit à atteindre sept heures d'immobilité. Enfin il était prêt. Le lendemain, le 24 octobre 2006, le grand jour était arrivé. Comme il n'avait jamais de cours le mardi et qu'il fallait rendre la version de langue des magiciens dès le jeudi, il estimait que cette date était la plus opportune pour agir. Il se leva tard, afin de ne pas succomber à la fatigue quand il serait étendu sur son lit, puis il sortit acheter deux endives et deux asperges à une épicerie située au croisement de la rue Saint-Jacques et de la rue des Ursulines, au pied d'un immeuble haussmannien qui avait jadis hébergé le célèbre sociologue Emile Durkheim. Rentré chez lui, il attendit 16 heures 30 puis croqua les légumes. Ce n'était pas très agréable, les asperges surtout étaient fibreuses, mais il fallait suivre à la lettre les consignes d'Owen. Ce repas achevé, il se coucha sur son lit et ferma les yeux, espérant qu'aucune mouche ne s'introduirait dans sa chambre pour troubler le rituel.

Lentement, les heures s'égrenèrent. Le soir survint, la pénombre se fit. Quand on eut passé 23 heures 30, Hugues se releva, les membres ankylosés. Son estomac gargouillait furieusement, frustré par le jeûne qu'il s'était imposé depuis son réveil et qui n'avait été rompu que par les quatre végétaux crus. N'y prêtant pas attention, l'étudiant alluma sa bouteille magique puis regarda à sa fenêtre. A l'extérieur, la rue paraissait endormie et, jusqu'à l'aube, toute vie y avait provisoirement cessé. Hugues ne tenait pas à ce qu'on surprît ses manigances. Il savait très bien que la découverte d'activités nécromantiques pouvait lui valoir l'exclusion définitive de l'institut. Toutefois, d'après le spectacle du quartier, il n'y avait rien à craindre. Il jeta néanmoins encore un coup d'œil sur l'édifice en face du sien, un immeuble haussmannien plongé dans un profond sommeil, et plus précisément sur une fenêtre du cinquième étage, juste en face de son appartement. Des persiennes la recouvraient et, à travers les fentes, on ne distinguait que des ténèbres. Ce constat aurait dû le rassurer, d'autant plus que jamais il n'avait vu cette fenêtre autrement que les volets clos. Logiquement, il aurait dû considérer l'appartement derrière comme inoccupé. Mais dans la situation présente, il s'inquiétait un peu. Pour échapper aux regards, il aurait bien voulu que sa propre fenêtre possédât des rideaux.

Finalement, estimant qu'il ne courait aucun risque, il s'agenouilla en ouvrant grand le livre sur les vols à Paris. Ayant contemplé le portrait de Bertrand de La Saulnaie, il déclara en latin, d'un ton solennel : « J'ai absorbé les plantes, j'ai observé le jeûne, j'ai partagé ton sort. O Bertrand de La Saulnaie, réponds à mon appel, reviens de chez les morts. » Aussitôt, un jet de vapeur blanche jaillit du livre pour former un nuage qui se condensa en homme de haute taille, vêtu d'un frac, d'une grande cape et d'une élégante chemise blanche avec un discret jabot. Sous son chapeau haut de forme, on devinait une épaisse chevelure noire bouclée au fer, et son visage jovial s'agrémentait d'une fine moustache et d'une courte barbichette. Seulement, il n'avait aucune couleur. Il était tout en nuances de gris, tel un personnage échappé d'un vieux film en noir et blanc, et autour de lui flottait un halo blanchâtre, comme une vague brume phosphorescente. « Je vous souhaite le bonjour, jeune mage qui m'avez appelé, s'écria-t-il en tendant la main à l'étudiant. Que puis-je pour vous ?

- Euh… euh… », bafouilla Hugues qui ne savait plus quoi dire. Il était tellement effaré de se retrouver avec un vrai spectre qu'il se demandait si cet individu n'était pas une hallucination. « Ben… euh…, parvint-il enfin à articuler, vous… vous êtes bien un fantôme ?
- Je le crois, répondit Bertrand de La Saulnaie avec un sourire, à moins que je ne me trompe. Pourtant, en 1856, il me semblait bien qu'on m'avait tué. En tout cas, que je sois ou non un revenant ne vous dispense pas de me serrer la main. »

Hugues obtempéra, se confondant en excuses. A sa grande surprise, le spectre lui saisit la main et la pressa avec autant de force qu'un homme en chair et en os. « Euh…, balbutia-t-il de nouveau, je… je ne voudrais pas vous offenser, mais… est-ce que vous passez à travers les murs ?

- Ma foi, répondit Bertrand, je n'ai jamais constaté qu'ils me retinssent.
- Et… est-ce qu'on pourrait vous passer au travers ?
- Décidément, vous ne connaissez pas grand-chose sur les spectres. Mais essayez donc. »

Timidement, Hugues avança le bras et traversa le torse de l'ombre sans rencontrer de résistance. Quand il le retira, elle ne portait aucune marque. Il recommença une dizaine de fois, avant de se rendre à l'évidence. « Mais comment avez-vous pu me toucher, s'exclama-t-il, alors que vous êtes immatériel ?

- Petite erreur. Je ne suis pas immatériel. Les fantômes ne sont pas des âmes sans corps, autrement vous ne pourriez me voir et je ne pourrais agir. Après la mort, on quitte certes son enveloppe charnelle, mais on revêt un nouveau corps, qui n'est pas conçu dans le même matériau. C'est pourquoi vous êtes incapable de me toucher, tandis que je peux vous saisir et me jouer des obstacles. Malgré les apparences, je possède bien une âme et un corps. Néanmoins, est-ce seulement pour cette discussion que vous m'avez invoqué ? N'auriez-vous pas un travail à me proposer ? J'aimerais aussi connaître votre identité, parce qu'il est toujours plaisant de mettre un nom sur la personne à qui l'on rend service. »

L'étudiant se présenta et expliqua sa situation : sa formation en histoire de la magie, ses difficultés en langue des magiciens, la nécessité où il se trouvait de s'emparer des corrigés de son professeur et les circonstances qui l'avaient conduit à le repérer, lui, Bertrand de La Saulnaie, comme l'homme de main idéal pour un tel vol. Puis il lui montra un dessin de la pochette bleue de Samuel Tanguy, qu'il avait exécuté le matin à la place de son petit-déjeuner, et il alla jusqu'à lui indiquer l'adresse du thésard au 3, rue des Fossés Saint-Jacques, près du Panthéon, de peur qu'il ne se perdît. Mais le spectre lui affirma que ce n'était pas nécessaire. Bondissant à travers la fenêtre, il atterrit lentement sur le trottoir avec toute la grâce d'un chat. Très inquiet, Hugues lui fit de grands signes, car il était resté visible. Le fantôme s'aperçut de son erreur et, subitement, il disparut.

Pendant une heure, le jeune homme l'attendit, se demandant ce qu'il pouvait bien faire. L'appartement de Samuel Tanguy n'était quand même qu'à dix minutes de marche, il avait eu le temps d'en revenir. Brusquement, des coups résonnèrent contre ses vitres. Il ouvrit et Bertrand de La Saulnaie entra. En chemin, il avait pris son temps, car il était fasciné par toutes les modifications qu'avait subies la capitale depuis le milieu du XIXe siècle. En grimpant sur le Panthéon, il avait constaté que les constructions s'étendaient au-delà de la butte Montmartre, alors que de son temps, passé ce lieu, on atteignait la campagne. Vers le sud, le spectacle était comparable, à tel point qu'il s'était aventuré au-delà des catacombes et avait été stupéfait de ne découvrir que des bâtiments là où verdoyaient les champs. Hugues lui expliqua que depuis le roi Louis-Philippe, Paris s'était considérablement agrandie et qu'il lui parlerait plus tard de ce qui avait changé. Moins perplexe, le spectre tira de sous son frac la fameuse pochette bleue. Hugues l'en remercia mille fois et l'ouvrit : elle contenait encore le corrigé de la version d'Eamon de Dublin. Avec l'appareil hérité de son oncle, il en fit une copie, puis il rendit le document à Bertrand en lui ordonnant de le ramener immédiatement chez son propriétaire et de le remettre dans la situation où il l'avait trouvé : il ne fallait pas que Samuel Tanguy conçût des doutes. Il lui demanda aussi de ne pas céder à ses anciens instincts de gentleman-cambrioleur et de ne rien subtiliser. Le spectre affirma que ces consignes étaient superflues et il s'envola par la fenêtre après que l'étudiant l'eut ouverte, car si son « corps » pouvait passer à travers le verre, ce n'était pas le cas de la pochette. Vingt minutes plus tard, il revint. L'étudiant n'avait plus besoin de ses services. « Ame, repose un temps parmi les tiens », lui dit-il après lui avoir promis de le rappeler bientôt, et le fantôme s'évanouit, un sourire aux lèvres. Pleinement satisfait, le jeune homme se coucha, plongeant aussitôt dans le plus doux des songes.

Le jeudi, il rendit à Tanguy sa traduction du texte d'Eamon de Dublin, qu'il avait rédigée la veille à partir du corrigé. Naturellement, pour que le thésard ne remarquât rien, il avait rajouté des fautes et des approximations, mais en nombre insuffisant pour lui faire obtenir une note au-dessous de la moyenne. Pendant l'heure et demie que durait l'option, Samuel Tanguy fit déchiffrer par les étudiants un incompréhensible extrait d'un traité d'alchimie, dont on percevait juste qu'il parlait de cornues et d'alambics. Pas une seule fois il n'interrogea Hugues, tant il le méprisait. Plus précisément, il considérait que lui et Wilfried Mahé n'étaient que deux intrus dont la présence déshonorait son cours. Hugues supportait ce dédain en silence, et il s'en réjouissait presque : si Tanguy l'avait contraint à traduire un texte sans aide, il n'aurait pu dissimuler sa tricherie lors de la version. De fait, cette tricherie porta ses fruits. Une semaine plus tard, le 2 novembre 2006, le thésard lui rendit sa copie ornée d'un magnifique 10/20. Apparemment, il n'avait rien vu. Hugues en était aux anges, et il n'éprouva pas la moindre gêne lorsque Tanguy distribua le texte de la prochaine version, un extrait d'une *Histoire des lutins* par Cardec d'Aberdeen, mage écossais peu connu du XIIIe siècle. En effet, maintenant qu'il recourait à la nécromancie, il pourrait aisément maintenir ses notes aux alentours de la moyenne, ce qui aurait en outre l'avantage de ne pas éveiller les soupçons.

Ces bons résultats vinrent couronner plusieurs jours de parfait bonheur, comme si le livre d'Owen de Limerick avait apporté la chance avec lui. Le lundi 30 octobre, Manon avait enfin pu rejoindre Hugues dans son appartement et ils avaient passé ensemble la plus tendre des nuits. Le lendemain, une lettre de son directeur de recherches l'avait félicité pour l'avancement de son enquête, dont il lui avait transmis un compte-rendu, et avait affirmé qu'il était de la graine d'érudit. Dans un post-scriptum, Emile Chauvet lui avait demandé de se rendre dans son bureau le 24 novembre et de lui apporter un nouveau rapport sur ses travaux. S'il ne lui avait pas dit tout cela directement, c'était parce que le mercredi de cette semaine coïncidait avec la Toussaint et que l'institut était fermé ce jour-là, bien qu'il n'accordât pas de vacances aux étudiants pendant cette période. Durant ces jours heureux, Hugues évoqua plusieurs fois Bertrand de La Saulnaie, lui permettant de visiter Paris à sa guise. Pendant deux ou trois heures, le spectre arpentait les rues de la capitale avant de revenir discuter avec son maître. Il était stupéfait devant les changements intervenus dans sa ville depuis sa mort : les immeubles haussmanniens, les grandes artères, les tours en béton dans les arrondissements périphériques, le Sacré Cœur établi à Montmartre et, surtout, les immenses galeries du métro. Ce qui le troublait le plus était la disparition des remparts fortifiés qui enserraient Paris sous le roi Louis-Philippe. Patiemment, Hugues lui exposait toute l'évolution du monde depuis le Second Empire, avec le développement du train, l'invention de la voiture et de l'avion, la mise au point du téléphone, de la radio, de la télévision, de l'ordinateur, de l'Internet, et aussi avec le regrettable corollaire de ces nouvelles technologies : le déclin de la lecture. A son tour, il interrogea le spectre, désireux d'en savoir plus sur lui et souhaitant recevoir l'aide, pour son mémoire à la Sorbonne, d'un homme qui avait pu connaître directement la période qu'il étudiait. Bertrand lui raconta son histoire. Comme lui, il était originaire de l'Indre, et plus précisément de la Faisanneraie, un gros domaine agricole que sa famille régentait depuis la Renaissance. Né en 1819, il était monté à Paris 1837 pour faire des études de droit et devenir avocat, mais très tôt, dès 1842, il avait décidé de se transformer en un esthète du vol. C'était ainsi que, tout en fréquentant la haute société parisienne de la monarchie de Juillet et du Second Empire et tout en brillant dans les salons par son immense culture et ses traits d'esprit, il avait mené des cambriolages dans la France entière, s'introduisant discrètement dans les maisons des nobles et des riches bourgeois pour leur dérober leurs économies et leurs objets précieux. Toutefois, il n'avait jamais gardé pour lui le fruit de ces rapines, mais l'avait systématiquement donné aux pauvres, par philanthropie. Pour lui, c'était une façon de secourir la veuve et l'orphelin, en ôtant aux profiteurs leur superflu pour le remettre à ceux qui ne possédaient rien. Dans un sens, sa carrière de voleur avait été empreinte de noblesse, tout comme sa vie sentimentale. Détestant le stupre, Bertrand de La Saulnaie était resté fidèle à une amie d'adolescence qui lui avait donné deux enfants. Il ne l'avait cependant jamais épousée, et quand Hugues lui demanda pourquoi, il répondit qu'il était tant épris de liberté qu'il voulait vivre un amour constant sans que ce dernier fût ratifié par les autorités, car c'était une forme de contrôle social. Cette affirmation incita Hugues à l'interroger sur ses opinions politiques. En fait, Bertrand de La Saulnaie n'en avait jamais eu. Il se moquait éperdument de vivre sous la république ou la monarchie. Toutefois, comme il avait percé les coffres-forts de nobles bonapartistes et qu'il possédait, parmi ses relations, des amis républicains, des agents de Napoléon III l'avaient assassiné un soir d'hiver 1856, au sortir d'un bal. Dans l'au-delà, il avait toujours considéré son décès comme une véritable injustice. Néanmoins, à présent qu'Hugues l'avait ramené dans le monde des vivants, il était ravi de reprendre sa carrière de cambrioleur pour rendre service à un homme qui ne ruminait pas des intentions malhonnêtes.

Pendant toute cette période heureuse, il n'y eut qu'un seul événement désagréable. Le vendredi 3 novembre, à 19 heures, alors qu'Hugues rentrait chez lui après une longue journée à la bibliothèque de l'institut, il découvrit des employés d'une morgue qui sortaient un cadavre d'une petite pièce près des toilettes, au fond du couloir du cinquième étage. S'approchant, il demanda à voir le corps et l'un des croquemorts écarta le drap dont il l'avait enveloppé. Hugues retint un cri : il s'agissait d'Yvonne Spardek, une pauvre voisine solitaire qui avait longtemps été sa seule amie dans l'immeuble, jusqu'à l'arrivée de Bertrand de La Saulnaie. Depuis cinq ans, elle vivait là, dans une minuscule chambre près des sanitaires, et pour payer son loyer, elle ne disposait que d'une maigre retraite qui atteignait à peine sept cents euros par mois. Au cours de ses études, Hugues avait appris à la connaître et il s'était habitué à sa silhouette voûtée, toujours vêtue d'une blouse à carreaux, ainsi qu'à son visage fripé au nez busqué, surmonté de cheveux coiffés en bandeaux. Souvent, il lui avait rendu visite dans sa chambre qu'équipaient seulement un grabat et une petite table avec un réchaud, et il lui avait prodigué des paroles de réconfort. Plusieurs fois, pour soulager sa misère et sa solitude, il lui avait offert une partie de l'argent que lui fournissaient ses parents, et il n'avait pas hésité à lui acheter de la nourriture en abondance. Malheureusement, elle était morte dans la solitude. D'après ce que lui racontèrent les employés de la morgue, la concierge avait découvert son corps inerte au début de l'après-midi. Il était déjà froid. Hugues se sentit très mal à l'aise : deux jours auparavant, il avait rencontré Yvonne Spardek qui lui avait confié que sa santé se dégradait et qu'elle risquait peut-être de faire une attaque. Il n'avait pas pris cela au sérieux, estimant qu'il ne s'agissait que de fatigue, et n'avait pas songé à prévenir un médecin. Mais sa pauvre voisine avait vu juste. A présent, il s'en repentait amèrement. Pendant que les croquemorts emportaient le cadavre, il se mit à craindre que, dans l'au-delà, Yvonne Spardek lui gardât rancune et qu'elle ne réclamât, après sa mort, son châtiment.

Toute la soirée, cette pensée le tourmenta et il n'osa se coucher. Finalement, vers minuit, il décida de convoquer Bertrand de La Saulnaie pour se rassurer. Il vérifia que tout était en ordre au-dehors et il s'apprêtait à prononcer la formule, quand il distingua soudain dans la rue une grande silhouette coiffée d'un chapeau mou et enveloppée dans un long manteau noir. Le mystérieux individu tapa un code à la porte de l'immeuble haussmannien en face de son appartement, puis il y entra. Pendant une demi-heure, Hugues préféra ne pas appeler son ami d'outre-tombe, par simple prudence. Mais aucune lueur ne parut aux fenêtres de l'immeuble et l'étudiant pensa que cet homme était parti dormir. Au fond, peut-être ne s'agissait-il que d'un locataire qui rentrait d'un spectacle. Apaisé, il lança la formule d'Owen de Limerick : « Bertrand de La Saulnaie, vole à mon secours ! »

Le spectre surgit. Hugues lui exposa son problème, la négligence qu'il avait commise et les remords qui l'assaillaient. Bertrand le réconforta en affirmant, d'une part qu'on ne pouvait certainement plus retarder la mort d'Yvonne Spardek, d'autre part qu'après tous les actes de charité qu'il avait accomplis à son égard, elle lui pardonnerait à coup sûr dans l'au-delà. Le cœur en paix, Hugues se prépara à rejoindre son lit. Malheureusement, de l'autre côté de la rue, l'immeuble haussmannien ne dormait pas complètement. A chaque fenêtre du cinquième étage correspondait une chambre, car le propriétaire, pour accroître ses bénéfices, avait fractionné les appartements du Second Empire en pièces plus petites. Or, à travers une fente des persiennes qui faisaient face au logis d'Hugues, un visage moustachu ne cessait d'épier avec des jumelles l'étudiant et le fantôme. Derrière lui, appuyé contre un mur, le grand homme en manteau noir baissait la tête d'un air pensif, ses traits cachés par le rebord de son chapeau. Quand Hugues eut congédié Bertrand de La Saulnaie et éteint sa bouteille magique, l'individu aux moustaches, qui était très petit, se tourna vers le grand homme et lui demanda ce qu'il fallait faire. L'autre ne répondit rien et se gratta juste le menton : la découverte de son subordonné, qui l'avait amené en ce lieu, semblait le plonger pour l'instant dans une profonde perplexité.

CHAPITRE III

UNE ETRANGE RENCONTRE

Le lendemain, le samedi 4 novembre, Hugues se leva assez tard, l'esprit calme et serein. Il n'avait fait aucun cauchemar pendant la nuit et c'était plutôt bon signe : les paroles réconfortantes de Bertrand de La Saulnaie avaient produit leur effet. Malheureusement, en ouvrant son armoire, il découvrit avec consternation qu'il avait vidé toutes ses boîtes de petits pois, d'épinards et de haricots rouges. Il n'était pas au bout de ses peines. Explorant son frigo, il s'aperçut que ce dernier ne contenait plus de choux. Mais le plus dur survint quand il se rendit aux toilettes. Très radin, le propriétaire de l'immeuble refusait d'y mettre du papier hygiénique et chaque locataire devait amener son rouleau, qu'il remportait ensuite dans sa chambre après chaque passage. Or, quand Hugues voulut à son tour y aller, il constata qu'il n'avait plus en sa possession qu'un ridicule cylindre de carton avec un peu de papier autour, et rien d'autre pour prendre la relève. Dans l'ivresse des jours précédents, il avait négligé les courses les plus élémentaires. Il sortit donc, mais par un tragique coup du sort, les épiceries autour du Val de grâce étaient toutes fermées. Assez penaud, il décida de se rendre dans un Franprix sur le boulevard Saint-Michel, qui, lui, était ouvert en permanence. Il n'aimait pas aller dans les supermarchés, mais faute de grives, il fallait bien manger des merles.

Arrivé sur le grand boulevard, il s'arrêta quelques instants à l'entrée du Franprix pour feuilleter un numéro du *Parisien* qu'on avait laissé traîner sur un banc. Il ne contenait pas grand-chose d'intéressant, excepté, à la page des faits divers, cet étrange décès : deux frères, seuls héritiers d'un magnat lyonnais de la finance, étaient morts simultanément alors qu'ils se trouvaient dans des endroits très éloignés l'un de l'autre et qu'ils vaquaient à des activités totalement différentes. La cause du trépas était simple : une attaque cardiaque. Cependant, ces deux frères n'avaient jamais souffert de problèmes cardiovasculaires, l'un était même un sportif accompli. Néanmoins, ils ne portaient aucune trace de violence ou d'empoisonnement. Cette affaire était très énigmatique, mais Hugues ne s'en soucia point : ce qui lui importait le plus, c'était ses courses. Il pénétra dans le Franprix et fut suffoqué par l'air ambiant : jamais il n'avait pu s'habituer à cette atmosphère rafraîchie en permanence par les grands congélateurs et les étals réfrigérés. En plus, le spectacle des supermarchés le désolait toujours. Se dirigeant à grands pas vers le secteur des boîtes de conserve, il contempla les rayonnages qui débordaient de pièces de viande conditionnées en barquettes, de salades tout épluchées emballées dans des sachets ou de divers paquets de surgelés comme du poisson pané, du hachis Parmentier, de la tartiflette ou du civet de lapin. A vrai dire, il n'y avait rien qui ne fût pas dans un paquet en plastique ou en carton. Hugues se demanda quelles quantités de pétrole et de bois avaient été gaspillées pour fabriquer ces emballages, et combien de litres d'eau avaient été consommés pour apprêter ces légumes et ces plats tout préparés. De telles pensées l'affligeaient. Il ne comprenait pas pourquoi les hommes se plaisaient tant à

dilapider les ressources naturelles, alors qu'on lui enseignait à l'institut que ces dernières étaient des cadeaux de la Divinité dont on ne devait user qu'avec modération. Lui, au moins, il achetait ses légumes entiers, en se rendant toujours à l'épicerie avec les mêmes sacs. Il allait chercher sa viande chez le boucher, ses fromages chez le crémier, et il ramenait ces victuailles enveloppées seulement d'un mince papier. Il faisait sa cuisine lui-même et ne recourait pas aux surgelés. Mais les gens n'agissaient pas comme lui. Comment pouvaient-ils préférer ce mode de vie si irrespectueux envers la nature ?
« C'est très simple, murmura une voix juste derrière lui. Les gens ne pensent qu'à l'argent. Pour économiser leurs fortunes, ils feront n'importe quoi. Or, dans les grandes surfaces, tous ces produits sont moins chers que dans les boutiques. Par conséquent, ils les achètent ici, et peu importe le gaspillage qu'ils favorisent : ils ne penseront jamais sur le long terme. »

Hugues Ranolphe se retourna. Deux rangées de dents jaunâtres lui souriaient. Il bondit en arrière, avant de se rendre compte que le personnage devant lui n'était qu'un vieillard. Coiffé d'un élégant chapeau de feutre et vêtu d'un grand manteau noir, il le regardait avec une expression qui paraissait bienveillante et complice, mais aussi, en même temps, quelque peu étrange. « Vous… vous avez très bien saisi ma pensée, balbutia le jeune homme qui reprenait de l'assurance, et vos paroles sont très justes, mais… ce n'est vraiment pas une façon d'accoster les gens. Vous m'avez surpris.

- Je vous demande pardon, répondit le vieillard en enlevant son chapeau avec une exquise courtoisie, mais j'étais si stupéfait de rencontrer une personne qui pensât à ce point comme moi, que j'ai oublié un instant les règles les plus élémentaires de la politesse. Cela ne se reproduira plus, monsieur…
- Ranolphe. Hugues Ranolphe.

- Enchanté. Monsieur Delaulne, Jonas Delaulne.
- Merci beaucoup. Au moins, ce sera mieux comme ça. Maintenant, nous connaissons nos noms. Mais comment avez-vous deviné ce que je pensais ? On aurait cru que vous lisiez dans mon cerveau.
- L'intuition, monsieur Ranolphe, l'intuition. Peut-être cette marque de respect vous étonnera-t-elle, mais permettez-moi de vous appeler monsieur Ranolphe. J'ai un esprit très doué pour déceler tout ce que dissimulent délibérément ou inconsciemment mes semblables, et en l'occurrence, dès que je vous ai vu, j'ai immédiatement compris que j'avais là quelqu'un d'étrangement proche de moi, en dépit de son jeune âge.
- Que voulez-vous dire ? demanda l'étudiant en fronçant les sourcils.
- La vérité, l'exacte vérité, répondit le vieillard en souriant de plus belle. Quoique vous ne vous en rendiez pas compte, il est en vous une multitude de signes qui indiquent bien que vous n'êtes pas comme les hommes de votre génération – ni même comme ceux qui l'ont précédée. Des signes extérieurs, tout d'abord : votre veston, votre cravate. Ensuite, des signes plus subtils, qui ne trompent toutefois point un œil exercé. Mais vous vous en apercevrez mieux en observant le spectacle de vos contemporains. »

D'un discret geste du doigt, il lui désigna la masse des clients qui s'accumulait devant les caisses. « Etudiez leurs regards vides, leurs faces inexpressives, lui chuchota-t-il à l'oreille. On voit bien là les hommes qui ne se posent pas de questions sur le monde. Mais pourquoi s'enferment-ils dans cet aveuglement ? La réponse est simple. Ils ne songent qu'au plaisir : plaisir du ventre, plaisir de la chair, plaisir surtout de consommer. Pour assouvir cette passion, ils se soumettront à tous les puissants de ce monde qui les encouragent à acheter. Pour gagner le plus d'argent possible, ces derniers gaspillent sans vergogne les ressources de la planète pour les transformer en produits inutiles qu'ils écoulent en attisant les besoins futiles des hommes du commun. Pour ceux-ci, un tel gâchis n'est pas un problème : du moment que leur plaisir est satisfait, ils sont heureux. Le seul souci qui oppresse leur cœur est l'argent, l'argent qui permet de consommer. Pour l'acquérir et le garder, ils feront n'importe quoi. Ils rejoignent ainsi la troupe des puissants, qui ne songent à s'enrichir que dans le même but. En effet, à quoi sert l'argent, s'il ne donne pas accès au pouvoir et à la volupté ? Nous pouvons désigner ainsi les deux dieux de notre époque : la richesse et l'hédonisme. Dans tout cela, la Divinité, elle, est méprisée, ses cadeaux sont bafoués et quant à l'éternité, mieux vaut ne pas y penser. Dans ce royaume de l'égoïsme, où l'on ne connaît que le plaisir fugitif, seul compte l'instant présent. Personne ne réfléchit aux conséquences lointaines de ses actes, et quant au vrai sens du monde, il n'a aucune importance.

- Vous avez une conception très pessimiste des hommes, répondit Hugues d'une voix très basse. Mais mon visage, dans tout cela, en quoi ne ressemble-t-il pas à celui des autres ?
- Ce n'est pas compliqué. Quand on voit votre mine sérieuse, votre regard triste et pénétrant, on devine tout de suite un homme qui ne vit pas dans l'illusion, mais qui s'afflige, car il sait très bien analyser le monde. Vous gardez une saine distance par rapport à ce qui vous entoure, parce que vous êtes parfaitement conscient que la valeur des choses ne réside pas seulement dans les calculs des marchands, et que le rôle de l'homme n'est pas de satisfaire ses passions égoïstes en se croyant tout-puissant. »

Hugues se sentit mal à l'aise. Il n'appréciait guère la familiarité de cet individu qui s'entretenait avec lui comme s'il était une vieille connaissance. En outre, son cynisme l'indisposait. D'un autre côté, il éprouvait quand même une certaine fascination pour ce mystérieux Jonas Delaulne, et il aurait bien voulu éclaircir les raisons de ses étranges manières. S'agissait-il d'un vieil intellectuel en manque de compagnie ? La seule façon de le découvrir était de le garder auprès de soi. Hugues le laissa donc l'accompagner pendant qu'il prenait ses boîtes de conserve, ses légumes et son papier toilette, et ils passèrent ensemble à la caisse. Jonas Delaulne n'avait rien acheté, mais la caissière ne s'en formalisa pas : elle le regarda sortir avec indifférence, comme s'il avait été le grand-père de l'étudiant.

Une fois dehors, le vieillard proposa à Hugues de déjeuner avec lui. Le jeune homme se tâta longuement, car cette invitation l'embarrassait. Il l'aurait volontiers esquivée en inventant un prétexte fallacieux, comme un rendez-vous avec Manon, mais il craignait que l'autre ne le suivît pour vérifier la véracité de son motif. De fait, il ne pouvait être sûr de ses intentions, qui étaient peut-être malveillantes. Néanmoins, les paroles qu'ils venaient d'échanger dans le Franprix ne permettaient pas encore d'étayer une telle hypothèse. Cela redoubla donc chez Hugues le désir de faire la lumière sur son interlocuteur, et il accepta. Jonas Delaulne lui ayant laissé le choix de l'endroit du repas, il opta pour le Royal Saint-Jacques, un bistrot situé à l'angle de la rue Saint-Jacques et de la rue des Feuillantines. Chemin faisant, il put apprécier la taille inhabituelle du vieillard : ce dernier mesurait bien plus d'un mètre quatre-vingt-quinze et il se tenait encore tout droit, sans la moindre courbure. Jamais Hugues n'avait rencontré un homme de cet âge qui fût aussi grand, ni qui marchât d'un pas aussi alerte.

Arrivés au Royal Saint-Jacques, ils s'assirent au fond du bistrot, au milieu de plusieurs tables vides ; de toute façon, eux compris, il n'y avait en tout que cinq clients. La spécialité du restaurant étant les tartines, Hugues commanda un énorme croque-monsieur au jambon, au gruyère et à la mimolette, tandis que le vieil homme se contentait de deux tranches de pain de mie avec un peu de fromage, des oignons et deux fines rondelles d'andouillette. Pendant qu'ils se régalaient en silence, l'étudiant observa avec attention Jonas Delaulne, qui avait plié son long manteau sur sa chaise et déposé son chapeau à côté de son verre. Il portait un costume noir croisé, avec une chemise blanche et une cravate sombre. Sur son visage très ridé, aux joues creuses, un nez assez petit se retroussait légèrement, tandis que des lèvres très fines découvraient fréquemment des mâchoires aux dents jaunes, irrégulières et surtout très pointues, comme faites pour déchirer. A en juger par la blancheur de ses cheveux mi-longs, qu'il rejetait en arrière, il avait jadis possédé toute la blondeur d'un Danois ou d'un Suédois, et cette hypothèse était confirmée par le bleu de ses yeux, des yeux perçants, alertes et attentifs, qui révélaient la présence, dans ce corps usé, d'un esprit en parfaite santé. Toutefois, le plus surprenant était ses mains. Fripées, d'une extrême maigreur, elles portaient sur les paumes deux énormes scarifications assorties de quatre signes noirs qui relevaient à la fois du tatouage et de la scarification proprement dite : pour l'une, les lettres grecques alpha (Α) et thêta (Θ), pour l'autre, les lettres psi (Ψ) et upsilon (Υ). Outre ces détails étranges, sa main droite arborait un anneau, le plus insolite qu'eût jamais remarqué Hugues. Il s'agissait d'une bague bleu argenté, qui enserrait si étroitement son doigt qu'elle paraissait incrustée dans sa chair. Son chaton avait la forme d'un œil, non d'un œil vivant, mais d'un œil hiéroglyphique et inexpressif, comme sur les fresques de l'Egypte ancienne. Le blanc y était rendu par de la nacre et à la place de la pupille, on avait enchâssé une petite pierre rougeâtre qui ressemblait à un rubis, mais qui s'en distinguait par sa couleur plus sombre. Manifestement, ce joyau était ancien, mais Hugues aurait été incapable d'expliquer comment Jonas Delaulne se l'était procuré. Peut-être l'avait-il acquis lors d'un séjour en Egypte, auprès d'un marchand d'antiquités. Néanmoins, ce qui le troublait le plus, c'était l'alliance de cet objet avec les marques sur les mains du vieillard. Malgré une apparente indifférence, ce dernier s'était parfaitement aperçu qu'on l'étudiait et quand il eut presque terminé sa tartine, il rompit le silence. « Monsieur Ranolphe, commença-t-il, pour en revenir aux raisons qui, chez vous, m'ont attiré et qui expliquent ce merveilleux instant de convivialité que nous passons ensemble, je dirai qu'elles se résument à ce simple constat : vous êtes un intellectuel, mais surtout, vous êtes un intellectuel qui connaît la vérité sur le monde. Une telle qualité est rare. Il faut beaucoup d'efforts pour se dégager des illusions, pour échapper à toutes les idées reçues qu'à notre insu, la société nous inculque depuis l'enfance. Un tel détachement n'est pas facile.

- Certes, répondit Hugues d'un ton méfiant, mais j'ai fait des études d'histoire à la Sorbonne, je les continue encore aujourd'hui et, qu'est-ce que vous voulez, ça ouvre l'esprit. Ça m'a appris à prendre du recul par rapport aux événements présents.
- Sans doute. Mais il y a des vérités que vous connaissez et que l'on n'apprend pas en cours d'histoire, ni même dans aucune discipline enseignée à l'université. Par exemple, que les ressources naturelles sont des cadeaux de la Divinité. A notre époque matérialiste, où l'on croit uniquement que deux et deux font quatre, les hommes de science voient plutôt en elles des substances apparues par hasard et vouées seulement à engraisser la bourse d'un être humain tout-puissant. A aucun moment on ne les considérera comme les marques de la générosité d'un Dieu et,

par conséquent, comme des choses dont il faut user avec parcimonie, parce qu'elles n'appartiennent pas vraiment aux hommes, mais à leur Créateur qui les leur a prêtées. Plus généralement, l'être humain moderne, qui ne jure que par la science, refuse de croire qu'il existerait dans le monde des forces et des intelligences qui le dépasseraient et qui ne seraient pas explicables par les calculs savants. Mais vous, vous ne croyez pas au mythe de la toute-puissance de l'homme ?

- Non, pas du tout.
- Alors, vous admettez l'existence de forces dont la science ne peut rendre raison ? »

Hugues sentit une question-piège. Il aurait voulu ne pas répondre, ou donner une réponse fausse, mais un mensonge eût trop heurté ses intimes convictions. De toute façon, ses hésitations furent inutiles : ses yeux embarrassés révélèrent clairement le fond de sa pensée. « Je vois que vous y croyez, déclara Jonas Delaulne avec sourire caustique. N'essayez pas de le nier.

- C'est vrai, répliqua Hugues en tremblant un peu, j'y crois.
- Monsieur Ranolphe, reprit le vieillard sur un ton plus insistant, vous détenez une connaissance qui est aujourd'hui devenue un secret, car les gens ont cessé de la partager. Ce secret, vous ne l'avez pas découvert tout seul.
- Euh… si, si, monsieur Delaulne. Malgré ce que vous pensez… je l'ai découvert tout seul.
- Peut-être en avez-vous eu l'intuition. Mais dans les arcanes d'un tel secret, on ne pénètre pas profondément sans une aide extérieure. Je ne crois pas que l'enseignement public ou la Sorbonne soit en mesure de vous l'apporter. »

Hugues Ranolphe comprenait maintenant les intentions du vieil homme. Il devait se douter qu'il étudiait en fait à l'Institut libre de magie de Paris, et il cherchait à confirmer cette supposition. Mais comment connaissait-il l'existence de l'établissement fondé par Eusèbe Mahé ? Parmi les hommes ignorant les enchantements, les rares à en avoir entendu parler pensaient qu'il s'agissait d'une vulgaire école d'astrologie et de théosophie – ce dernier mot ne leur évoquant d'ailleurs rien. Toutefois, peut-être Delaulne était-il magicien. Pour éclaircir ce mystère, Hugues décida de lui poser une série de questions. « Pourquoi n'a-t-on jamais réussi à fabriquer la pierre philosophale ? demanda-t-il à voix basse.

- Parce que les bons esprits qui régissent les minéraux connaissent les faiblesses de l'homme, répondit le vieillard avec détachement, en particulier son insatiable cupidité, et qu'ils avaient compris dès le départ que si le genre humain découvrait un moyen de transformer le plomb en or, il basculerait aussitôt dans les péchés d'avarice et de prodigalité. Par conséquent, ils firent échouer toutes les recherches des alchimistes.
- Comment la pythie de Delphes parvenait-elle à prédire l'avenir ?
- Sur le site de Delphes, il y a une crevasse dans l'espace-temps que la science ne peut expliquer et qui permet à un homme ayant foi en la magie de contempler les événements qui pourront se produire. Aujourd'hui, cette crevasse est toujours ouverte, mais le manque de foi de nos contemporains les empêche de la percevoir. De toute façon, quelqu'un qui la repérerait ne parviendrait à observer que des événements possibles. En effet, l'homme est libre, et la divination ne peut lui dévoiler que les différents sorts qui l'attendent selon l'usage qu'il fera de sa liberté.

- Pendant quelle guerre utilisa-t-on pour la dernière fois des golems ?
- Pendant la Seconde Guerre mondiale. Ce fut en Pologne, et le sorcier qui fabriqua ces statues animées n'était autre que monsieur Jankel Abramowicz, professeur à votre institut. »

Hugues en était abasourdi. Ce vieil homme était donc un sorcier, et il connaissait toutes les notions qu'on lui avait inculquées depuis le début de sa formation en 2002. En vérité, l'étudiant était d'autant plus surpris que c'était le premier magicien qu'il rencontrait en dehors de ses camarades et des professeurs de l'institut. Comment avait-il deviné ses véritables activités ? Une voix intérieure lui suggéra que l'interroger serait inutile, et il préféra se taire, attendant que l'autre le relançât, ce qui ne tarda guère. « Ne faites pas cette mine déconfite, lui murmura Jonas Delaulne avec un sourire sournois. Vous devriez plutôt vous réjouir. Au fond, vous venez de vous trouver un confrère.

- Avez-vous fréquenté l'Institut libre de magie de Paris ? demanda le jeune homme aiguillonné par une brusque curiosité.
- Non. Je me suis formé par une autre voie. Mais j'ai été très en rapport avec certains de ses membres... certains de ses membres les plus éminents.
- Lesquels ?
- Vous n'avez pas besoin de tout savoir sur ma vie. Parlons plutôt de sortilèges. Au moins, dans votre institut, vous pouvez partager tous les secrets que vous connaissez sur les puissances surnaturelles ?
- Oui, c'est vrai. Depuis qu'on m'a donné des cours de magie et depuis, surtout, que j'ai commencé à la pratiquer, j'ai pu assouvir ma passion sans recueillir autour de moi la suspicion ou l'incrédulité. Au contraire, là-bas, c'est la complicité qui règne. Voyez-vous, quand j'étais adolescent, j'ai souffert de ne pas pouvoir témoigner de mon intérêt pour le

surnaturel, de récolter seulement de l'incompréhension – pas dans ma famille, certes, mais parmi les jeunes de mon âge. Alors, pour tout vous avouer… je suis plutôt satisfait.

- C'est très bien. Mais dites-moi, ajouta Jonas Delaulne avec une expression quelque peu perfide, vous épanouissez-vous vraiment dans votre institut ? N'avez-vous pas un jour recelé un secret que vous ne pouviez absolument pas partager, pas même avec vos camarades d'études ?
- Que voulez-vous dire et… quelle est cette intrusion dans ma vie privée ?
- Je vous demande pardon. Je voulais simplement signifier qu'il n'est pas de situation plus douloureuse, ni plus délicate, que celle où l'on appartient à un groupe et où l'on cache un secret que l'on ne peut pas dévoiler à ce groupe, alors qu'il existe près de nous une autre association qui serait prête à accueillir ce secret pour le protéger, mais à laquelle on ne s'adresse pas, parce que l'on n'y pense pas. Si je vous explique cela, c'est car j'ai été durablement marqué par une expérience que je vais vous raconter. Pendant la Seconde Guerre mondiale, je faisais partie d'un cercle d'amis spécialisés dans les jeux de cartes. Or, parmi nous, il y avait un homme qui cachait des juifs et s'efforçait de les soustraire aux griffes de la Gestapo. Cet homme gardait son activité secrète et il n'en avait informé aucun d'entre nous, car il y avait dans notre cercle plusieurs membres qui soutenaient nettement la collaboration. Plus généralement, aucun d'entre nous ne se sentait suffisamment courageux pour tenir tête aux nazis et à leurs alliés du régime de Vichy. Néanmoins, l'ami dont je vous parle n'avait pas voulu rallier la Résistance, bien qu'un réseau eût été actif dans la

ville de province où nous vivions alors. En effet, il se croyait suffisamment habile pour échapper par ses propres moyens à la Gestapo, aux SS et à la masse des collaborateurs, et il souhaitait préserver son secret lui-même. Il eut tort.

- Comment cette histoire s'est-elle terminée ?
- En février 1943, il fut dénoncé par un des membres du cercle, un bon pétainiste qui avait éventé son secret et qui le livra aux autorités de Vichy. Ces dernières le remirent aux nazis qui l'envoyèrent en Allemagne, et on ne le revit jamais. Tout cela parce qu'il avait préféré faire cavalier seul plutôt que de confier son secret inavouable au réseau de la Résistance, qui lui aurait fourni une aide considérable et aurait bien mieux protégé sa personne. Si je vous raconte cette anecdote, c'est car son enseignement ne vaut pas seulement pour cette triste période dont nous sépare maintenant plus d'un demi-siècle. Quel que soit le contexte, n'importe qui peut se retrouver dans une situation aussi inconfortable que celle de mon malheureux ami. »

Hugues Ranolphe frissonna. Le vieillard avait-il découvert qu'il pratiquait la nécromancie, au mépris des règles de l'institut ? Mais comment s'y était-il pris ? En tout cas, s'il était au courant, la situation d'Hugues devenait effectivement périlleuse : en supposant que Jonas Delaulne avait gardé des liens avec l'établissement où il étudiait, il pourrait parfaitement le dénoncer. Le jeune homme se sentait au comble de l'embarras. Il aurait bien voulu demander au vieux sorcier ce qu'il savait réellement de lui, mais il craignait de trahir lui-même son secret par une question à voix haute. De fait, bien que personne n'eût rejoint, depuis leur arrivée, les trois autres clients dont plusieurs tables les séparaient, la prudence lui recommandait de se taire. Jonas Delaulne le comprit tout de suite. De la poche intérieure de son veston, il tira une liasse de petits papiers détachables ainsi qu'un superbe stylo-plume à réservoir, qu'il tendit à Hugues. Ce dernier n'hésita pas. « Que savez-vous vraiment à mon sujet ? » écrivit-il à la hâte. « Que vous avez évoqué un spectre, griffonna en retour le vieillard, que cette pratique est condamnée par votre institut, qu'elle pourrait vous valoir l'exclusion mais que, malgré tout, vous refusez d'y renoncer, car vous devez en avoir besoin. » « Comment avez-vous découvert ça ? » « Vous n'êtes pas en droit de le savoir, du moins, pour l'instant. » « Vous allez me dénoncer ? » « Point du tout. Je souhaite au contraire vous aider, et c'est pour ça que je vous ai abordé. Moi et quelques amis, nous avons les moyens de protéger votre secret et de garantir votre sécurité. » « Vous avez des amis ? » « Oui, et très dévoués. » « Quand vous parlez de m'aider, êtes-vous sincère ? » « Absolument. » « Dites-m'en plus. » « Pour cela, venez cette nuit vers 2 heures du matin au 3, passage des Postes. Ce lieu est tout près de chez vous, vous y rendre ne devrait pas poser problème. Quand vous serez devant la porte, appuyez sur le bouton de l'interphone et dites simplement : « C'est quand on craint, car on est seul… » On vous répondra, puis on vous ouvrira. Acceptez-vous ? »

Un instant, Hugues hésita, puis il écrivit : « Oui. » « Parfait, traça le vieux sorcier. A présent, retenez bien ces instructions, car bientôt, vous ne les aurez plus sous les yeux. » « Que voulez-vous dire ? » « Vous comprendrez. »

Détachant les papiers noircis, Jonas Delaulne les donna à l'étudiant tout en les retournant afin que l'on n'en vît pas la face griffonnée, puis il rangea son stylo ainsi que le reste de la liasse et héla un garçon. Quand l'addition eut été réglée, il se leva et serra la main du jeune homme. « Je vous remercie mille fois pour ce moment exquis que nous avons passé ensemble, lui dit-il à voix haute. Un vieillard de mon âge a besoin de compagnie et, ma foi, monsieur

Ranolphe, la vôtre est la plus agréable que j'ai jamais connue depuis que la fougue de mes jeunes années m'a quitté. De tout cœur, j'espère vous revoir un jour. Bon week-end ! » Hugues lui souhaita également au revoir et il partit, remontant la rue Saint-Jacques. Pendant un bref moment, l'étudiant voulut savoir où il allait et il le suivit de loin, jusqu'à ce qu'il obliquât dans la rue de l'Abbé de L'Epée puis franchît la large rue Gay-Lussac. Le jeune homme renonça alors à sa filature, songeant qu'elle ne lui apporterait sans doute rien par rapport au rendez-vous auquel on l'avait confié, et il regarda les papiers qu'on lui avait remis. A sa grande stupeur, l'encre y avait pâli et elle s'estompa de plus en plus, perdant peu à peu sa belle couleur noire jusqu'à s'évanouir totalement.

CHAPITRE IV

PROPOSITION NOCTURNE

Cette disparition troubla profondément Hugues, quoiqu'il connût l'existence des encres magiques. Craignant que le vieillard ne fût encore dans les parages, il regagna son appartement où il attendit une demi-heure, puis il se rua dans un cybercafé non loin du boulevard Saint-Michel, pour y consulter l'annuaire. Mais les *Pages blanches* ne mentionnaient aucun Jonas Delaulne, à Paris comme en province. Hugues Ranolphe regretta amèrement de ne pas avoir renvoyé le vieillard quand il l'avait accosté dans le Franprix, mais sa bourde était irréversible : maintenant qu'il avait pris un engagement, il devait l'honorer. Il retourna donc à son domicile où il fit apparaître Bertrand de La Saulnaie pour lui relater toute l'affaire. Le spectre se montra sceptique quant aux bonnes intentions du vieillard et il estima que ce rendez-vous ne pouvait être que louche. Cependant, à ses yeux, il fallait absolument s'y rendre : poser un lapin pouvait entraîner de graves ennuis.

Le soir donc, quand Hugues eut dîné après une longue après-midi d'études à la bibliothèque de l'institut, il enfila un veston brun et ocre, moins râpé que son veston vert et noir, noua une cravate à rayures et se recoiffa, puis il s'assit et regarda par la fenêtre. Dans la rue, sous les coups d'œil indifférents de quelques passants, une foule d'enfants se pressait devant le Studio des Ursulines, cinéma spécialisé dans les films pour le jeune public, afin d'assister à une projection des *Aristochats*. Peu à peu, les quarts d'heure s'écoulèrent. Quand 22 heures sonnèrent, Hugues éteignit sa lampe magique, pour qu'on crût qu'il s'était couché, puis se posta dans un coin de sa chambre afin d'observer par la fenêtre sans qu'on l'aperçût. A l'extérieur, une nouvelle troupe affluait dans le Studio des Ursulines, des adolescents venus regarder *L'Etrange Noël de Mr. Jack*. Hugues Ranolphe continua d'attendre. L'une après l'autre, les fenêtres des immeubles s'obscurcirent. Vers 23 heures 40, les adolescents quittèrent le cinéma qui descendit peu après son rideau de fer. Dans les appartements, les dernières clartés s'évanouirent ; quelques noctambules passèrent sur le trottoir, d'abord lentement et en chantant, puis hâtivement, comme s'ils avaient honte. Enfin, tout fut désert et le silence régna. Il était 1 heure et demie.

Hugues ralluma sa bouteille, vérifia qu'il ne s'était pas décoiffé, puis il enfila un caban et sortit. La nuit était fraîche. Se rendre au passage des Postes ne lui posait aucune difficulté, puisque ce lieu n'était qu'à un quart d'heure à pieds de son domicile. Sans regarder autour de lui, il traversa la grande rue Gay-Lussac absolument vide de voitures, s'engagea dans la rue Louis Thuillier puis parcourut les rues Erasme et Pierre Brossolette. A ses côtés défilaient les mornes et austères bâtiments de l'Ecole normale supérieure et de l'Ecole nationale des arts décoratifs. Il n'y prêta aucune attention, tant l'obsédait le rendez-vous auquel on l'avait convié. Arrivé sur la petite place Lucien Herr, il stoppa. D'épaisses nuées avaient voilé la lune et l'endroit ne baignait que dans la lueur rougeâtre des réverbères. Des voies adjacentes, on ne percevait nul bruit de pas. Seule glougloutait une fontaine installée sur la gauche, au-dessous d'un café. A l'opposé descendait la rue Lhomond et au bas d'un vieil immeuble, Hugues distingua un grand porche, béant comme une gueule obscure : l'entrée du passage des Postes. Un instant, il se demanda s'il devait s'y engager et vérifia ce qu'il avait emporté. Pour se défendre, il ne disposait que de son anneau en magnétine qui n'abandonnait jamais son doigt : l'institut n'enseignait pas des sortilèges de mort subite, et les sorts de métamorphose auraient exigé le transport d'ingrédients trop repérables. Mais peut-être serait-il fouillé avant de retrouver le vieillard. Dans ce cas, on lui prendrait sûrement son anneau et il ne pourrait même pas projeter des objets sur d'éventuels adversaires. Frissonnant, il pensa rebrousser chemin, puis il se dit que le mystérieux Delaulne ne lui voulait peut-être pas de mal et il résolut de vérifier ce que lui réservait l'avenir. Avec assurance, il marcha vers le porche et le franchit.

Entre la rue Lhomond et la rue Mouffetard, le passage des Postes était une sombre ruelle pavée, inchangée depuis l'Ancien Régime. Sur la gauche, un pâté d'immeubles obstruait la vue. Sur la droite, en revanche, se dressaient juste deux maisons. La première, tout au fond de la ruelle, se rattachait aux bâtiments bordant la rue Mouffetard. La seconde, à mi-chemin, eût formé un rectangle parfait sans un décrochement anguleux de sa façade. Elle était haute et vaste, avec deux étages, et sur ses murs jaunes s'affichait le numéro 3. Apparemment, elle était plongée dans un profond sommeil : les volets de ses huit fenêtres étaient tous fermés et nulle lueur ne filtrait derrière la vitre de sa porte. Néanmoins, Hugues Ranolphe sonna à l'interphone.
« C'est quand on craint, car on est seul..., murmura-t-il.

- Qu'une main vient vous secourir », répondit une voix.

Aussitôt, la porte s'ouvrit. Dans l'encadrement, une chandelle à la main, se tenait un homme de quarante ans au visage carré, aux mâchoires massives, au nez large et aux cheveux roux plaqués sur le côté. Sous son élégant costume trois pièces que rehaussait une cravate verte, on devinait un corps trapu, très râblé, et des bras extrêmement musclés comme ceux d'un ancien boxeur ou d'un ancien catcheur. Sans un mot, l'inconnu entraîna Hugues et, après avoir verrouillé la porte, il lui ôta son caban et le conduisit au premier étage par un escalier étroit, jusqu'à une pièce où l'attendait une femme d'âge mûr, coiffée en chignon et vêtue d'une robe noire avec des tulipes rosâtres. Il lui susurra quelques mots à l'oreille et elle disparut par une grande porte à double battant. Resté seul avec l'étrange huissier, Hugues examina les alentours. Il se trouvait dans un salon carré, aux murs ornés de boiseries et recouverts de papier peint vert. Sur sa gauche, des rideaux tirés masquaient deux fenêtres ; devant lui se dressait la porte par où était sortie la femme ; enfin, à sa droite s'ouvrait une cheminée surmontée d'un grand miroir. Le mobilier était extrêmement pauvre : hormis deux guéridons près des fenêtres, avec des photophores éclairant la pièce, il se résumait à quatre fauteuils de part et d'autre de l'âtre et de la porte, et à un piano derrière lui. Hugues contempla l'inconnu qui se tenait immobile à deux mètres de lui : les lèvres tendues, le regard perçant, il le scrutait sans dire un mot. A un moment, la pochette de son veston remua et Hugues en vit surgir le museau d'une souris grise. Délicatement, l'inconnu la caressa du doigt en lui jetant une sorte de regard complice, ce qui permit à Hugues de constater qu'il portait lui aussi un anneau à la main, mais noir. Puis la souris rentra dans la poche et l'huissier reprit sa garde attentive.

Soudain, la porte du fond s'écarta, livrant passage à la femme au chignon puis à six autres individus, cinq hommes vêtus de complets bleus, jaunes ou bruns, et une femme en tailleur gris, un foulard noir autour du cou. Enfin surgit Jonas Delaulne, dans une robe noire ornée d'un bouquet d'asphodèles. Les six sorciers s'alignèrent derrière lui. « Soyez le bienvenu en notre compagnie, dit-il à Hugues Ranolphe en lui serrant la main. Vous voyez devant vous tous les nécromanciens de Paris. Au sein de notre organisation, la Guilde des invocateurs, ils m'obéissent et cette nuit, je les ai convoqués spécialement pour vous accueillir parmi nous. Tout d'abord, ajouta-t-il en amenant Hugues auprès du mystérieux huissier et de la femme au chignon, je vous présente mon bras droit, monsieur Ephrem Ziegler, et son épouse, madame Monique Ziegler. »

Hugues leur serra la main, marmonnant un salut qui n'obtint qu'une réponse froide, puis il rendit le même hommage aux autres membres de la guilde tandis que Delaulne lui en apprenait les noms. « Messieurs, déclara ce dernier quand Hugues eut terminé, depuis de longues années, nous pensions être les seuls dans cette capitale à évoquer les spectres. Or voici que je viens de découvrir ce jeune homme, étudiant en maîtrise à l'Institut libre de magie de Paris, qui s'est mis, sans initiation, à pratiquer la nécromancie en son domicile, à l'insu de ses professeurs comme de ses amis. Il ne pouvait ignorer plus longtemps notre société, puisque cette dernière a vocation de rassembler tous les éveilleurs d'ombres de la capitale. Aussi l'ai-je accosté et persuadé de nous rejoindre. Maintenant que vous êtes parmi vos semblables, monsieur Ranolphe, ajouta-t-il en se tournant vers Hugues, faites donc la preuve de vos talents. »

Hugues comprit parfaitement l'ordre. Il récita la formule d'Owen de Limerick et Bertrand de La Saulnaie surgit devant les sorciers. « Un spectre magnifique, murmura Jonas Delaulne en le toisant. Mais ce n'est pas la première fois que vous l'évoquez, et vous ne l'avez jamais vraiment renvoyé chez les ombres. Comment l'avez-vous attiré du royaume des morts ? »

Hugues aurait voulu ne rien répondre, mais un tel refus l'eût exposé à de sérieux ennuis. Personne ne le lui avouait, mais il le sentait. Il parla donc longuement de l'incunable d'Owen de Limerick, du nécessaire substitut du mort, des plantes miraculeuses, du jeûne et de la formule évocatrice. « Voilà qui ne surprend guère, répliqua Jonas Delaulne. Cette méthode, je la connais depuis des décennies. Toutefois, c'est là le degré le plus élémentaire de notre art. Certes, vous n'en êtes qu'à vos débuts et, n'ayant reçu aucune formation, vous ne pouviez maîtriser qu'un sort très simple. Mais, honnêtement, il faut dépasser Owen de Limerick. Déjà, vous avez eu de la chance en retrouvant un de ses livres, car savez-vous qui était ce personnage ? Un enchanteur de piètre envergure, un rebouteux à la petite semaine qui passa les vingt premières années de sa vie d'adulte à traiter les rhumatismes des vieilles commères de sa ville natale, puis qui épata de pauvres lords du pays de Galles en s'occupant de leurs hémorroïdes, de leurs varices et de leurs œils-de-perdrix. Quand il n'agitait pas son bâton en lançant une formule vite faite, ou qu'il ne faisait pas absorber à son protecteur une potion mijotée à la hâte, il s'en allait rêvasser sous les dolmens où il s'endormait malgré lui, quoique la vie ne lui pesât point, et quand il s'éveillait, la nuit était tombée et déjà le château avait relevé son pont-levis. Quant à ses livres, il n'écrivit que de petits opuscules gentillets qui servirent juste à enseigner, dans les écoles, les rudiments de la magie à de jeunes sorciers de neuf ans. Croyez-moi, monsieur Ranolphe, cet homme n'était pas un modèle. Certes, quels que soient les sortilèges utilisés, un fantôme possède toujours à peu près les mêmes pouvoirs que ceux qu'il invoquait ; néanmoins, un vrai nécromancien méprise les enfantillages d'Owen de Limerick. Les endives, les asperges, le jeûne, il les a réservés à la toute première phase de son apprentissage, et maintenant qu'il est un sorcier accompli, il fait jaillir les spectres immédiatement, dès qu'il le veut, sans entendre son estomac gargouiller pendant des heures après n'avoir déjeuné que de fibres végétales et laxatives de surcroît. Et il ne se contente pas d'un.

- Vous pouvez évoquer des fantômes sur-le-champ, sans préparation ? s'écria Hugues. Vous pouvez en appeler plusieurs à la fois ? »

Avec une mimique sournoise, Jonas Delaulne frotta ses mains l'une contre l'autre comme pour caresser l'œil de sa bague, tout en marmonnant une incantation qu'Hugues ne put comprendre. Brusquement, une vapeur blanche s'échappa entre ses doigts, un couinement retentit et sur ses poings apparut un rongeur. « Arthur ! » s'exclama Hugues, et il ne se trompait pas. C'était bel et bien Arthur, son cochon d'Inde qu'il avait perdu plusieurs années auparavant. Il avait conservé ses longs poils qui lui donnaient l'allure d'un balai à franges, mais, de roux, il était devenu gris, le gris des spectres. Autour de lui flottait un halo blanchâtre, comme autour de Bertrand de La Saulnaie qui observait ce spectacle, immobile et silencieux. Délicatement, Delaulne posa le cochon d'Inde sur l'épaule de son ancien maître. « Arthur, lui murmura Hugues avec émotion, la dernière fois que je t'ai vu, c'était lors de tes funérailles, quand j'avais dix ans. La veille, on t'avait découvert inanimé, dans ta cage. J'avais fondu en larmes, pendant une semaine, aucun discours n'avait su me consoler. Ah ! Si on m'avait alors annoncé qu'un jour... »

Il voulut le caresser, mais sa main ne rencontra que du vide. Pourtant, il sentait bien les poils du cobaye lui effleurer le cou et son nez le renifler avec intérêt, tout comme il percevait ses couinements de joie. Trois fois, il recommença, mais trois fois il ne toucha rien. « Les retrouvailles sont terminées, dit Jonas Delaulne au cochon d'Inde. Monsieur Ranolphe a d'autres amis à revoir. Retourne chez les ombres. »

Le cobaye s'évanouit. « Co... comment l'avez-vous fait revenir ? » bredouilla Hugues. Pour toute réponse, Jonas Delaulne eut un sourire énigmatique et récita de nouveau son incantation en se frottant les mains. La vapeur jaillit et s'éleva dans les airs. Sans abandonner son geste, Delaulne la suivit du regard et elle se mit à tourner autour d'Hugues et de lui, se condensant peu à peu en une forme qui battait des ailes. « Par les tourbillons des sept mers, lança une voix stridente, qu'est-ce que tu viens faire ici, moussaillon ?

- Surcouf ! » s'écria Hugues.

Devant lui volait le perroquet vert hérité de son grand-oncle, qui se percha aussitôt sur son poing. Hugues le regarda longuement, mais il avait bien la même queue aux deux longues plumes, le même bec recourbé et les mêmes yeux pétillants de malice. Cependant, il était gris, de la couleur des ombres. Le perroquet s'élança sur son épaule. « Tiens bon la barre ! s'écriait-il en roulant les « r ». Repliez les voiles ! Par le Hollandais volant, ne traînasse pas, matelot ! » Bien que son premier propriétaire n'eût jamais travaillé dans la marine, il lui avait appris beaucoup de phrases se rapportant à la navigation, parce que les perroquets lui paraissaient indéfectiblement liés aux histoires de pirates et de marins au long cours. Par conséquent, Surcouf s'exclamait comme s'il avait erré sur toutes les mers du monde, indifférent au lieu où il se trouvait et aux personnes qui l'entouraient en ce moment précis. De temps à autre, il lançait aussi quelques gros mots. Hugues ne s'en offusquait pas, de toute façon, il n'osait lui répondre. Il sentait les pattes de l'oiseau agripper son veston, il voyait ses griffes en tirer la laine. Fasciné, il essaya de lui caresser la tête, comme il le faisait adolescent, mais là encore, il ne toucha rien. Brusquement, Surcouf lui mordit l'oreille. Hugues sentit la douleur, il se regarda dans le miroir au-dessus de la cheminée, mais son oreille ne portait pas la moindre égratignure. Pourtant, la douleur avait été forte et restait encore vive. « Tu t'es assez attardé parmi nous, Surcouf, lui dit alors Delaulne, et tu as suffisamment profité de ton ancien maître. Retourne chez les ombres. »

Le perroquet s'évanouit. Décontenancé, muet d'incompréhension, Hugues contempla Jonas Delaulne. « Etes-vous donc tant surpris de voir évoquer des fantômes d'animaux ? lui demanda ce dernier. Ne connaissez-vous pas les théories de Pythagore, le célèbre enchanteur grec qui enseignait au VIe siècle av. J.-C. en Italie du Sud ? Il estimait que les animaux possédaient une âme, et pour cette raison, il défendait à ses disciples de manger de la viande. J'espère qu'on vous l'a bien appris pendant vos études supérieures, sinon je douterai de la qualité des cours dispensés à l'Institut libre de magie. Mais baste ! A présent, peut-être préférez-vous rencontrer un fantôme humain. »

Il reprit son geste des mains, prononça encore son étrange formule et cette fois-ci, le jet de vapeur devint une masse de fumée blanche. Elle s'accumula devant Hugues, se gonfla jusqu'à atteindre son épaule et soudain se dispersa, dévoilant, toujours dans le même halo, une vieille femme maigre au dos courbé, enveloppée dans une blouse à carreaux, avec des cheveux tirés en bandeaux et de grosses lunettes sur son nez busqué. « Madame Spardek ! » s'exclama Hugues, car il venait de reconnaître la seule voisine dont il s'était jamais senti proche dans son appartement, la pauvre veille dame qui vivait au fond du couloir, près des sanitaires. « Madame Spardek, répéta-t-il en tombant à genoux, pardonnez-moi de ne pas avoir prévenu un médecin, mais je n'avais pas vu, l'avant-veille, que vous étiez mal en point, que votre tête devenait douloureuse. Pourtant, vous m'aviez bien affirmé que la vie, à vos yeux, risquait de vous abandonner bientôt. Je ne vous avais pas cru, tant mes études m'obsédaient. Pardonnez-moi de ne pas avoir averti les secours, pardonnez-moi de n'avoir même pas pu vous assister dans vos derniers instants.

- Vous n'avez rien à vous reprocher, monsieur Ranolphe, répondit Yvonne Spardek d'une voix monocorde. Vous ne pouviez pas savoir. De toute façon, je ne suis pas tout à fait morte, puisque Delaulne m'a rappelée. Cessez donc de vous lamenter et écoutez mon conseil. Vous avez choisi l'évocation des spectres, persistez dans cette voie. Soumettez-vous à Jonas Delaulne : il vous fera progresser dans cette magie que votre institut méprise injustement, et grâce à ses bienfaits, vous reverrez tous les défunts que votre coeur, jadis, a chéris. En un instant, tous accourront à votre appel, le jour où la science de votre maître vous aura entièrement imprégné. Mais ne rejetez pas sa proposition : vous laisseriez échapper votre unique chance de réussite. »

Sur ses genoux, Hugues Ranolphe restait coi, tandis que derrière lui, tortillant sa barbiche, Bertrand de La Saulnaie observait le spectre aux yeux vagues et à la mine hagarde d'Yvonne Spardek. Son regard croisa celui de Jonas Delaulne. Un instant, le sorcier et le mort se toisèrent, puis Bertrand baissa les yeux. Sur un ordre du vieillard, Yvonne Spardek disparut comme avant elle Arthur et Surcouf. Hugues se releva et le sorcier se mit à déambuler autour de lui. « Votre ancienne voisine a parfaitement anticipé mes paroles, lui dit-il, quoique je présume qu'en entrant dans cette demeure, vous vous en doutiez déjà. De fait, adhérer à notre guilde ne vous procurerait que des avantages. En perpétuant vos activités nécromantiques dans votre appartement, vous courez le risque d'être aisément démasqué et ainsi exclu de l'Institut libre de magie. En revanche, si vous confiez votre tricherie à des professionnels qui sauront la maintenir cachée, vous garantirez à la fois votre sécurité et la réussite de vos études. Parmi nous, les bonnes volontés ne manquent pas : monsieur Ziegler, son épouse et mes lieutenants seraient tout prêts à vous assister.

- On peut recourir aux services d'une société secrète sans nécessairement s'y affilier, objecta Hugues d'une voix timide.
- Certes, répliqua le vieillard, mais vous êtes nécromancien, monsieur Ranolphe. Pour nous qui évoquons les ombres, vous êtes, sinon un frère, du moins un confrère. A travers ma proposition, il faut lire le désir de protéger un confrère potentiellement menacé, de l'affranchir d'un travail dangereux et aussi de lui permettre, en lui ôtant ce souci, de s'initier à des formes de magie plus subtiles, à mille lieues des artifices d'un rebouteux d'outre-Manche…
- Cela signifie que je devrais participer aux activités de votre association. Mais quelles sont-elles ?
- Ça, je vous le révélerai après votre adhésion, quand vous aurez juré fidélité à la guilde. C'est le principe de toute société secrète.
- Toutefois, il me paraît difficile de rejoindre votre organisation sans me faire repérer. Vous voulez me débarrasser d'un secret, mais c'est pour m'obliger à en garder un autre encore plus lourd.
- On peut très bien appartenir à une société secrète tout en promenant une façade de respectabilité. Il suffit de savoir tenir sa langue et sa plume. Cependant, si l'on entretient des relations intimes avec quelqu'un qui ne partagerait pas nos idées et nos objectifs, mieux vaut rompre avec cette personne. Mais baste ! En voici assez. Adhérez-vous ? »

Hugues Ranolphe hésita. Quittant leur apparente insensibilité, Ephrem Ziegler et les autres sorciers lui firent des sourires engageants, mais les yeux de Bertrand de La Saulnaie étincelèrent d'indignation. « Je refuse », répondit-il. Jonas Delaulne tressaillit et s'arrêta, comme si, en lui, un ressort s'était brisé. Les nécromanciens se renfrognèrent,

Ephrem Ziegler prit une mine courroucée et ferma un poing, mais d'un geste, le vieillard le rabroua. Lentement, il s'assit avec lassitude dans le fauteuil à droite de la cheminée et soupira longuement. « Oui..., balbutia Hugues, oui, monsieur Delaulne. Je... je refuse. Et je ne plaisante pas. Qu'au... qu'auriez-vous voulu que je fasse ? Que je rejoigne votre société ?

- Je l'eusse préféré, murmura Delaulne. Cependant, ajouta-t-il après un nouveau soupir, la Guilde des invocateurs ne contraint personne à lui appartenir. Chacun est libre de ses choix et, s'il commet une erreur, il ne doit s'en prendre qu'à lui. Vous eussiez fait une excellente recrue, monsieur Ranolphe ; toutefois, puisque vous ne vous sentez pas capable de rallier notre société, je ne m'oppose pas à votre décision. Vous pouvez partir. Néanmoins, auparavant, il vous faut me jurer que vous ne dévoilerez à personne l'existence de notre guilde, le rendez-vous de cette nuit et tout ce que vous y avez vu et appris. Cette tâche, sans doute, ne vous demandera que peu de peine : bien que vous n'œuvriez pas dans nos rangs, nous restons liés tous les deux par une même pratique que réprouvent tous les magiciens honorables. Nous avons chacun un secret à garder, et vous ne sauriez enfreindre votre serment sans trahir aussitôt un mystère dont dépend votre avenir. »

Hugues n'objecta rien. Il congédia Bertrand de La Saulnaie et jura, puis Ephrem Ziegler le raccompagna hors de la maison. Quand il fut sorti, Jonas Delaulne contempla le miroir au-dessus de la cheminée. A travers cette glace sans tain, dans une étroite cachette aménagée derrière l'âtre, deux individus avaient observé toute la scène : un petit homme moustachu aux cheveux flamboyants, en complet vert et cravate rouge, avec un pull sans manches en guise de gilet ; et une silhouette tapie dans l'ombre, dont on ne pouvait cerner les traits mais qui laissait deviner un visage carré, un nez pointu et une chevelure coiffée en brosse. Dans le salon, le vieillard eut un sourire sardonique, et la mine du petit homme indiqua qu'il avait compris l'ordre de son maître.

Dans la fraîcheur de la nuit, Hugues regagna promptement ses pénates, à la fois rassuré et angoissé. A peine entré dans son appartement, il s'effondra sur son lit, appela Bertrand de La Saulnaie et lui demanda son avis sur sa conduite. « Votre attitude fut excellente, mon cher Hugues, répondit le fantôme, et je l'approuve sans réserve. Dès le début de cet entretien, j'ai compris que votre monsieur Delaulne était un magicien peu recommandable et que sa guilde avait tout de l'association de malfaiteurs. Ces appréhensions, je vous les eusse volontiers confiées dès que je les eus ressenties, mais je ne le pouvais sans vous mettre en péril. Pour dire les choses clairement, ce vieillard n'est pas un nécromancien comme vous : c'est un esclavagiste, un homme qui asservit les morts et les prive de leur volonté. Souvenez-vous du visage de votre ancienne voisine : ce n'est pas sa pensée qu'elle a exprimée, c'est celle de ce sinistre individu, et elle ne pouvait la rejeter, parce qu'elle n'agissait plus par elle-même. Par bonheur, vous n'avez pas cru le baratin qu'il lui avait inculqué, car autrement, votre monsieur Delaulne vous aurait sans doute initié à la magie noire et entraîné à commettre, par le biais d'autres spectres, toutes sortes de méfaits.

- Vous croyez vraiment ? demanda Hugues d'une voix apeurée. Bertrand, cessez de m'effrayer : je manque de sommeil, je veux dormir. Ah ! si les événements de ce week-end ne pouvaient être qu'un rêve ! Si ce vieillard pouvait m'oublier !
- Il ne vous oubliera certainement pas, du moins pas avant une longue période. Quant à le rencontrer de nouveau, c'est une autre histoire. Sur ce point, mon intuition incline au pessimisme, néanmoins, je vous

conseille de ne pas renoncer à mes services : je pourrais vous devenir plus utile qu'en volant des corrigés. Mais ne vous causons pas de cauchemars : vous avez déjà reçu votre dose. »

Il le força à enfiler son pyjama puis le borda dans son lit, et après que la bouteille magique se fut éteinte, il le veilla jusqu'à l'aube, se plaçant dans un coin pour que personne ne remarquât, à la fenêtre, une lueur anormale.

CHAPITRE V

UNE PHOTOGRAPHIE COMPROMETTANTE

Quand parut l'aurore, Hugues congédia le fantôme puis il commença à réfléchir sur les événements de la nuit. A coup sûr, il avait été espionné ou, du moins, un membre de cette énigmatique Guilde des invocateurs avait fortuitement surpris ses activités nécromantiques. Pris d'un soupçon, il examina sur son bureau la boîte et l'étui contenant les reliques de son cochon d'Inde et de son perroquet, mais aucune touffe de poils ne manquait ; quant aux deux plumes vertes, elles paraissaient n'avoir jamais quitté leur dernière demeure. Ce constat l'interloqua, puisque Owen de Limerick expliquait dans son traité qu'aucun sort de nécromancie ne pouvait évoquer un spectre sans un vestige ou une image du mort. Soudain, il s'aperçut que peu après son départ vers le passage des Postes, un lieutenant de Jonas Delaulne avait parfaitement pu envoyer un revenant dérober dans son appartement les restes de ses anciens compagnons ; par la suite, ce même revenant n'avait eu qu'à accomplir l'opération inverse après la fin du rendez-vous. Il en allait de même pour Yvonne Spardek : avant que les croquemorts n'emmenassent son cadavre, un spectre évoqué par la guilde s'était sans doute introduit dans sa petite chambre et avait emporté une photo d'elle, un morceau de ses vêtements ou, dans une hypothèse macabre, un fragment de son corps. Si lui, Hugues, n'avait pas vu Jonas Delaulne manipuler toutes ces reliques, c'était parce que le vieillard les cachait habilement dans ses poings fermés. La discrétion naturelle de spectres, mêlée à un grossier tour de passe-passe, l'avait leurré. Hugues s'en sentit humilié : s'il acceptait, en tant que simple vivant et modeste apprenti sorcier, de capituler devant la puissance des morts, il ne supportait pas d'être resté aveugle à la ruse du vieillard, alors qu'il avait décelé, encore enfant, les trucages d'un prestidigitateur. Toutefois, l'humiliation fit rapidement place à la crainte : si des spectres pouvaient se glisser à son insu dans son appartement, il n'était en sécurité nulle part, d'autant plus qu'il ignorait d'où opérait l'agent de Delaulne qui les dirigeait. Etrangement, jamais Hugues ne songea que cet ennemi se trouvait dans l'immeuble haussmannien de l'autre côté de la rue, tant la chambre en face de la sienne lui paraissait inhabitée. La nature, pour son malheur, l'avait doté d'un esprit parfois assez tortueux, ce qui l'empêchait, devant un problème, de repérer les solutions les plus simples et les plus évidentes. C'est ainsi qu'à aucun moment il ne pensa à invoquer Bertrand de La Saulnaie. Au contraire, dans sa situation, il préférait suspendre définitivement tout contact avec l'au-delà afin que le vieillard et sa guilde l'oubliassent et que personne d'autre ne découvrît sa tricherie. Quand il se fut lavé et habillé, il téléphona à Manon pour lui proposer une sortie au cinéma, mais elle refusa, parce qu'elle avait trop de travail urgent. Ne pouvant se délasser l'esprit devant un film, il se plongea dans la préparation de son mémoire sur les disciples de Circé, ce qui effaça le souvenir des événements de la veille. Le lendemain, une nouvelle semaine débuta. Comme la nuit s'était déroulée sans incident, Hugues Ranolphe se crut de nouveau presque en sûreté, mais le soir du mardi 7 novembre, quand il essaya de traduire par ses propres moyens le texte de Cardec d'Aberdeen que lui avait distribué Samuel Tanguy, il se rendit compte que sans la nécromancie, ses notes en langue des magiciens s'effondreraient irrémédiablement, et il appela Bertrand pour qu'il le tirât de ce mauvais pas. Le fantôme s'exécuta de très bonne grâce et après un délai un peu plus long que la première fois, il rapporta le corrigé dans la pochette de Tanguy. Avec sa petite photocopieuse, Hugues le reproduisit, puis l'ancien gentleman-cambrioleur le ramena chez son propriétaire aussi rapidement que lors de sa précédente expédition. A son retour, Hugues s'était déjà mis en pyjama, laissant au lendemain l'écriture de sa version. Comme il allait prononcer la formule pour éteindre sa bouteille, Bertrand lui demanda s'il acceptait qu'il le veillât, comme le dernier week-end. Le jeune sorcier n'y vit aucun inconvénient et il s'endormit sous le regard de son ami d'outre-tombe, soulagé et rassuré, sans distinguer sur son visage une expression plus joyeuse que d'ordinaire.

Au matin, un cliquetis de faïence le réveilla : sur son lit de camp, Bertrand de La Saulnaie avait posé un plateau garni d'un bol, d'une cuillère et de cinq délicieuses tartines au miel et à la confiture, et il lui demandait quelle formule magique faisait fonctionner son réchaud. Emerveillé et plein de reconnaissance, Hugues lança l'incantation et la cuisinière s'alluma, ce qui permit au fantôme de mettre à chauffer une bouilloire pour le thé. « Mon cher Bertrand, dit Hugues, dimanche dernier, j'avais envisagé de renoncer à vos services, tant j'avais peur de ce vieillard et de sa bizarre association. Je rêvais de me faire oublier. Aujourd'hui, je m'aperçois que je ne pourrais pas me passer de vous. Vous êtes un ami, Bertrand, et quand je vois à quel point vous vous dévouez pour moi, je regrette de m'être laissé tenter par l'ingratitude.

- Ne vous tourmentez pas, lui répondit le spectre. Je vous pardonne tout, d'autant plus que jamais vous n'aurez autant besoin de mon aide que maintenant. Au juste, ajouta-t-il, quel âge donneriez-vous à votre monsieur Delaulne ?
- Eh bien... quatre-vingt-trois ans environ. Pourquoi cette question ?
- Parce qu'hier, en explorant l'appartement de votre professeur, j'ai fouillé dans ses affaires et j'ai fait bien belle prise. A présent, je me demande si ce nécromancien qui habite au passage des Postes ne serait pas né peu après ma mort. En tout cas, je doute qu'il s'appelle Jonas Delaulne et j'estime que le souvenir des années 1940 qu'il vous avait raconté n'était qu'un mensonge. Mais regardez plutôt ces documents : ils devraient vous intéresser. »

D'un geste désinvolte, il tira d'une poche de son frac deux papiers et une photographie qu'il jeta sur le lit. Hugues éclata en reproches, affirmant qu'il n'avait réclamé que le corrigé de la version, qu'il lui avait interdit de dérober autre chose et que maintenant, Tanguy allait démasquer sa tricherie, mais le fantôme l'empoigna par le cou et le força à regarder le premier papier. Au-dessus d'une incompréhensible suite de chiffres s'alignait un titre tout aussi énigmatique : *Reproduction du secret de Johannès Pélagidès*. Décontenancé, Hugues cxamina l'image. C'était une vieille photographie des années 1880, massicotée comme un petit beurre. Sur des fauteuils, au milieu d'une pièce lambrissée, posaient de respectables savants en jaquette qui arboraient moustache, barbe ou favoris. Derrière leurs visages, Hugues reconnut immédiatement les membres du Cénacle des gardiens, dont les bustes ornaient le hall de l'institut, et à gauche de leur groupe, il identifia le collier de barbe, les cheveux ras et le nez droit d'Eusèbe Mahé. Seulement, il y avait un intrus. A droite d'Eusèbe Mahé se dressait un immense jeune homme blond aux joues creuses, aux lèvres fines et au petit nez retroussé, dont les yeux paraissaient bleus et dont les cheveux mi-longs étaient rejetés en arrière. Vêtu lui aussi d'une élégante jaquette, il fixait l'objectif avec dignité tout en posant la main sur l'épaule du fondateur de l'institut. Jamais on ne l'avait représenté dans le hall et sa présence surprenait d'autant plus Hugues qu'on lui avait toujours raconté que le Cénacle des gardiens ne comportait que quinze membres ; or, avec cet inconnu, la photo en montrait seize. « Contemplez-le attentivement, ordonna Bertrand de La Saulnaie. Ne vous évoque-t-il pas quelqu'un ? »

Hugues s'efforça de réfléchir et, soudain, il pâlit : ce personnage ressemblait à s'y méprendre au vieillard qui lui avait donné rendez-vous au passage des Postes. C'était même tout à fait Jonas Delaulne, mais jeune. Interloqué, Hugues chercha une explication rationnelle, supposa qu'il s'agissait de son grand-père, mais Bertrand l'incita à retourner la photo. Tracés dans une écriture qui était exactement celle du vieux sorcier, on y lisait les mots suivants : « Un souvenir des temps héroïques. Avec mon amitié. Herbert Levasseur. »

Hugues Ranolphe n'y comprenait plus rien. Ce vieillard ne pouvait pas raisonnablement avoir plus de cent vingt ans et il ne pouvait pas non plus entretenir des relations avec son professeur de langue des magiciens. En effet, pourquoi lui aurait-il alors proposé de garder son secret ? « La vérité est fort pénible, rétorqua Bertrand de La Saulnaie, mais il faut vous rendre à l'évidence. Son grand âge ne fait guère de doute. Quant à ses liens avec votre monsieur Tanguy, ils sont très étroits et dissimulent clairement un complot dont vous pourriez vous retrouver victime, bien qu'à l'origine, vous n'en soyez pas la cible. Etudiez donc le dernier document. »

Hugues prit le second papier et il lut cette lettre incroyable, dont l'écriture était la même que celle au dos de la photo :

« Mon cher Tanguy,

« Je vous remercie mille fois pour la transcription que vous m'avez envoyée avant-hier. Vos efforts furent méritoires et grâce à votre science, nous comprendrons bientôt tout le texte de Johannès Pélagidès. En vérité, l'on ne peut que rendre hommage à votre immense talent : il fallait un fin connaisseur de la langue des magiciens et des subtilités de l'arithmétique magique pour vaincre les pièges dissimulés jadis par le retors Pélagidès. Pourtant, ce dernier croyait que nul ne résoudrait l'obscurité de son code. Il ne soupçonnait pas que parmi ses projets, la providence ourdissait la conception d'un génie supérieur au sien, et ce génie, ce fut le vôtre, mon cher Tanguy.

« Nous venons d'évoquer la providence. Souvent, lors de nos conversations, vous m'avez confié vos doutes à son égard. Pourtant, votre personne même atteste son existence. Mon cher Tanguy, vous ne pouvez imaginer le réconfort que causa votre arrivée au sein de mon association, le jour où vous franchîtes le seuil de ma maison du passage des Postes. Je ne m'attendais nullement à votre venue, pourtant, vous apparûtes et vous me soulageâtes d'un poids qui devenait insupportable. Il est toujours pénible d'attendre et de ne point parvenir à ses fins, surtout lorsque l'on a, comme moi, un siècle et demi sur les épaules et que notre jeunesse s'est envolée avant 1900. Vous êtes jeune, Tanguy, et vous décéderez sans doute dans votre quatre-vingtième année, comme tous les hommes qui n'ont pas su, comme moi, vaincre la mort. Jamais vous ne pourrez imaginer ce que c'est que traverser deux siècles, contempler la folie des hommes et observer leurs stupides querelles politiques et leur vaine foi dans la science et la technologie. Voyez-vous, ce sont toutes les tragédies du siècle passé, tout cet égarement croissant de mes compatriotes qui m'avaient incité au désespoir et m'avaient fait douter qu'une intelligence bénéfique gouvernât le monde. Mais, sur ce, vous êtes arrivé, et c'est probablement une bonne étoile qui vous a envoyé. En vérité, Tanguy, vous êtes l'homme le plus estimable que j'aie jamais rencontré, et pas seulement à cause de la convergence de nos projets. Ce qui me plaît le plus en vous, c'est votre absence d'illusions sur la société et, plus particulièrement, sur la foule des profanes qui ignorent la magie. Vous ne faites pas partie de ces individus qui croient au surnaturel, mais qui s'imaginent posséder des affinités avec ceux qui ne partagent pas leur foi. Par le passé, que de fois nous rencontrâmes de ces gens qui désiraient rejoindre notre guilde mais qui n'osèrent jamais y adhérer, parce qu'ils en trouvaient les activités immorales. Ce fut une grave erreur de leur part : nous dûmes les éliminer pour demeurer secrets. Toutefois, un tel châtiment leur était pour partie mérité : ces magiciens manquaient de clairvoyance et, surtout, ils restaient trop englués dans la société des « profanes ». Récemment, nous avons encore essuyé un refus de ce genre avec le jeune monsieur Ranolphe. Dans votre abri, derrière la cheminée, vous avez vu ses hésitations et le rejet qu'il a finalement opposé à ma proposition. Ah ! je n'oublierai jamais la scène que vous avez piqué après son départ, quand mes lieutenants furent rentrés chez eux et que j'eus expédié monsieur Ziegler et sa femme dans leur chambre. Vous m'avez accusé d'aveuglement, vous avez prétendu que je m'étais bercé de vains espoirs à l'égard de ce jeune homme. Manifestement, vous le tenez en piètre estime. Pourtant, il a sûrement du talent et dès notre première rencontre, j'ai senti certaines affinités entre nos deux personnes. Mais il est trop intégré au monde, il ne veut sans doute pas reconnaître la vérité sur le genre humain. Ce n'est pas comme vous, Tanguy. Quand vous eûtes compris les objectifs de notre guilde, jamais vous n'avez souscrit à la morale commune. Certes, depuis un siècle que j'en ai pris la direction, notre association a commis de nombreux meurtres grâce à ses spectres, mais qui en étaient les victimes ? Des hommes cupides, égoïstes et impies. Ce n'est pas de nier la magie que je leur reproche. C'est leur obsession de jouir égoïstement de la vie, de ne témoigner aucun respect envers la Divinité et de faire leur idole de l'argent et de l'accroissement de leurs fortunes. Au XIXe et au XXe siècle, ce type d'individu s'est déplorablement répandu, au plus grand préjudice du monde : vous connaissez tout le mal que ces gens firent jadis à la terre et celui qu'ils lui causent aujourd'hui. A bien des égards, leur mort est une juste punition. Envers eux, un vrai magicien ne doit pas ressentir de pitié. Ce principe, vous l'avez compris dès notre premier entretien et sans doute l'aviez-vous déjà en tête avant de rallier notre guilde. Depuis, vous n'avez jamais renâclé à porter le poids du secret et vous vous êtes soigneusement gardé de tisser des liens amicaux avec les profanes corrompus ou les magiciens trop lâches pour s'insurger contre cette société qui les entoure et qui, pourtant, nie leurs sortilèges. Une fois encore, je vous en félicite, et je le fais d'autant plus que jamais je n'ai constaté un tel zèle chez mes autres lieutenants, pas même chez monsieur Ziegler.

« Pour finir, ne vous inquiétez pas à propos du jeune monsieur Ranolphe. Lorsqu'il fut rentré chez lui, après le rendez-vous auquel je l'avais convié, vous m'avez conseillé énergiquement de l'éliminer tout de suite. Allons ! Laissons-lui une chance : il me chagrinerait d'assassiner immédiatement ce jeune étudiant. De toute façon, il est très surveillé. Vous souvenez-vous du petit homme que je vous avais adjoint derrière la cheminée ? C'est un de mes plus fidèles subordonnés, et c'est lui qui a repéré les activités nécromantiques de monsieur Ranolphe. Je l'ai donc chargé de le surveiller encore plus étroitement. S'il constate quelque chose de suspect chez votre étudiant, il m'avertira et nous interviendrons. De votre côté, n'éveillez pas les soupçons. Laissez le spectre de monsieur Ranolphe venir voler vos corrigés. N'essayez même pas de le surprendre ; dormez chaque nuit à poings fermés. Je sais bien que cela vous irrite, que vous n'admettez guère qu'on ne comprenne pas vos cours, mais en aucun cas monsieur Ranolphe ne doit éventer notre projet. Pour supprimer ce risque, le mieux est qu'il ne s'aperçoive jamais de votre appartenance à la guilde. Obéissez-moi donc scrupuleusement et faites confiance à mon espion, car je ne pourrais supporter qu'un malencontreux hasard réduise à néant un rêve qui me taraude depuis exactement cent-vingt-et-un ans.

« J'attends avec impatience la fin de votre transcription. Que la providence seconde vos efforts. Nous touchons presque au but. Concentrez-vous sur votre tâche, cessez vos alarmes et remettez-vous-en à l'homme auquel vous vous êtes voué.

« Votre maître et protecteur,

« Herbert Levasseur ».

Hugues Ranolphe en était estomaqué. Ainsi, son professeur de langue des magiciens avait rallié la Guilde des invocateurs, ainsi, il obéissait secrètement à ce vieillard qui ne s'appelait pas Jonas Delaulne, mais Herbert Levasseur et qui avait effectivement cent cinquante ans, à en croire cette lettre. A présent, l'étudiant comprenait les paroles du vieillard selon lesquelles il avait fréquenté certains des membres les plus éminents de l'Institut libre de magie de Paris : il avait appartenu au Cénacle des gardiens et côtoyé Eusèbe Mahé en personne. Cependant, comment se faisait-il qu'il n'en eût jamais entendu parler ? Et par quel prodige cet homme était-il parvenu à prolonger artificiellement sa vie jusqu'au début du XXIe siècle ? Ces questions n'étaient pas importantes. Ce qu'il fallait surtout retenir, c'était que depuis les années 1880, à en juger par les informations du message, ce mystérieux Herbert Levasseur était tourmenté par un désir secret, que pour l'assouvir, il avait monté un complot, que pour mener à terme ce complot, il lui était nécessaire de découvrir des indications cachées dans ce texte en chiffres rédigé par un non moins mystérieux Johannès Pélagidès, et que pour accéder à ces indications, l'aide de Samuel Tanguy était indispensable. Autrement, le but de la conspiration restait totalement inconnu. Toutefois, il semblait suffisamment sérieux pour que lui, Hugues, se trouvât menacé de mort s'il venait à la gêner, et manifestement, un tel assassinat était le rêve de son professeur de langue des magiciens. Paniqué et en même temps indigné, le jeune homme voulut lâcher une insulte contre le thésard, mais il n'osa pas. Reprenant son calme, il continua de réfléchir sur la lettre. Les détails importants ne se limitaient pas à la mention de cette conjuration. Apparemment, la Guilde des invocateurs était une société ancienne, et selon Herbert Levasseur, elle avait commis de nombreux meurtres. Pourtant, aucun ne semblait avoir été signalé. Soudain, Hugues se rappela les deux faits divers énigmatiques qu'il avait lus, le jour où il était tombé sur l'incunable d'Owen de Limerick et le matin où il avait rencontré le vieux sorcier : l'affaire du convoi de fonds dévalisé, dont les occupants avaient été réduits en cadavres sans armes ni poison, et celle des deux frères lyonnais décédés au même moment. D'un coup, tout s'expliquait. Les agresseurs étaient des spectres : ils avaient étranglé leurs victimes et ces dernières avaient succombé. Seulement, comme les mains des assassins n'étaient pas constituées de la même matière que celles d'un corps vivant, leurs cous n'avaient développé aucune marque de strangulation et elles paraissaient mortes d'une banale crise cardiaque – du moins, c'était ce que déduisait Hugues d'après le fait que quand Surcouf l'avait mordu, il avait bien ressenti de la douleur, tout en n'en gardant aucune blessure. Qui avait bien pu envoyer ces spectres ? Il n'y avait que la Guilde des invocateurs. En effet, les individus tués présentaient exactement le profil des victimes évoquées dans la lettre, surtout les deux frères lyonnais, qui descendaient d'un riche financier. Hugues frissonna, en songeant que toutes ces affaires inexpliquées de vols et de meurtres, qu'il avait apprises grâce à la presse, correspondaient en réalité aux forfaits de cette société secrète. Il se félicita de ne pas y avoir adhéré et remercia Bertrand pour sa clairvoyance. Malheureusement, il n'était pas au bout de ses peines. A cette heure de la matinée, sans doute Tanguy s'était-il déjà aperçu de l'absence de la lettre, du texte crypté et de la vieille photo, et il était clair que maintenant, la guilde allait s'efforcer de l'abattre comme témoin gênant. Cette réaction lui serait d'autant plus aisée qu'il était surveillé, et cela, depuis plus de deux semaines. Toutefois, d'où pouvait opérer cet espion mentionné par Levasseur ? Hugues regarda par la fenêtre et, enfin, il comprit que le danger provenait de la chambre aux volets fermés dans l'immeuble haussmannien en face de chez lui. Il se frappa le front, se demandant comment il avait pu se montrer aussi sot, et il se laissa tomber sur son lit. L'angoisse l'envahissait, attisée par la perplexité. La lettre ne révélait pas tout. Bien des éléments demeuraient inconnus : comment Tanguy et Levasseur s'étaient rencontrés, quelle était la nature de leur complot, quel rôle précis avait joué le vieillard au sein du Cénacle des gardiens et pourquoi la postérité avait curieusement oublié son nom. « Ne vous préoccupez pas de ces questions qui ne peuvent encore recevoir de réponses, lui enjoignit Bertrand de La Saulnaie. C'est une activité stérile. Songez plutôt à vous protéger. A mon avis, votre monsieur Levasseur – ou Jonas Delaulne, si vous souhaitez encore l'appeler ainsi – ne va pas tarder à vous envoyer un de ses fantômes, lequel vous serrera désagréablement le cou avant de récupérer les documents que je vous ai confiés. Si j'étais vous, j'entreprendrais de me prémunir en relisant le traité d'Owen de Limerick, et je cacherais désormais dans mon veston la photographie et les deux textes. »

Hugues acquiesça. Dans sa copie de l'opuscule du mage irlandais, il examina le paragraphe sur la défense contre les ennemis d'outre-tombe et vérifia immédiatement s'il pouvait se fabriquer un détecteur de spectres. Dans son armoire, il avait une petite fiole vide et de la ficelle, soit les pièces pour faire un excellent talisman. Il disposait aussi de serres de vautour ainsi que d'os de poulet qu'il avait récupérés au resto U, après ses déjeuners, en vue de la préparation de futures potions. Bien qu'ils fussent bruns et friables, ils pouvaient servir d'ingrédients. Hugues les broya dans son mortier avec les restes de pattes de rapace puis il versa la poudre obtenue dans la fiole, qu'il boucha avant d'y nouer fermement la ficelle. C'est alors qu'il se rendit compte, en observant la pendule au-dessus de sa porte, qu'il risquait d'arriver en retard au séminaire de son directeur de recherches, or, quoiqu'il fût en danger, il n'aurait pour rien au monde voulu manquer une partie de ce cours. Il avala donc prestement son petit déjeuner puis, après avoir exigé de Bertrand qu'il se tournât, il s'habilla en vitesse. Quand il eut enfilé son maillot de corps, il passa le talisman autour de son cou puis boutonna bien sa chemise jusqu'au col, afin qu'on ne le vît pas. Il noua ensuite soigneusement sa cravate, mit son veston sur ses épaules, prit son manteau et sa mallette et se dirigea vers la porte. Alors qu'il s'apprêtait à la franchir, Bertrand l'informa qu'il oubliait la vieille photographie, la lettre de Levasseur à Tanguy et le texte en chiffres. Maudissant sa distraction, Hugues les glissa dans la poche intérieure de son veston. Le spectre lui demanda ensuite s'il désirait qu'il l'accompagnât à l'institut, pour le protéger. L'étudiant rétorqua que ce n'était pas nécessaire, qu'avec le détecteur, il pensait pouvoir se tirer d'affaire tout seul et qu'il préférait que quelqu'un restât dans son appartement, afin d'empêcher une éventuelle fouille de la part de la guilde. Il suggéra même à Bertrand de s'introduire dans la chambre de l'immeuble haussmannien qui abritait certainement l'agent de Levasseur, afin, si ce dernier s'y trouvait, de le mettre hors d'état de nuire, et s'il n'y était pas, de collecter quelques renseignements sur son identité et ses moyens d'action. Le fantôme accepta de très bonne grâce, précisant que même sans un ordre explicite, il l'aurait fait, et il laissa partir son ami en lui souhaitant la protection de la Divinité.

Dès qu'il eut quitté la rue des Ursulines, Hugues se rendit dans l'épicerie qui lui avait fourni les endives et les asperges et il y acheta deux gros sachets de fèves bien sèches qu'il enfouit dans les poches de son veston. Descendant la rue Saint-Jacques, puis obliquant, en vue de la Seine, vers la place Saint-Michel et la rue Saint-André des Arts, il se dirigea ensuite vers l'Institut libre de magie, épiant le moindre signe suspect que lui enverrait son détecteur. Cependant, lorsqu'il fut arrivé devant la porte du 20, rue des Grands Augustins, pas un seul grésillement d'alerte n'était parvenu à ses oreilles. Il s'empressa de gagner la salle de cours et la trouva déjà bondée. Repérant dans le fond une table libre, il s'y assit, sortit en un tour de main sa trousse et des feuilles et se saisit de son stylo. Autour de lui, ses camarades avaient déjà fait de même et contemplaient avec fascination le bureau du professeur qui, pour l'instant, restait encore inoccupé. L'attention était générale. Le seul qui n'y participait pas était Wilfried Mahé : installé deux rangs devant Hugues, il balançait sa tête d'avant en arrière d'un air fatigué, regrettant visiblement son lit auquel son père Grégoire l'avait arraché. Son attitude ne surprenait personne : jamais il n'avait goûté à aucun cours que ce fût, et dans le cas du séminaire d'histoire de la magie, le fait que ce dernier se déroulât dans la même pièce que l'option de langue des magiciens ne contribuait qu'à renforcer son indifférence. Toutefois, Hugues ne comprenait pas son manque de bonne volonté et son refus de s'instruire. Pour sa part, il était enchanté chaque fois qu'il se rendait à l'institut le mercredi matin, et la salle poussiéreuse, avec ses armoires pleines de revues et son vilain tableau vert sur lequel Tanguy écrivait ses corrections, lui paraissait transfigurée, comme si Emile Chauvet avait jeté un sortilège effaçant complètement les influences néfastes laissées par le thésard.

Discrètement, il regarda sa montre. Il était presque 10 heures : son directeur de recherches ne tarderait pas à arriver. Subitement, la porte s'ouvrit et un frémissement admiratif parcourut l'assistance – à l'exception de Wilfried – : Emile Chauvet venait d'entrer. C'était un homme de taille moyenne, âgé de cinquante-huit ans, dont la peau légèrement burinée était déjà marbrée de taches de vieillesse. Son visage aux yeux clairs s'ornait de lunettes rondes et bien que son crâne fût partiellement dégarni, on y voyait encore suffisamment de cheveux blancs pour qu'il pût se coiffer avec une raie sur le côté. Son habillement était toujours soigné, et ce jour-là, il arborait un complet vert pomme avec de fines rayures rouges, qu'il avait assorti d'une cravate fantaisie. Officiellement, Emile Chauvet exerçait d'abord la fonction de maître de conférences en latin à la Sorbonne, et c'était cette activité qui lui procurait l'essentiel de ses revenus. Cependant, son véritable métier, le seul qui importât à ses yeux, était sa chaire à l'Institut libre de magie de Paris et il s'y consacrait corps et âme, rédigeant et publiant de nombreux ouvrages. Depuis plus de deux décennies, sa réputation d'historien avait traversé la Manche et l'océan Atlantique, ses travaux étaient évoqués dans les écoles de magie de Grande-Bretagne et des Etats-Unis et, à plusieurs reprises, il avait voyagé dans ces pays pour y donner des conférences. De fait, en observant le sérieux de sa face, on devinait tout de suite l'ardeur de sa passion pour sa discipline, et il avait réussi à transmettre cette fascination à quelques-uns de ses étudiants dont Hugues, qui avait déclaré à l'issue de sa licence qu'en rencontrant Emile Chauvet, il avait découvert sa vocation profonde. Quant au reste des jeunes gens qui assistaient à son séminaire, même s'ils n'étaient pas aussi captivés, ils ne pouvaient s'empêcher de sentir remonter en eux le plaisir qu'ils éprouvaient, tout enfants, quant on leur racontait des histoires, et pour cette raison, ils préféraient son cours à d'autres qui leur paraissaient ennuyeux tant ils étaient abstraits.

Emile Chauvet déposa sa mallette puis il s'installa devant le bureau, restant debout. Entre ses mains, il ne tenait aucun papier. Il n'en avait nul besoin : l'histoire des magiciens ne recelant guère de secrets pour lui, il maîtrisait parfaitement les sujets de ses cours et du moment qu'il les avait revus dans son appartement, il pouvait se passer de notes. Devant lui, les étudiants retenaient leur souffle. Ayant goûté l'intensité du silence, Emile Chauvet commença. « Mes chers étudiants, dit-il d'une voix posée, la semaine dernière, nous avons évoqué longuement la lyre magique d'Orphée, ce poète thrace du IIe millénaire avant Jésus-Christ qui, grâce à son instrument, parvenait à charmer les bêtes sauvages et à animer les arbres. Aujourd'hui, je voudrais aborder avec vous une autre grande figure de la magie antique, à savoir Médée, la célèbre sorcière de Colchide, l'actuelle Géorgie. Ses principaux exploits, vous les connaissez déjà. Pendant vos trois premières années d'études, vous avez appris comment elle livra au héros grec Jason la toison d'or, cette peau de bélier magique qui assurait la prospérité à sa patrie ; vous savez aussi quels sortilèges elle utilisa pour asservir les monstres qui gardaient la toison, un dragon à trois têtes et des taureaux crachant le feu, et vous savez aussi comment, emmenée en Grèce et épousée par Jason, elle fut trahie par ce dernier et se vengea en tuant ses enfants. Aujourd'hui, je voudrais vous parler de deux objets magiques fabriqués par Médée, deux objets que vous ignorez d'autant plus qu'ils ne sont attestés que par quelques fragments de manuscrits et que la seule étude à leur sujet est un article que j'ai écrit en 1997 dans *Le Legs de Circé*. Il s'agit du globe et de la bague d'Hécate. A l'origine de ces inventions se trouve d'abord la pierre d'Hécate, minerai rarissime, présent seulement en Espagne et en Géorgie et qu'on déterre sous forme de roches bleu argenté très friables. Comme on vous l'a appris en cours d'alchimie, cette pierre a le pouvoir de prolonger la vie et d'assurer une forme de pérennité contre l'usure du temps. Bien avant l'arrivée de Jason en Colchide, Médée avait, à l'insu de tous, fondu de la pierre d'Hécate à laquelle elle avait mêlé de la lychnitine. Ce minerai-là, jamais l'on ne vous en a parlé, parce qu'il est presque introuvable. Il résulte des gouttes de sang que répandit dans le Caucase, à une époque très reculée, un phénix qu'avait grièvement mordu un dragon. Ces gouttes se figèrent et donnèrent des pépites assez semblables à des rubis, mais d'un rouge sombre comme le sang qui s'élance hors des veines. Seuls quelques magiciens et une poignée de sorcières eurent jadis le privilège de repérer ces gemmes qui, parfois, émergent de l'argile. Médée faisait partie de ces heureux élus. Dans la pierre d'Hécate en fusion, elle jeta quelques pépites de lychnitine puis, avec ce mélange brûlant, elle moula un globe relativement réduit, mais assez large cependant pour qu'on puisse y poser les mains. Au fond de son creuset restait encore un peu de liquide. Elle y rajouta quelques grammes de lychnitine puis en fit une bague qu'elle appela la bague d'Hécate. L'ayant enfilée, elle se tailla les paumes et les posa sur le globe tout en prononçant une formule dont le texte exact s'est perdu. Aussitôt, la bague s'incrusta dans son doigt, une onde magique jaillit du globe, attirée par le minerai, et les pouvoirs cumulés de la pierre d'Hécate et de la lychnitine se répandirent dans tout son corps. Médée en fut transformée : elle devint immortelle. »

Un murmure de saisissement parcourut l'assistance, à l'exception de Wilfried Mahé qui, les paupières lourdes, semblait sur le point de s'endormir. Il y eut ensuite un long intervalle de silence, soudain rompu par un étudiant. « Monsieur Chauvet, demanda-t-il, à quoi ressemblaient le globe et la bague d'Hécate ?

- Voici encore quinze ans, je n'aurais pu vous répondre, expliqua Emile Chauvet, mais en 1995, j'ai découvert en Irlande un morceau de parchemin décrivant précisément ces deux objets. Le globe d'Hécate était une sphère très sombre, aux éclats métalliques, assez petite pour tenir dans une besace. Quant à la bague, elle était d'un beau bleu d'argent, avec un chaton en forme d'œil. Le blanc y était rendu par de la nacre et la pupille par un fragment de lychnitine. Cet anneau, enfin, en plus de donner l'immortalité, s'adaptait à tous les doigts. »

Les tympans d'Hugues bourdonnèrent et le sang lui reflua au cœur. Se pouvait-il que le bijou du mystérieux Herbert Levasseur fût cet objet magique évoqué par son directeur de recherches ? Dans ce cas, les scarifications sur ses mains correspondaient aux traces du rite qui lui avait permis de survivre jusqu'en 2006. L'ouïe aux aguets, Hugues se mit à noter frénétiquement le cours de Chauvet, qui venait de reprendre son récit. « Si je vous ai indiqué cette capacité de s'élargir et de rétrécir, ajouta-t-il en balayant du regard son auditoire, c'est parce que, jusqu'à sa disparition à l'aube du Moyen Age, ce précieux anneau changea plusieurs fois de mains. Lors de sa rencontre avec Jason, Médée ne lui avoua rien de son immortalité et le héros la ramena dans sa patrie sans se douter qu'elle était vouée à lui survivre. Après le meurtre de ses enfants, Médée se réfugia à Athènes où le roi Egée l'accueillit avec magnanimité, captivé par ses talents de guérisseuse, et en fit son épouse. Mais, d'un premier mariage, il avait déjà un fils qu'il chérissait et la sorcière, emplie de jalousie, entreprit de le tuer. Malheureusement, son complot fut éventé. Condamnée à mort, Médée fut traînée en place publique pour être décapitée, mais quand la hache du bourreau s'abattit, elle se redressa, ramassa sa tête et la recolla, car tel était le pouvoir de la bague d'Hécate que nulle arme et nulle blessure ne pouvaient la tuer. Puis, sous les yeux hallucinés du peuple d'Athènes, elle s'envola, emportant avec elle le globe et la bague qui ne l'avaient jamais quittée depuis son départ de Colchide. Fuyant la justice des rois de la Grèce, elle s'installa dans les forêts d'Arcadie où elle devint une magicienne crainte et vénérée. Cependant, en 1200 avant Jésus-Christ, tandis que les hommes se massacraient en Asie mineure sous les remparts de Troie, elle périt assassinée par sa plus proche disciple, la sorcière Erichto.

- Mais comment cette Erichto put-elle la tuer, intervint un autre étudiant, puisqu'elle était immortelle ? Etait-elle restée vulnérable aux sortilèges de mort subite ?
- Non, répondit calmement Chauvet. Simplement, le globe d'Hécate avait un défaut. Parmi les deux objets, c'était lui qui assurait l'immortalité au porteur de la bague, en lui transmettant, par le biais de cette dernière, des ondes magiques chargées de l'énergie de la pierre d'Hécate et de la lychnitine. Ce transfert fonctionnait même quand le globe était très éloigné de la bague. Toutefois, d'après nos maigres renseignements, il existait une manœuvre qui permettait de le désactiver provisoirement. Dans ce cas, privé de sa source d'énergie, le possesseur de l'anneau trépassait instantanément et tombait en poussière.
- Quelle était cette manœuvre ?
- Nul ne le sait : les manuscrits conservés ne nous l'ont pas indiquée. Tout ce que je peux vous garantir, c'est qu'Erichto la découvrit, qu'elle intervint sur le globe et que, dans les cendres de Médée, elle récupéra la bague. S'étant rendue à son tour immortelle grâce aux inventions de la Colchidienne, elle gagna la Thessalie où elle fut pendant plus de mille ans une célèbre nécromancienne – ou plus exactement une thanatopractrice, la véritable nécromancie consistant, non dans la manipulation des corps, mais

dans l'évocation des spectres. De tous les coins de la Grèce et même des pays barbares, les riches et les puissants accouraient au tombeau profané qui lui servait de repaire, afin d'écouter des cadavres qu'elle ranimait pour qu'ils dévoilent l'avenir. Les tarifs étaient chers, mais ces individus craignaient tant pour leurs affaires ou leur haute situation qu'ils acceptaient de sacrifier une partie de leur fortune. Erichto reçut même des clients de marque. En 480 avant Jésus-Christ, quand il envahit la Grèce, le roi de Perse Xerxès alla la consulter, mais elle ne lui prédit que la défaite de ses troupes à Salamine et la future conquête de son empire par Alexandre le Grand. Furieux, Xerxès la fit cribler de flèches, mais les traits n'eurent aucun effet. Elle s'échappa, puis reprit ses activités quand les Perses eurent été chassés. Bien plus tard, en 49 avant Jésus-Christ, des sénateurs fuyant la prise du pouvoir à Rome par César vinrent la trouver pour savoir s'ils pouvaient encore sauver la République. Ses cadavres ne leur annoncèrent que le triomphe de César et l'instauration, par sa famille, de l'Empire romain. Au début du Ier siècle après Jésus-Christ, sous le règne d'Auguste, Erichto était encore très fréquentée, mais en l'an 13, elle mourut à son tour, assassinée par une de ses disciples, Pamphilé, qui avait également percé le secret le secret du globe et de la bague d'Hécate. Pamphilé se comporta comme son illustre victime. A son tour, elle se rendit immortelle, mais elle demeura en Thessalie. Comme la manipulation des cadavres la dégoûtait, elle se spécialisa dans les métamorphoses animales. Elle se transformait en chouette, en biche, en chèvre, en chatte, en louve, ce qui lui permettait de se rendre partout incognito, et elle changeait en bêtes tous ceux qui lui déplaisaient ou qui, simplement, en faisaient la demande pour réaliser une entreprise qu'ils n'auraient pu accomplir sous forme humaine. Dans ses métamorphoses, le port de la bague d'Hécate ne la gênait pas puisque, comme je vous l'ai indiqué, ce bijou merveilleux modifiait sa taille selon son possesseur. Dans le cas précis de Pamphilé, il évoluait toujours en même temps qu'elle se transformait et, à chaque fois, il parvenait à s'adapter à ses membres d'animaux. De toute façon, il n'aurait jamais pu tomber, puisqu'il était incrusté dans sa chair. Pamphilé forma de nombreux sorciers et sorcières, notamment l'enchanteur romain Apulée, au IIe siècle après Jésus-Christ. Ce dernier, natif de Carthage, était allé perfectionner ses compétences en potions auprès de Pamphilé. Malheureusement, à la suite d'une querelle, sa professeur le métamorphosa en âne et il dut errer pendant deux ans dans toute la Grèce avant de retrouver son humanité. Cette histoire, vous la connaissez déjà, et sans doute ce rappel vous semble-t-il superflu et ennuyeux. Pourtant, à en juger par certaines mines dans cette salle, il serait bon de rafraîchir quelques mémoires. »

Un peu vexé par cette pique qui lui était destinée, Wilfried Mahé tressaillit et grommela, puis sa tête dodelina de nouveau. A sa table, frémissant d'impatience, Hugues attendait que le discours de son directeur reprît. « Vers 380 après Jésus-Christ, dit enfin Chauvet, comme les barbares menaçaient de plus en plus la Grèce, Pamphilé s'exila en Gaule. Par malheur, en 406, les Francs et d'autres tribus germaniques déferlèrent sur notre pays et, dans la débâcle générale, Pamphilé dut se réfugier en Grande-Bretagne. A cette époque, sous le gouvernement d'Uter Pendragon puis de son fils le roi Arthur, les Bretons soutenaient encore une lutte victorieuse contre les Angles et les Saxons et l'intérieur du pays restait paisible. Profitant de cette situation, Pamphilé s'installa dans le pays de Galles et se remit à enseigner la magie. Mais cette activité lui fut fatale : elle initia aux enchantements la fée Morgane, or cette dernière découvrit l'origine de son immortalité et s'empara du globe et de la bague d'Hécate après l'avoir réduite en poussière. Naturellement, elle se rendit immortelle, mais n'en profita pas longtemps, à la différence de ses prédécesseurs. Vingt ans plus tard, comme vous le savez déjà, Morgane mena une grande révolte contre le roi Arthur, son demi-frère abhorré. Avec elle marchait, à la tête de ses troupes, son fils Mordret qu'elle avait conçu en s'unissant clandestinement avec Arthur. Son armée paraissait invincible, mais Arthur avait pour lui Merlin, qui connaissait les objets fabriqués par Médée ainsi que le moyen de les vaincre. Une nuit, il se glissa dans le camp de Morgane et désactiva le globe d'Hécate, tuant par ce biais la redoutable fée. Il récupéra ensuite la sphère et la bague. Toutefois, en dépit de cette intervention, la bataille survint quand même le lendemain avec les rebelles et Arthur et Mordret s'entretuèrent.

- Et Merlin ? demanda un troisième étudiant. Devint-il immortel ?
- Non. Il était si sage qu'il acceptait le lot commun de tous les hommes, à savoir le trépas, et qu'il ne voulut pas se servir de ces objets. Néanmoins, ces derniers lui semblaient si prodigieux qu'il les conserva dans une poche de sa robe. Arthur mort, les Angles et les Saxons envahirent la Grande-Bretagne et Merlin se retira en Ecosse, contrée où les Celtes, jusqu'à la fin du Moyen Age, préservèrent leur indépendance contre les Germains. C'est là qu'il mourut, tué par un personnage dont on vous a longuement parlé pendant vos premières années d'études : la fée Viviane. Cette dernière, qui ignorait tout du globe et de la bague d'Hécate, aimait Merlin, mais le vieil enchanteur se refusait à

elle. Par jalousie, elle voulut lui infliger un sort l'asservissant à jamais, mais elle se trompa et enferma Merlin dans un sarcophage en verre. Désespérée, Viviane s'enfuit dans une forêt où le chagrin la transforma en un rocher au pied duquel coule une source, que les Ecossais appellent encore aujourd'hui les « *Fairy's Tears* », les Larmes de la fée. Avec Merlin disparurent le globe et la bague d'Hécate. Sans doute sont-ils dans le sarcophage, mais comme personne n'a jamais localisé ce dernier, on ne les a jamais retrouvés. Par cette ultime considération, je compte suggérer à certains d'entre vous un projet de recherche qu'il serait intéressant de mettre en œuvre. »

Le cours était fini. Abasourdi par l'incroyable révélation qu'il venait de recevoir, Hugues sortit rapidement de la salle, indifférent à Wilfried qui émergeait de sa léthargie en bougonnant, et il gagna le dernier étage de l'immeuble pour que personne ne remarquât son émotion. Là s'alignaient des mansardes que l'institut avait jadis aménagées en bureaux mais qui, en ce début de XXIe siècle, étaient désaffectées, les portes béantes. Hugues s'assit dans l'une d'elles et commença à réfléchir. La photographie dérobée par Bertrand représentait bel et bien le vieillard qui l'avait abordé dans le Franprix, vieillard qui ne se nommait pas Jonas Delaulne, mais Herbert Levasseur. Cet Herbert Levasseur, âgé d'un siècle et demi, avait fréquenté le Cénacle des gardiens et manigançait à présent un complot avec son professeur de langue des magiciens. Pour réaliser ce complot, il leur était nécessaire de déchiffrer un texte écrit par un certain Johannès Pélagidès – texte dont lui, Hugues, possédait une copie. Mais quel était le but de ces intrigues ? Et comment Levasseur avait-il réussi à s'emparer du globe et de la bague d'Hécate, puisque depuis la mort de Merlin l'Enchanteur à la fin du Ve siècle après Jésus-Christ, plus personne ne savait où ces objets étaient cachés ? Dans l'état actuel de ses connaissances, Hugues ne pouvait répondre à ces questions. La seule chose sûre, c'était qu'il était espionné, qu'il venait de découvrir un secret compromettant et que, pour cette faute, le vieux nécromancien le tuerait. Il lui fallait donc sauver sa vie avant d'éclaircir ces mystères – quoiqu'il sentît que seule la lumière sur les activités louches de Tanguy et Levasseur pourrait lui rendre la tranquillité. En frissonnant, il vérifia sous sa chemise la présence de la fiole détectant les spectres, puis tâta longuement les sachets de fèves dans les deux poches de son veston. Toutefois, s'attarder dans cette mansarde ne lui apporterait aucune protection, puisque les spectres traversaient les murs, et il était d'autant plus vain de regagner ses pénates que la journée n'était pas terminée : il devait encore assister à son séminaire de cryptobotanique avec Grégoire Mahé. Réfrénant tant bien que mal son inquiétude, il alla déjeuner au resto U Mazet, non loin de l'institut, puis, à 13 heures 30, il regagna le bâtiment au 20, rue des Grands Augustins, pour suivre son second cours du mercredi.

Ce dernier se déroulait au deuxième étage, dans la salle dite de l'Herbier. Il s'agissait d'une vaste pièce rectangulaire, éclairée par quatre fenêtres et dont les murs étaient garnis d'étagères supportant des plantes dotées de propriétés surnaturelles. On y distinguait des pavots, de la coca, de la belladone, différents spécimens de champignons, plusieurs plants de mandragore que l'on avait placés près du plafond, afin que personne ne les arrachât et ne se retrouvât paralysé par leur terrible cri, et surtout, derrière des cages, des plantes carnivores inconnues des naturalistes, qui faisaient claquer leurs feuilles munies de dents en répandant parfois de la salive gluante et venimeuse. De temps à autre, l'une d'entre elles attrapait une mouche égarée dans la salle, et l'on voyait alors ses crocs déchiqueter le malheureux insecte dont les lambeaux ne tardaient pas à s'évanouir, dissous par la bave du végétal. C'était un spectacle répugnant. Toutefois, il ne passionnait guère la quarantaine d'étudiants qui environnaient Hugues : tous y étaient habitués. Plutôt que de se perdre dans la contemplation de saynètes cruelles, ces jeunes gens sérieux préféraient écouter le cours de cryptobotanique ou, du moins, feindre de s'y intéresser. Parmi les branches de la magie, la cryptobotanique visait à enseigner les vertus surnaturelles des plantes ainsi que les sortilèges qu'elles permettaient de jeter. Au sein du groupe d'étudiants qui suivait cette matière, la moitié l'avait choisie par vocation authentique et la seconde par défaut, car les autres cours étaient bondés lors de leur inscription en maîtrise. Hugues appartenait à la seconde catégorie. S'il n'y avait pas eu l'option de langue des magiciens, le séminaire de cryptobotanique lui aurait paru le cours le plus le plus ennuyeux de sa scolarité. Cette impression ne découlait pas de la discipline elle-même, mais de l'homme qui la transmettait : Grégoire Mahé. C'était un individu assez grand, toujours vêtu d'un complet vert avec une cravate à rayures et dont les yeux bleu gris s'ornaient de grandes lunettes carrées. De son ancêtre Eusèbe Mahé, il avait gardé le visage triangulaire et le nez droit, mais, loin de porter une touffe rase, son crâne arborait au contraire une épaisse chevelure châtain roux coiffée sur le côté, et ses joues étaient parfaitement glabres, rasées chaque matin. En vérité, sur sa face, jamais on n'avait décelé ne fût-ce qu'un embryon de moustache. Au sein de l'institut, on racontait que sa couleur de cheveux lui venait de sa mère, et qu'il en allait de même pour Wilfried ; plus précisément, cette rumeur prétendait que depuis le fondateur de l'institut, les membres de la famille Mahé changeaient de teinte à chaque génération et que ces mutations découlaient peut-être d'une faculté miraculeuse, propre à rendre encore plus illustre cette dynastie que l'on tenait déjà pour remarquable. Cependant, Grégoire Mahé n'avait pas besoin de cette particularité pour s'attirer le respect de tout un chacun : son ascendance lui suffisait. Néanmoins, il ne le méritait pas. Sa scolarité à l'institut n'avait pas été brillante : malgré la bienveillance de ses correcteurs en raison de son héritage, ses copies ne lui avaient jamais rapporté que des notes plutôt moyennes, et lorsqu'il avait soutenu sa thèse, il avait été admis professeur uniquement sous la pression de son père, qui enseignait à l'institut et qui, cette année-là, exerçait la fonction de directeur – en effet, après la mort d'Eusèbe Mahé, qui avait régenté l'établissement de 1885 jusqu'à son décès en 1923, les titulaires des chaires avaient décidé que désormais, ils éliraient dans leurs rangs le directeur de l'institut, auquel ils confieraient un mandat de cinq ans. Cet appui paternel avait constitué une chance inespérée pour Grégoire Mahé, car son sujet de thèse apparaissait franchement dérisoire. Il avait entrepris d'éclaircir ce qu'était le moly, cette plante merveilleuse dont s'était servi Ulysse pour repousser le sortilège de Circé, lorsque celle-ci voulait le transformer en cochon. Depuis le début du Ier millénaire av. J.-C., bien des enchanteurs avaient espéré percer ce secret, parce qu'après la guerre de Troie, la véritable identité de ce végétal, qui n'était connue que de quelques initiés, avait été oubliée et que même Homère, qui était pourtant un poète très instruit des mystères des sorciers, était resté muet sur ce sujet. Au bout de trois années de recherches conduites plutôt mollement, Grégoire Mahé avait découvert que le moly n'était autre que le pissenlit, qui avait la propriété, jusqu'à la fin du IIe millénaire, de changer ses longues graines flottantes en fines poussières plus irritantes que du poil à gratter, si l'on prononçait une certaine incantation. Quand Ulysse avait été confronté à Circé, il s'était contenté de lâcher rapidement la formule puis de lui souffler au visage une grosse fleur de pissenlit. Suffoquée par les particules, l'infortunée sorcière avait éternué pendant dix minutes, souffrant atrocement du nez, et elle s'était retrouvée incapable de prononcer les phrases déclenchant la métamorphose en porc. Seulement, au XIe siècle av. J.-C., le pissenlit avait renoncé volontairement à ce pouvoir, car il ne supportait plus les farces stupides des magiciens qui connaissaient son secret et l'exploitaient pour embêter les autres enchanteurs ou les simples profanes. En lisant ce travail de recherche, les trois membres du jury des thèses avaient estimé que cela ne valait pas un poste définitif à l'institut, mais devant l'ascendance du candidat et l'intervention de leur supérieur, ils avaient dû s'incliner. C'est ainsi que Grégoire Mahé était devenu maître de conférences, puis avait pu accéder à la chaire de cryptobotanique. Cependant, il n'excellait vraiment pas dans cette matière. Des langues de vipère affirmaient qu'il se sentait plus à l'aise dans le métier que l'administration française reconnaissait comme son principal emploi : une situation de maître de conférences en français à la Sorbonne. De fait, pendant ses cours, l'un des sujets les moins abordés était précisément les vertus magiques des plantes. Plutôt que d'en parler, Grégoire Mahé préférait raconter sa vie ou jouer le brillant intellectuel en dénigrant les écrivains du début du XXIe siècle, tout en étalant une culture littéraire qui se prétendait vaste mais qui apparaissait en réalité comme de la cuistrerie. En effet, Hugues, qui était un gros lecteur, avait deviné depuis longtemps qu'il n'avait jamais ouvert les romans et les poèmes qu'il mentionnait devant eux, se contentant de regarder des résumés dans des encyclopédies. Il n'était d'ailleurs pas le seul, car son goût pour une riche culture était partagé par beaucoup de ses camarades, et au sein de l'institut, la plupart des étudiants qui côtoyaient Grégoire Mahé confiaient sans complexe que ce professeur n'était pour eux qu'un pédant des plus stupides.

Ce jour-là, le cours de cryptobotanique devait expliquer pourquoi certaines plantes, excitées par des rituels précis, pouvaient entraîner chez les animaux et les hommes des phénomènes de gigantisme. Grégoire Mahé commença par exposer ce sujet et par énumérer une liste de végétaux possédant cette capacité à un niveau remarquable, puis il évoqua un exemple concret : celui de Scylla, ce monstre qui terrifiait le détroit de Messine à l'époque de la guerre de Troie et qui était à l'origine une petite pieuvre à laquelle un obscur sorcier d'Italie du Sud avait fait ingérer un poisson nourri d'une algue rare. Il avait ensuite proféré une incantation à l'issue d'un rituel compliqué, et le modeste céphalopode s'était transformé en un poulpe gigantesque dont chaque tentacule était muni d'une pince. Désormais avide de cétacés et, surtout, de chair humaine, l'horrible créature s'était établie entre l'Italie et la Sicile, attaquant tous les navires qui osaient emprunter ce chemin. C'était ainsi qu'il avait dévoré plusieurs des marins d'Ulysse. Hugues trouva ce début plutôt attrayant par rapport à celui d'autres séances de cryptobotanique. Il espéra que Grégoire Mahé citerait d'autres exemples similaires, puis qu'il essayerait de mettre en relation ces sortilèges de croissance phénoménale avec les processus mystérieux grâce auxquels la Divinité avait engendré les animaux, en particulier les monstres colossaux qui avaient jadis hanté la terre, comme les dinosaures. Malheureusement, ses attentes furent bien déçues. Cédant à sa manie habituelle, Grégoire Mahé embraya tout de suite sur sa propre vie, relatant avec force détails une anecdote survenue peu après la fin de son adolescence. A cette époque, sa famille l'envoyait souvent chez un oncle qui vivait à la campagne, dans une propriété au cœur du massif Central, loin des regards indiscrets. Là, dans une large piscine aux dimensions presque olympiques, cet oncle, qui était également sorcier, s'était amusé à reconstituer une mer dans laquelle il avait fait pousser des algues très spéciales, afin d'effectuer une expérience. Il y avait ensuite lâché des poissons qui s'en étaient repus, puis il avait libéré dans le bassin des seiches vivantes. Une fois que ces dernières avaient commencé à manger les poissons, il avait lancé sur la piscine un sortilège qui avait démesurément agrandi les mollusques, sauf l'un d'entre eux qui ne s'était pas encore imprégné des vertus des algues en dévorant un poisson. Ses camarades n'avaient pas tardé à lui régler son sort, mais cela n'avait suscité aucune pitié chez l'oncle de Grégoire, trop heureux de la réussite de son entreprise. Enthousiaste, il avait téléphoné à plusieurs de ses amis magiciens pour qu'ils vinssent voir avec leurs enfants ce merveilleux résultat, et bientôt, les bords du bassin avaient grouillé d'une foule de curieux désirant observer les affreuses seiches. Parmi ces visiteurs se trouvait une frêle jeune fille, dont le visage avait tout de suite ému le cœur de Grégoire. Soudain, alors qu'il s'approchait d'elle pour lui demander son nom, la jeune fille avait glissé et était tombée dans l'eau. Aussitôt, les infâmes céphalopodes s'étaient rués vers elle, brandissant leurs tentacules et claquant du bec à grand bruit. Grégoire Mahé n'avait eu aucune hésitation : sans même ôter son t-shirt, il s'était jeté dans la piscine et, repoussant les horribles mollusques avec un sortilège de télékinésie qu'on lui avait enseigné à l'institut, il avait pris dans ses bras la jeune fille et l'avait ramenée sur la terre ferme, tandis que les seiches géantes, frustrées de leur repas, frémissaient de colère et agitaient l'eau en tous sens. Ainsi, grâce à cet acte héroïque, il avait rencontré celle qui était demeurée l'unique amour de sa vie. Hugues jugeait ce récit inintéressant au possible. Toutefois, il n'en disait rien et prenait des notes comme si le cours le captivait. En effet, depuis son entrée en sixième, il mettait un point d'honneur à ne jamais embêter un professeur pendant un cours, même s'il était parfaitement rébarbatif. A la fin de son histoire, Grégoire Mahé expliqua que cette femme qu'il avait sauvée et qui était maintenant son épouse lui avait donné, en suprême gage d'amour, un fils, et quand il eut prononcé ces mots, il soupira longuement tout en regardant Wilfried. Ce dernier n'écoutait rien. Depuis le début du cours, il n'avait guère écrit sur sa feuille que quelques lignes par-ci par-là, préférant tripoter la taille de sa voisine Eliette Cardonnel. Parmi les étudiantes de l'institut, celle-ci se signalait par ses habits franchement sinistres. En permanence, elle portait des pantalons noirs extrêmement moulants qui lui gainaient les jambes, et elle enserrait toujours son buste mince dans des t-shirts anthracite ou des corsages du même coloris, qu'elle accompagnait, les jours où il faisait froid, d'une veste en jean également sombre. A ses poignets, elle arborait des bracelets à pointes, à son cou, elle avait accroché un médaillon avec une tête de mort et sur son petit visage poudré, au menton délicat, ses yeux disparaissaient sous quatre couches de mascara qui formaient tout autour d'énormes cernes, tandis que ses lèvres pulpeuses étaient badigeonnées d'un baume violet du plus mauvais goût. Depuis sa première inscription en 2002, elle était restée fidèle à ce style, et bien qu'il suscitât l'étonnement ou la perplexité chez la plupart de ses camarades, il avait fini par séduire Wilfried qui, pensait Hugues, s'interrogeait peut-être sur les types de femmes qu'il n'avait pas encore essayés. En effet, trois semaines auparavant, il s'était enflammé pour Eliette Cardonnel et depuis, tous deux ne se quittaient plus. Chaque fois qu'ils se trouvaient ensemble, ils ne songeaient qu'à se peloter. En l'occurrence, pendant que Grégoire Mahé parlait, Wilfried caressait délicatement le ventre d'Eliette, remontant jusqu'à la lisière de son soutien-gorge ou glissant furtivement le bout de ses doigts, de temps à autre, sous le rebord de sa culotte. Hugues Ranolphe, qui observait discrètement ce spectacle, était à mille lieues de le blâmer pour de tels gestes qui, chez un amoureux, étaient naturels. Concernant sa propre situation, l'amour qu'il ressentait pour Manon était nettement charnel et la jeune Réunionnaise appréciait beaucoup sa sensualité. Néanmoins, il estimait que Wilfried ne savait vraiment pas choisir ses endroits. Une salle de cours était conçue pour le travail, non pour les marques de tendresse. Si Wilfried se fût comporté ainsi dans un jardin public, cela n'aurait pas posé de problème, mais dans le cas présent, il avait perdu le sens des convenances. Toutes ces pensées, Grégoire Mahé les partageait et quand il eut fini le récit de son exploit de jeunesse, il dévisagea gravement son fils en fronçant les sourcils. Le jeune homme comprit qu'il était en tort et il lâcha le corps d'Eliette, reprenant son stylo. Cela ne durerait pas, songea Hugues Ranolphe dans le secret de son cœur. Dès que son père reprendrait ses discours lénifiants, il s'agripperait de nouveau à son amie. De fait, cette intuition se réalisa. Après s'être remis à évoquer les plantes merveilleuses, Grégoire Mahé en vint à parler de la rose et, une fois encore, il fut vaincu par ses travers habituels. Endossant le rôle de professeur de lettres, il cita devant les étudiants le célèbre poème de Ronsard commençant par « Mignonne, allons voir si la rose… », dont il exposa, vers par vers, les éminentes qualités stylistiques, puis il conclut les deux heures qui lui étaient imparties par une critique amère de la poésie moderne et, plus généralement, des œuvres de son époque, affirmant que, pour son malheur, il devait vivre en un siècle où la vraie littérature était morte. Au terme de ce cours passionnant, Hugues n'avait à peu près rien appris sur les sortilèges de croissance fondés sur les plantes. Toutefois, il se consola en pensant qu'il acquerrait les connaissances sur ce sujet en lisant les livres que Grégoire Mahé avait demandé d'acheter. Depuis la rentrée, c'étaient ces ouvrages qui lui permettaient d'obtenir des notes correctes lors de ses contrôles de cryptobotanique. Avant de quitter la pièce, il contempla Wilfried et Eliette qui en sortaient main dans la main. Combien de temps durerait leur relation ? Il ne formulait aucun pronostic. Il ressentait simplement de la peine pour Eliette, qui avait accepté l'amour de Wilfried alors que ce dernier l'abandonnerait un jour sans remords. En effet, Wilfried semblait incapable d'aimer. Dans son obsession du plaisir physique, sans doute considérait-il les sentiments comme une réalité extraterrestre.

Rapidement, Hugues gagna la rue des Grands Augustins et se dépêcha de rentrer chez lui, car il avait hâte d'entendre le rapport de Bertrand sur sa visite dans l'immeuble en face de son appartement. Il était aussi heureux que la matinée et le début de l'après-midi se fussent déroulés sans incident. Arrivé devant le lycée Fénelon, il n'osa pas prendre la rue Saint-André des Arts où circulait trop de monde, et il emprunta la rue Suger qui était absolument déserte. Par précaution, il gardait son manteau ouvert, prêt à fouiller dans une poche de son veston en cas de besoin. Soudain, alors qu'il venait de dépasser le bâtiment principal de l'Institut libre de magie, son détecteur grésilla tandis qu'une vive démangeaison lui picota le dos. Saisissant une fève, il se retourna et la lança devant lui. « Ombre de mort, retire-toi ! » s'exclama-t-il en latin. Il y eut un bref éclair et la graine disparut, puis le grésillement cessa, tout comme les picotements. Le front ruisselant de sueur, Hugues s'appuya contre un mur. Il avait repoussé un spectre, un spectre invisible qui avait tenté de l'étrangler par-derrière. Manifestement, Tanguy s'était aperçu de la disparition de ses documents et maintenant, toute la Guilde des invocateurs était au courant. Sa riposte n'avait pas tardé et il fallait s'attendre à d'autres agressions. Remerciant sa bonne étoile, Hugues regarda prestement autour de lui, de peur qu'un travailleur de l'institut ou, simplement, un quidam n'eût surpris le spectacle. Si un magicien le voyait se défendre contre des spectres, il lui demanderait d'où lui venait la connaissance d'un tel sort et il découvrirait qu'il pratiquait la nécromancie, ce qui ruinerait ses études de sorcellerie. Heureusement, la rue Suger était encore vide et aux fenêtres de l'institut, aucun visage ne s'était pointé, ce qui indiquait que de ce côté, l'attaque n'avait eu aucun témoin. Autrement, la grande porte se serait ouverte et des enchanteurs se seraient précipités pour savoir ce qui se passait. Rassuré, Hugues reprit son chemin et remonta le boulevard Saint-Michel au pas de charge. Il craignait pour sa chambre, il redoutait que d'autres fantômes à la solde de la guilde ne l'eussent investie après avoir maîtrisé Bertrand de La Saulnaie. En même temps, il se demandait qui avait pu lui envoyer ce mystérieux assassin. S'agissait-il de Samuel Tanguy ? S'agissait-il d'Herbert Levasseur lui-même ? Ou s'agissait-il de son espion ? Toutes ces hypothèses étaient permises. De la même façon, il était bien vain de déterminer l'édifice où cette ombre avait été invoquée. Ruminant ces pensées, Hugues atteignit son immeuble où, à sa grande joie, il retrouva son appartement intact ainsi que Bertrand de La Saulnaie qui l'attendait, en proie lui aussi à l'inquiétude. Le matin même, dès son départ pour son séminaire, il avait inspecté la fameuse chambre au cinquième étage de l'immeuble haussmannien, mais sa visite s'était avérée décevante. La pièce était inoccupée et elle ne renfermait aucun meuble, à l'exception d'un sac de couchage sur un tapis de sol. Autrement, il n'y avait aucune armoire, aucun coffre, rien qui pût contenir des vêtements, des livres ou du matériel magique. Il n'y avait pas non plus de réchaud ou de réfrigérateur. Pourtant, ce petit appartement avait hébergé un locataire, comme le prouvaient des traces de boue récentes qu'il avait repérées sur les lattes du parquet. Simplement, cet individu avait sans doute résolu de l'abandonner, prévoyant l'idée d'Hugues. Les murs ne recelaient aucune cachette secrète, et il en allait de même pour le plancher. Cependant, ne pouvant supporter d'être bredouille, Bertrand s'était introduit dans l'appartement du propriétaire, situé au rez-de-chaussée, en profitant de ce qu'il était vide. Là, l'examen du registre lui avait appris que la chambre était louée depuis un mois à un nommé Stéphane Duguisc, expert-comptable de son état. Hugues soupira de dépit. Au moins, ironisa-t-il, la visite de Bertrand lui avait permis d'apposer un nom sur l'agent de Levasseur. Il relata ensuite tous les événements de la journée, notamment sa fulgurante découverte sur l'origine de l'immortalité du vieillard. Il venait de terminer le récit de l'agression quand, brusquement, la porte de son appartement s'ouvrit. « Salut, Hugues ! s'exclama derrière lui une voix guillerette. J'ai une grande nouvelle à t'ann… »

Manon ne termina pas sa phrase. Muette de stupeur, elle se figea, incapable de comprendre la présence, auprès de son amant, d'un grand homme gris en frac entouré d'un halo blanchâtre. Cependant, comme elle était une femme courageuse, elle ne cria pas à la vue du fantôme et demanda juste en balbutiant ce que tout cela voulait dire. Hugues referma la porte, blême de confusion, puis il lui expliqua par le menu tout ce qu'il lui avait dissimulé durant les dernières semaines : l'incunable d'Owen de Limerick, le plan qu'il avait conçu pour voler les corrigés de Samuel Tanguy, l'évocation de Bertrand de La Saulnaie, la rencontre avec Herbert Levasseur – *alias* Jonas Delaulne –, le rendez-vous avec la Guilde des invocateurs et l'espionnage auquel cette dernière le soumettait depuis deux semaines. Quand il aborda ce point, la jeune femme rougit à l'idée que des prunelles indiscrètes avaient assisté à ses ébats avec Hugues. Toutefois, elle se ressaisit vite, car les problèmes de son amant dépassaient de loin de ce détail. Hugues termina sa confession en exposant les trouvailles de Bertrand de La Saulnaie ainsi que la découverte de l'immortalité du vieux sorcier, des véritables activités de son association et de son mystérieux complot avec Samuel Tanguy ; puis il conclut en évoquant la tentative manquée d'assassinat et le désir de la guilde de l'éliminer comme témoin gênant. Il lui montra ensuite la lettre de Levasseur à Tanguy, l'énigmatique texte en chiffres et la vieille photographie du Cénacle des gardiens. Manon examina attentivement ces documents, mais ils la laissèrent perplexe. Elle cribla Hugues de questions sur le vieillard, sur sa bague et sur son étrange société ; malheureusement, son amant ne put que lui répéter ce qu'il connaissait déjà, en ajoutant certes quelques détails supplémentaires, mais qui ne révélaient rien de décisif. Toutefois, ce n'était pas cela qui embarrassait le plus Hugues ; c'était que l'on venait d'éventer son secret, or il craignait tellement d'être renvoyé de l'institut qu'il se sentait incapable de faire confiance à quelqu'un, même s'il s'agissait de sa petite amie. Tremblant, il la supplia de jurer que jamais elle ne parlerait de ses activités nécromantiques ni de l'affaire où il était plongé. A sa grande surprise, Manon accepta sans difficulté : elle avait trop d'amour pour saper ses études et elle estimait que, de toute façon, comme la nécromancie était bannie de l'institut, personne dans cet établissement ne serait en mesure de les aider. Elle lui assura aussi son soutien et lui promit de se renseigner immédiatement sur les personnes qu'il avait vues et dont il connaissait les noms, notamment cet Ephrem Ziegler qui était le bras droit d'Herbert Levasseur, cette Monique Ziegler qui lui servait d'épouse et cet obscur Stéphane Duguisc qui remplissait la charge d'espion. En effet, selon elle, il fallait à tout prix faire la lumière sur cette énigmatique Guilde des invocateurs, sur la conspiration du vieux sorcier et de Tanguy, sur ce fameux Johannès Pélagidès qui les intéressait tant et, surtout, sur la vie de Levasseur ainsi que sur les circonstances qui lui avaient permis de s'emparer du globe et de la bague d'Hécate, ces objets fabuleux que les professeurs de magie considéraient comme perdus. Hugues était parfaitement d'accord avec elle. Seulement, avant de résoudre ces mystères, il espérait se montrer suffisamment chanceux pour échapper aux spectres de la guilde. Un peu apaisé, néanmoins, il demanda à Manon ce qui l'avait amenée dans sa chambre. La jeune femme lui répondit que Fortunat Kermeur, un de leurs camarades qui menait une maîtrise d'alchimie, les avait invités tous les deux à une soirée au Caveau de la Huchette, le lendemain. Ils devaient s'y pointer à 20 heures et danser jusqu'à 1 heures du matin. Quelques secondes, Hugues hésita. Dans le contexte périlleux où il se trouvait, il lui paraissait imprudent d'aller faire la fête loin de son domicile. D'un autre côté, comme ses adversaires étaient des fantômes, aucun obstacle ne pouvait les retenir et il n'était pas plus en sécurité chez lui que dans un dancing. En quelque endroit qu'il fût, sa seule planche de salut était ses fèves. Convaincu par cet argument, il accepta la proposition et décida de se rendre à la soirée, d'autant plus que Fortunat était un bon copain qu'il fréquentait depuis sa première année de DEUG. Manon, pour sa part, l'appréciait davantage, parce qu'il était réunionnais et qu'elle le côtoyait chaque fois qu'elle suivait son séminaire d'alchimie. D'emblée, son invitation l'avait transportée d'enthousiasme et malgré la situation, elle aurait été fort déçue si Hugues l'avait rejetée : cela l'aurait astreinte à ne pas venir non plus. Toutefois, l'étudiant lui confia qu'un tueur de la guilde pouvait l'attaquer pendant une danse. Elle lui répondit que c'était un risque à prendre et que s'il ne faisait pas confiance à ses capacités de riposte, il ne s'en sortirait pas. De toute façon, si une agression se produisait, les étudiants présents avec eux ne comprendraient pas ce qui se passerait et aucun ne soupçonnerait qu'il avait tâté de la nécromancie.

Manon aurait bien voulu rester plus longtemps, pour discuter avec Bertrand de La Saulnaie sur sa biographie, son époque et les circonstances de sa mort. De fait, c'était la première fois qu'elle rencontrait un revenant et celui-ci la fascinait. Malheureusement, des travaux urgents l'attendaient chez elle : son directeur Jankel Abramowicz lui avait ordonné d'écrire trois fiches de lecture sur des livres traitant de l'animation de la matière, or, étant donnée la sortie du lendemain, elle devait mettre à profit tous ses instants de liberté pour finir de lire les ouvrages et restituer à temps ses résumés. S'agenouillant, elle pria la Divinité de fournir à Hugues le courage nécessaire pour résister à ses ennemis, puis elle se dirigea vers la porte, mais son amant la retint. Rapidement, il traça sur une feuille un portrait d'Herbert Levasseur tel qu'il l'avait vu, afin que la jeune femme sût à quoi ressemblait maintenant le sorcier blond de la vieille photo, et il y ajouta un dessin précis de sa bague. Manon plia le papier et le rangea dans son manteau, puis elle regagna son appartement au 152, boulevard du Montparnasse, non sans avoir auparavant embrassé Hugues sur la bouche. Resté seul avec Bertrand, l'étudiant rédigea une traduction du texte de Cardec d'Aberdeen en s'aidant de la copie du corrigé de Tanguy, glissant suffisamment de fautes pour n'obtenir que 11,5/20. Ensuite, lorsqu'il eut pris son dîner, il se coucha assez tôt, sous l'œil vigilant de son ami d'outre-tombe qui avait résolu de le protéger comme la nuit précédente. Néanmoins, juste avant d'éteindre sa bouteille, il fut saisi d'un doute. « Bertrand, demanda-t-il, si des tueurs de la guilde s'introduisent dans cette pièce en étant invisibles, est-ce que vous pourrez les détecter ?

- Il n'y a pas de problème, répondit le spectre. Comme je suis moi-même un fantôme, je peux parfaitement voir les autres revenants lorsqu'ils se soustraient aux yeux des vivants. N'oubliez pas que mon corps et mes organes ne sont pas taillés dans la même substance que les vôtres. »

Rassuré, Hugues cacha un de ses sachets de fèves sous son oreiller, prononça sa formule habituelle et s'abandonna aux bras de Morphée. Jusqu'au retour de l'aube, Bertrand de La Saulnaie monta la garde, fixant tour à tour les quatre murs et l'appartement de Stéphane Duguisc, tout en serrant les poings afin de repousser une éventuelle menace. Cependant, cette dernière ne vint pas et les heures s'écoulèrent sans aucun incident.

CHAPITRE VI

AU CAVEAU DE LA HUCHETTE

Au petit matin, l'étudiant se sentit soulagé quand Bertrand lui expliqua qu'il ne s'était rien produit. Il lui demanda aussitôt s'il avait aperçu des signes suspects derrière les volets de la chambre de Duguisc, mais là encore, la réponse fut négative. « Quel dommage ! murmura Hugues. J'aimerais bien en savoir davantage sur cet oiseau-là. Enfin, le plus important est que je réussisse à sauver ma peau. Ah ! Je mettrais ma main au feu qu'aujourd'hui, Herbert Levasseur tentera encore de m'assassiner. » Malgré cette sinistre pensée, il décida de se rendre à son cours de langue des magiciens. Après son petit déjeuner, il s'habilla, glissa dans la poche droite de son veston les fèves qu'il avait placées la veille sous son oreiller, puis il regarda une nouvelle fois la photographie des années 1880, la lettre de Levasseur à Tanguy et le texte de Johannès Pélagidès. Quelles informations recelaient donc ces chiffres, pour passionner à ce point ce mystérieux vieillard ? Pour l'instant, on ne pouvait donner aucune réponse. Rangeant le document auprès des autres, dans sa poche intérieure, il déposa dans sa mallette sa version de

Cardec d'Aberdeen puis, muni de son caban, il s'apprêta à partir. Bertrand demanda encore à l'escorter, mais il refusa, préférant qu'il gardât son domicile. Le spectre se soumit docilement, bien qu'en son cœur, il fût navré.

Sur le chemin, Hugues s'interrogea sur l'attitude qu'adopterait Tanguy pendant le cours. Assurément, il devait être déçu que le meurtre prévu la veille eût échoué, surtout s'il le haïssait autant que le suggérait le message de son maître. L'étudiant était curieux de vérifier si son dépit influencerait son comportement. Néanmoins, son professeur était un bon comédien. La séance se déroula comme d'habitude. De 9 heures à 10 heures 30, Samuel Tanguy conserva le visage froid et hautain que lui connaissaient ses étudiants depuis qu'il avait commencé à enseigner. Quand il récupéra la copie d'Hugues, il n'eut aucune réticence, aucune grimace qui auraient révélé qu'il était au courant de la tricherie. Par la suite, il procéda comme à son ordinaire lorsqu'il ne faisait pas corriger une version : il distribua un texte à l'assistance – en l'occurrence un extrait d'Anselme de Man, mage britannique du XIIIe siècle, qui traitait des nombreuses luttes entre les Vikings et les trolls en Scandinavie – et il désigna des étudiants pour traduire chaque phrase. Les erreurs étaient fréquentes, seuls trois élèves ayant d'excellents résultats dans la matière, et chaque fois qu'il s'en commettait, Samuel Tanguy les rectifiait en accompagnant ses explications d'une parole blessante ou d'un commentaire dévalorisant. Hugues le jugeait écœurant de mépris, mais pas plus que lors des précédentes séances. Comme l'autre ne l'interrogeait pas – et qu'il semblait à plusieurs années-lumière de le vouloir –, l'étudiant l'examina discrètement. Samuel Tanguy portait le même pull informe et le même jean que de coutume, comme si toute sa garde-robe se bornait à ces vêtements. Une telle tenue transpirait le manque de goût. Hugues se remémora le complet noir d'Herbert Levasseur : bien que ses habits ne fussent pas gais, ils étaient soigneusement brossés et cela conférait au vieillard une authentique distinction. Il se rappela aussi l'élégance des membres de la Guilde des invocateurs, surtout celle d'Ephrem Ziegler dans son splendide costume trois pièces. Samuel Tanguy restait-il donc aussi mal habillé lors des réunions de cette société secrète ? C'était peut-être le cas. Hugues n'osa imaginer le contraste. Alors que le thésard gourmandait un de ses camarades qui avait fait un énorme contresens, il étudia attentivement son visage. Son nez ne s'était pas allongé, pourtant, il lui paraissait si pointu qu'il convenait bien à son personnage de menteur et d'hypocrite. Ses tempes semblaient rasées de la veille, et à force de ne jamais porter de cheveux, elles soulignaient davantage l'étroitesse de sa face qui devenait encore plus empreinte de hauteur et de dureté. En fait, cet homme n'était que dédain et orgueil, orgueil de l'intellectuel passionné seulement par sa discipline accessible à un minuscule cercle d'initiés, et qui flétrissait comme coupables d'une faute impardonnable tous ceux qui avaient l'affront de ne pas y briller. Il ne parvenait pas à comprendre que dans la vie, il y avait bien des choses plus intéressantes que l'étude d'une langue inintelligible. A présent, Hugues ne s'étonnait plus de ses désirs meurtriers à son égard, ni de son ralliement à une organisation qui commettait des homicides. Le seul fait qui l'interloquait, c'était qu'un homme aussi chaleureux et aussi amical qu'Emile Chauvet eût accepté de soutenir le travail de cet individu condescendant et misanthrope.

Les minutes s'écoulaient et lentement, on atteignait la fin du texte. Assis juste devant Hugues, Wilfried Mahé ne notait rien de la traduction. Il traçait seulement des graffitis sur sa table, qu'il recouvrait de sa feuille afin que le thésard ne repérât rien. Cette précaution était toutefois superflue : Samuel Tanguy le détestait tellement qu'il ne daignait même pas lui jeter un regard. Il ne lui accorda qu'un seul coup d'œil, vers la fin du cours : comme un étudiant s'était encore trompé sur une phrase, déclarant le contraire de ce qu'elle racontait, le thésard lui répondit qu'il ne le savait pas capable de s'approcher ainsi de la nullité absolue ; ce disant, il tourna la tête vers Hugues, puis vers Wilfried. Hugues se sentit ulcéré, mais il n'éprouva aucune pitié pour son camarade. Autant le mépris de Tanguy à son égard le révoltait, autant son hostilité envers Wilfried lui paraissait presque justifiée. Au fond, celui-ci n'était qu'un jouisseur vulgaire et stupide, qui s'avérait médiocre dans toutes les matières et qui était en vérité indigne d'étudier dans un tel établissement. Il était vain de vouloir en faire un magicien, car il ne possédait pas une once de l'intelligence requise pour une telle destinée. En même temps, ce n'était pas étonnant : quand on observait l'incompétence de son père, on estimait normal qu'il eût engendré un rejeton aussi idiot, et l'on était en droit de s'indigner de la considération dans laquelle l'institut tenait encore leur famille, alors qu'elle ne faisait plus que le déshonorer. Un pédant et un crétin, voilà ce qu'étaient maintenant les Mahé, selon Hugues. « Décidément, songea-t-il, leur ancêtre Eusèbe aurait dû voir l'avenir. En toute honnêteté, il vaut mieux rester stérile que laisser pourrir ainsi son arbre généalogique. »

Le cours se termina enfin. Samuel Tanguy s'était montré odieux, mais rien dans son attitude envers Hugues n'avait trahi son appartenance à la guildc. L'étudiant en déduisit que la note de sa version serait sans doute correcte. A bien des égards, jouer à la dupe ne devait pas trop chagriner le thésard, puisque le tricheur serait bientôt puni. Toutefois, peut-être ce châtiment surviendrait-il avant le prochain jeudi. Hugues Ranolphe frissonna. Il se dépêcha de quitter la salle et gagna le bâtiment principal de l'institut, dans la rue Suger, où il retrouva Manon. Cette dernière le câlina longuement, parsemant son cou de tendres baisers, puis elle l'emmena dans le quartier indien de Paris, au nord du Xe arrondissement, pour lui changer les idées. Comme elle avait obtenu un congé de la part du kebab qui l'employait, elle pouvait se permettre de déjeuner au restaurant avec son amant. Prenant le RER B, ils descendirent à la gare du Nord puis sortirent en suivant la correspondance qui menait à la station de métro La Chapelle. Ce n'était pas la première fois qu'Hugues empruntait cet itinéraire : fréquemment, Manon lui avait fait visiter ce coin de la capitale où elle se fournissait en bijoux en toc ainsi qu'en films de Bollywood. Elle adorait ce type de cinéma, tout comme sa famille, et son père lui avait un jour déclaré qu'elle avait la peau suffisamment claire pour jouer dans de telles productions. Néanmoins, elle n'avait jamais ambitionné de devenir actrice. De son côté, Hugues estimait qu'elle était bien plus belle que toutes les actrices du monde, ce qui ne l'empêchait pas de reconnaître que les femmes dans ces films étaient fort jolies. Avec le temps, il s'était habitué à ses goûts cinématographiques et chaque fois qu'elle se rendait dans une boutique du quartier indien, il l'accompagnait, d'autant plus qu'une telle promenade lui permettait d'échapper de temps à autre au Ve et au VIe arrondissement, qui seraient devenus sans cela légèrement oppressants.

Quand ils s'engagèrent dans le long couloir reliant la gare du Nord à la deuxième ligne du métro, Hugues se sentit pris de pitié. Devant les mosaïques recouvrant les parois, plusieurs mendiants tsiganes et arabes imploraient l'aumône, tandis que des camelots d'origine indienne et pakistanaise vendaient des babioles comme des atomiums, des colifichets, des jouets électriques qui seraient vite cassés et des poupées chantantes probablement fabriquées en Chine. Pour l'instant, ils semblaient manquer de chance : personne ne s'était encore intéressé à leur marchandise. En imaginant la misère de tous ces gens, que l'on voyait en permanence dans ce tunnel, l'étudiant ressentait un malaise. Les mendiants, surtout, l'attristaient, car ils étaient aux mains de réseaux exploitant leur pauvreté. Devant leur aspect, on leur aurait volontiers donné une pièce, mais tout l'argent qu'ils récolteraient leur serait ôté par les bandits qui les dirigeaient. Ils se trouvaient ainsi enfermés dans leur pénurie comme dans une prison. Déprimé, Hugues soupira et Manon l'imita, parce qu'elle partageait sa lucidité. Bien que tous deux ne fussent pas riches, ils se considéraient presque heureux comme des rois à côté de cette détresse.

Lorsqu'ils furent revenus à l'air libre, ils s'en allèrent déjeuner au Ganesha Corner, un restaurant indien non loin de la station La Chapelle, à l'angle de la rue Louis Blanc et de la rue Perdonnet. La jeune femme le connaissait depuis son arrivée à Paris et elle y avait plusieurs fois emmené Hugues. L'établissement était fort sympathique, quoique ses tables fussent un peu exiguës et sa nourriture atrocement épicée. Pendant qu'ils dégustaient un plat végétarien composé principalement de riz, d'oignons, de tomates, d'aubergines et de purée de lentilles jaunes noyés sous divers condiments exotiques, Manon exposa discrètement à Hugues les résultats de son enquête. La veille, en fin d'après-midi, elle s'était renseignée sur Internet où elle avait repéré un certain Ephrem Ziegler, employé dans une bibliothèque. Elle avait aussi découvert une nommée Monique Ziegler, manifestement femme au foyer, puisque les pages web qui la mentionnaient ne lui associaient aucune activité. Concernant Stéphane Duguise, elle certifiait qu'il était effectivement expert-comptable, dans une grosse librairie. En revanche, elle n'avait trouvé personne qui répondît au nom d'Herbert Levasseur, pas même parmi les gens morts ou réputés l'être. « Ce n'est pas étonnant, marmonna Hugues. Comme le Cénacle des gardiens n'est déjà cité nulle part sur Internet, il fallait bien s'attendre à ce qu'on ne cite pas un homme qui n'a laissé aucun souvenir, même parmi les magiciens. » Toutefois, il aurait bien aimé apprendre quelque chose sur la vie de son adversaire. Manon termina son compte-rendu : dans plusieurs moteurs de recherche, elle avait tapé le nom de

Johannès Pélagidès, mais elle n'avait récolté aucune réponse. « Tu as un peu perdu ton temps, lui déclara son ami. Nous vivons dans une société qui ne croit plus guère à la magie, pour son plus grand mal d'ailleurs, si tu t'es déjà intéressée à des sujets comme le sort des animaux fabuleux. Comment osais-tu espérer qu'on parlerait d'un enchanteur méconnu sur la Toile ? Le jour où le monde acceptera de nouveau de prendre au sérieux les sortilèges, alors on verra apparaître des sites Internet consacrés aux magiciens. »

Lui caressant la joue, Manon lui demanda de renoncer à cette amertume et il se calma. Toujours à voix basse, il lui raconta la séance de langue des magiciens. La jeune femme fut scandalisée par l'attitude de Tanguy et elle estima normal que cet homme sans cœur travaillât maintenant dans une troupe de bandits. Sans doute ne ressentait-il aucune pitié pour les victimes de la guilde évoquées dans la lettre, puisque celles-ci ignoraient la langue des magiciens. Elle demanda à revoir la vieille photo du Cénacle des gardiens et Hugues la lui tendit furtivement. Après une minute passée à contempler le visage de Levasseur, elle la lui restitua puis tous deux se mirent discuter, à voix haute désormais, de leur soirée au Caveau de la Huchette. Ils seraient neuf à y participer et chacun devait retrouver Fortunat à 20 heures à l'entrée du dancing. « Tu verras, Hugues, lui dit Manon avec chaleur, ça te permettra d'oublier tes soucis. Et puis, Fortunat est un bon camarade. Depuis que tu l'as rencontré, il ne t'a jamais déplu. » Fortunat était un cafre, c'est-à-dire un Noir de la Réunion. Né à Saint-Pierre, il était venu à Paris en 2002 pour suivre une formation en magie que son île ne pouvait assurer. Au sein de l'institut, il avait acquis une grande popularité grâce à son apparence et son comportement. Physiquement, il était beau : sa haute taille ainsi que son visage mince au nez busqué avaient fait craquer beaucoup d'étudiantes. En deuxième année de DEUG, il avait même tenté de séduire Manon, mais cette dernière était restée peu sensible à ses avances et, finalement, elle lui avait préféré Hugues. Cela ne l'empêchait pas de le juger sympathique, avis que partageait son amant. En effet, Fortunat était très drôle et absolument extravagant. Pendant ses premières années d'études, il s'était toujours vêtu de costumes bigarrés aussi kitsch que possible, tout en arborant une énorme coiffure afro. A présent, en maîtrise, il s'était un peu assagi, coupant ses cheveux crépus, mais son habillement reflétait encore un certain dandysme qu'il refusait d'abandonner. Il adorait les musiques comme le jazz, le rock et la soul, et son loisir favori était sans conteste la danse de société. Dans ce domaine, il excellait, à tel point qu'un jour, en licence, il avait remporté le premier prix d'un marathon de danse. Sa partenaire favorite était une étudiante nommée Dominique, une métisse guadeloupéenne qui côtoyait Manon au séminaire de télékinésie et qui avait comme lui le rythme dans la peau. Elle lui correspondait tellement qu'elle avait fini par devenir sa petite amie. Plusieurs fois, tous deux s'étaient rendus au Caveau de la Huchette et ce jour-là, ils y avaient convié aussi leurs relations, d'autant plus que le célèbre dancing parisien organisait une soirée consacrée au banana-split, une danse des années 1960 que l'on exécutait en couple sur des airs de rock tout en essayant d'imiter une banane et une glace. Plus précisément, l'homme devait se déhancher et se courber aussi souplement qu'une banane, tandis que la femme devait osciller et virevolter comme une boule de glace. Tout cela était assez difficile, et c'était pour cette raison que Fortunat considérait ce divertissement comme un art. En licence, il y avait initié plusieurs de ses amis, dont Hugues et Manon, et la sortie au Caveau visait partiellement à vérifier s'ils avaient su retenir son enseignement. Manon se réjouissait à l'avance : avec sa bonne mémoire, elle était sûre d'ébahir Fortunat. De son côté, Hugues se montrait plus réservé sur ses performances, mais il prévoyait qu'il s'amuserait bien quand même.

Leur déjeuner terminé, ils descendirent la rue du Faubourg Saint-Denis jusqu'à une boutique appelée Bollywood Paris. En chemin, Hugues observa à loisir cette grande artère où s'assemblaient tous les immigrés tamouls et sri-lankais de la capitale. De fait, l'œil n'y distinguait que des restaurants indiens, des pâtisseries indiennes, des magasins dévolus aux fruits exotiques, aux saris et aux objets de piété hindous, et enfin, naturellement, des boutiques de films tournés à Bombay. Celle où ils se rendaient se situait dans la portion de la rue en deçà de la gare de l'Est. Un instant, ils contemplèrent sa vitrine qui regorgeait de DVD aux jaquettes colorées ainsi que de posters à l'effigie de stars de Bollywood. En son for intérieur, Hugues songea que ces images fleuraient bon les retouches informatiques, mais il n'en confia rien à son amie. Quand ils furent entrés et que le vendeur eut manifesté sa joie de voir un Français de souche au bras d'une femme qui avait du sang indien, Manon demanda un film intitulé *Laisse parler ton cœur*, qui racontait l'histoire d'un jeune veuf retrouvant l'amour auprès d'une ancienne camarade d'université. Chez une amie, elle l'avait regardé à la télévision, plusieurs mois auparavant, et elle l'avait jugé si émouvant qu'elle désirait l'ajouter à sa collection. Heureusement, le marchand le possédait et il le lui apporta. L'étudiante s'apprêta à payer, quand, soudain, Hugues entendit un bourdonnement jaillir de son détecteur de spectres tandis que deux picotements, cette fois-là, fusèrent dans ses épaules. Instantanément, il fit volte-face et jeta deux fèves. « Ombre de mort, retire-toi ! Ombre de mort, retire-toi ! » s'écria-t-il en proie à la terreur. Deux brefs éclairs illuminèrent la boutique, puis Hugues empoigna Manon et lui ordonna de décamper avec lui. La jeune femme eut juste le temps de saisir le DVD et de déposer l'argent sur le comptoir, puis elle détala avec son ami sous les yeux ahuris du marchand, qui ne comprenait pas ce qui s'était passé. Pendant plus de cinq minutes, ils coururent dans les petites rues qui partaient de la voie où ils se trouvaient, jusqu'à ce qu'ils s'arrêtassent non loin de la rue du Faubourg Montmartre. Là, ils soufflèrent un peu et reprirent des forces. Encore sous le choc, Hugues tremblait de tous ses membres et regardait avec effroi autour de lui, comme si de nouveaux agresseurs rôdaient dans les parages. Cependant, la fiole sous sa chemise était redevenue silencieuse, signe qu'il n'y avait plus de menace. Manon lui demanda s'il tenait toujours à participer à la soirée, en dépit de cette attaque. Il lui répondit par l'affirmative, car il ne voulait pas que sa conduite parût bizarre ou suspecte auprès des autres étudiants.

Craignant un nouvel attentat, ils regagnèrent la rue des Ursulines à pied, se méfiant momentanément du métro et des autres transports en commun. Dans de tels lieux, en effet, si des spectres envoyés par la guilde avaient tenté de les assassiner, ils auraient déclenché parmi les voyageurs, en les repoussant, une panique à laquelle ils n'auraient pu se soustraire, ce qui était fort dangereux. Néanmoins, le trajet se déroula sans incident. Quand ils retrouvèrent l'appartement d'Hugues, Bertrand de La Saulnaie s'enquit de ce qui leur était arrivé et ils lui relatèrent la tentative d'assassinat. Très ému, le fantôme insista pour escorter son ami au Caveau de la Huchette, mais une troisième fois, l'étudiant refusa, tant il souhaitait que sa chambre demeurât inviolée. Pourtant, un tel souci semblait superflu : toute la matinée et le début de l'après-midi, il ne s'y était rien produit. Quant à l'appartement de Stéphane Duguisc, il était encore vide. A plusieurs reprises, Bertrand de La Saulnaie y avait fait de brèves incursions sans y rencontrer âme qui vive, et il pouvait affirmer, d'après ses observations du plancher, des murs et de la porte, que personne n'y avait pénétré depuis sa première visite, fût-ce le plus subrepticement du monde. Cependant, le jeune homme ne fut pas convaincu et il persista dans son opposition. Par dévouement, le revenant s'inclina. Le reste de l'après-midi, Hugues prit des notes à partir de livres empruntés à la Sorbonne, pour son mémoire sur les vols à Paris, laissant Manon discuter avec Bertrand qui lui avoua combien il estimait son ami attachant, mais aussi téméraire et inconscient.

Quand la nuit tomba, l'étudiant et la jeune femme dînèrent, puis Manon regagna son domicile, boulevard du Montparnasse, afin de se mettre en tenue. Le Caveau de la Huchette étant un dancing chargé d'histoire, il exigeait, chez ceux qui le fréquentaient, des vêtements plus élégants que d'ordinaire. Resté seul avec son ami d'outre-tombe, Hugues enfila un pantalon noir ainsi qu'une chemise blanche, noua autour de son col une cravate rouge et jeta sur ses épaules un veston bleu qui, à la différence des deux autres, était presque neuf. Comme l'étudiant le réservait aux grandes occasions, il ne l'avait encore que peu usé. Dans les poches extérieures, il rangea ses deux sachets de fèves puis il glissa à l'intérieur les trois documents dérobés chez Tanguy. A Bertrand qui lui demandait à quelle heure il rentrerait, il répondit 1 heures du matin, puis il sortit de la chambre, couvert de son caban. A pas vifs, il se dirigea vers le croisement de la rue de l'Abbé de l'Epée et du boulevard Saint-Michel, là où devait l'attendre Manon, à la sortie de la station Luxembourg. La jeune femme était déjà sur les lieux, vêtue, sous son caban, d'une robe de soirée noire à bretelles assortie d'un collant vert. Main dans la main, ils descendirent le boulevard Saint-Michel brillamment éclairé, où les voitures circulaient à toute vitesse en profitant de la fin des embouteillages de l'après-midi. Finalement, ils atteignirent la place Saint-Michel, en vue de la Seine et de l'île de la Cité, et ils obliquèrent dans la rue de la Huchette, cette voie qui était sans conteste la plus pittoresque de Paris. Avec son étroitesse et ses vieilles maisons de pierres, elle aurait conservé son aspect du XVIIIe siècle, sans la multitude de restaurants exotiques qui occupaient le rez-de-chaussée des bâtiments. De fait, le touriste qui s'y engageait pouvait se croire transporté, non plus dans la capitale de la France, mais dans celle d'un immense empire unissant des peuples de cultures diverses. On n'y voyait que des restaurants grecs, italiens, libanais, asiatiques, avec encore deux ou trois établissements français. Une vive odeur de chiche-kebab emplissait l'atmosphère, drainant dans la tête de Manon une foule de souvenirs. Elle connaissait tous ces restaurants, où elle avait tenu le rôle de serveuse depuis le début de ses études, et elle estimait que le plus lassant dans les fast-foods balkaniques était la nourriture, qui ne variait jamais. En dehors des morceaux de viande servis dans un pain avec des oignons, des bouts de salade, des tomates et des frites, il ne fallait pas chercher grand-chose. Un tel jugement valait aussi pour les gargotes libanaises spécialisées dans les falafels. A bien des égards, elle avait préféré les périodes où elle avait travaillé dans de vrais restaurants grecs, des tavernes où d'authentiques pièces d'agneau rôtissaient au-dessus de foyers au charbon de bois et où l'on faisait griller des brochettes mêlant côtelettes, gambas et saucisses. Ici, au moins, les clients goûtaient à une cuisine vraiment typique. Toutefois, ses engagements dans les kebabs ne lui avaient pas apporté que de l'ennui. Quand elle passa avec Hugues devant la Maison de gyros, l'un des plus gros fast-foods du quarticr, dans les vitrines duquel s'entassaient d'énormes tas de frites, de feuilles de salade et de tomates tandis que de replètes tours de viandes dégoulinaient de graisse, elle se rappela qu'en 2004, elle y avait souvent servi Wilfried Mahé qui y déjeunait systématiquement. Ce dernier avait tenté de la draguer, la trouvant fort mignonne, mais elle ne s'était pas laissé faire et avait même entrepris, à son insu, de modifier son comportement. Un jour, subrepticement, elle avait saupoudré son kebab non de sel, mais d'une potion de fidélité qu'elle avait réussi à déshydrater pour la changer en poudre. Le grimoire expliquant la préparation de ce remède le garantissait infaillible. Malheureusement, il n'avait guère marché, Wilfried ayant lâché peu après une conquête qu'il avait faite une semaine auparavant. Assez perplexe, Manon avait attribué cet échec à la déshydratation, qui n'était nulle part évoquée dans le livre, celui-ci prévoyant que le sorcier administrerait l'élixir à l'état liquide.

Comme chaque soir, la foule était dense, et Hugues comme son amie se frayaient un chemin avec difficulté. Bientôt, toutefois, ils distinguèrent l'entrée du Caveau de la Huchette, devant laquelle patientait un petit groupe d'étudiants. D'emblée, ils identifièrent Fortunat, qui se précipita à leur rencontre. Cédant de nouveau à sa passion pour l'extravagance, à laquelle il avait succombé pour un soir, il portait un veston et un pantalon à paillettes tout droit surgis des années disco. A ses côtés, Dominique avait osé, en dépit de ses rondeurs, enfiler une mini-jupe qui s'arrêtait juste au milieu de ses cuisses rebondies. « En même temps, songea Manon, elle a de la chance d'être bien en chair. Au moins, ça lui permet d'être une parfaite boule de glace. » On échangea des salutations, puis tout le monde laissa son manteau dans le bar de l'établissement pour gagner, au sous-sol, une vieille cave médiévale voûtée qui constituait le véritable dancing et où, chaque soir, des musiciens se réunissaient pour la plus grande joie des clients.

La première partie de la soirée se déroula dans l'allégresse. Le petit orchestre regroupé dans un coin la salle interpréta des mélodies rythmées, joyeuses et excitantes, et parmi les étudiants, Fortunat et Dominique suscitèrent l'émerveillement des autres amateurs de banana-split, de par leur déhanchement et l'habileté de leurs pas. Toutefois, au bout d'une heure, Hugues se sentit fatigué par cette danse où il n'avait jamais vraiment excellé, et il remonta au rez-de-chaussée du Caveau pour assouvir un besoin naturel et souffler quelque peu en buvant un jus de fruit. Il pensait retrouver ses amis dans un quart d'heure ; malheureusement, à peine fut-il sorti des toilettes qu'un serveur l'alpagua en l'informant que son grand-oncle désirait lui parler de toute urgence. Hugues voulut protester que son dernier grand-oncle était mort depuis dix ans, quand il aperçut, attablé juste devant lui et sirotant une bière, le Pseudo-Jonas Delaulne qui le regardait d'un œil narquois. Quelques tables plus loin, vers l'entrée du dancing, était assis Ephrem Ziegler, dans le même costume trois pièces que lorsqu'il l'avait réceptionné, la cravate impeccablement nouée et le gilet bien boutonné. Hugues Ranolphe comprit qu'il n'avait pas le choix. Le vieillard l'ayant invité d'un geste, il s'assit en face de lui et commanda un jus d'orange, réfrénant la tentation de poser sa main sur l'un de ses sachets de fèves.

Pendant de longues minutes, ils ne firent que se toiser. Hugues contempla attentivement le nécromancien : il avait remis le complet noir croisé qu'il arborait lors de leur première rencontre, dans le Franprix, et après avoir plié sur sa chaise son grand manteau, il avait déposé son chapeau à côté de son verre. Ne quittant pas ses yeux, il lui souriait, montrant ses dents irrégulières, jaunâtres et tranchantes. Finalement, il rompit le silence. « Pantalon noir, veston bleu, cravate rouge, énuméra-t-il ; monsieur Ranolphe, vous avez fait des efforts d'élégance. C'est rare chez les jeunes de notre temps.

- Eh bien… c'est vrai, répondit Hugues intimidé, qui cherchait à se donner une contenance. Mais… ce n'est pas tous les soirs qu'on sort au Caveau de la Huchette, et puis… un apprenti sorcier est-il vraiment un jeune comme les autres ? »

Levasseur ne le contredit pas. Enhardi, Hugues décida d'aborder un sujet propre à fâcher. « Hier et cet après-midi, lui dit-il, ce n'était pas très gentil, ce que vous m'avez fait, ou plutôt ce que vos sbires d'outre-tombe m'ont fait. » Levasseur se posa un doigt sur les lèvres et, tirant de nouveau des papiers de son veston, il lui écrivit ces mots : « Bien qu'au-dessus de cette table, une enceinte diffuse la folle musique sur laquelle dansent vos amis, mieux vaut ne pas aborder à voix haute de semblables sujets, surtout dans un établissement respectable comme celui-ci.

- Et si on reste dans le sous-entendu ? murmura Hugues.
- Là, il n'y a pas de problème », traça le stylo du vieux sorcier.

Un instant, le silence reprit, puis Hugues demanda à voix très basse : « C'est à cause des documents pris chez Tanguy que vous m'avez fait ces... ces mauvaises surprises ?

- « Chez Tanguy », répondit Levasseur d'un ton faussement moralisant. Quel manque de respect envers un professeur ! Au sein de la guilde, tout le monde l'appelle « monsieur Tanguy ». Mais autrement, pour éclairer votre lanterne, c'est effectivement à cause de ce vol que vous venez d'endurer mes rigueurs.
- Si j'avais rendu tout de suite ces papiers et cette photo, vous m'auriez laissé tranquille ?
- Encore eût-il fallu que vous les rendissiez la nuit même où votre serviteur les avait dérobés, et sans jeter un coup d'œil dessus. Ce bref délai ayant expiré depuis longtemps, on ne peut plus être sûr de ce dernier point. Vous avez quand même profané des secrets que seuls les membres de la guilde avaient le droit de connaître. Cependant, ne croyez pas que vous venez d'entraver nos activités : le document en chiffres qui se trouve à présent entre vos mains n'était qu'une copie d'un original que je garde précieusement et dont moi et monsieur Tanguy possédons d'autres reproductions.
- Qu'est-ce que vous manigancez avec Tanguy ? Qui était ce Johannès Pélagidès qui écrivit ce texte ? Qu'est-ce qui se cache dans ce document que vous faites transcrire par Tanguy et pourquoi cela

importe-t-il autant à vos yeux ? demanda Hugues plus insistant.

- Mon pauvre monsieur Ranolphe, vous m'affligez, soupira Herbert Levasseur. A vous entendre, on ne croirait que vous ne comprenez même plus votre langue maternelle. »

Hugues s'aperçut qu'il n'en tirerait plus rien à ce sujet. Se remettant à sourire, le nécromancien ferma le poing droit et l'avança légèrement sur la table, faisant miroiter ostensiblement sur sa bague les rayons des ampoules. L'étudiant décela très bien où il voulait en venir. « Qu'est-ce que ça fait d'avoir cent cinquante ans ? chuchota-t-il.

- Une impression bizarre, répondit Levasseur. C'est très curieux de naître au temps des voitures à cheval et du télégraphe morse, et d'assister au développement de l'automobile, du train électrique, du métro, de l'avion, du téléphone, de la télévision, du Minitel et, maintenant, de l'Internet. C'est aussi très curieux d'avoir connu Paris encore cernée par une banlieue rurale, et d'avoir vu les champs céder peu à peu la place aux autoroutes et aux cités HLM. C'est très étrange, enfin, d'avoir traversé trois guerres meurtrières et d'avoir pu ainsi admirer les « progrès » de la technologie…
- En tout cas, vous n'avez pas choisi la meilleure forme d'immortalité. Ça ne doit pas être facile à supporter, la vieillesse éternelle.
- Moins que vous le pensez. De toute façon, on ne peut pas avoir le beurre et l'argent du beurre. Un bénéfice exige toujours un prix à payer. En l'occurrence, il ne m'a pas été amer. Sans aucun regret, j'ai sacrifié ma jeunesse et j'ai sacrifié ses délices. En particulier, j'ai renoncé aux plaisirs de l'amour pour me consacrer entièrement à l'étude de la magie. Avant moi, plusieurs sorciers ont déjà observé une telle continence, et votre directeur de

recherches vous en a sans doute parlé. J'ai aussi renoncé aux plaisirs de la table et à tous les raffinements qui oppressent tant le cœur de mes contemporains. Pourtant, je ne m'en porte pas plus mal : il suffit simplement de faire preuve de résignation.

- Etes-vous tombé malade pendant les cinquante dernières années ? La maladie est quand même la compagne du grand âge.
- Parfaitement, et j'ai même enduré des affections graves. Voici quinze ans, je fus atteint d'un cancer de l'estomac. Je souffris horriblement : pendant trois mois, je ne pus rien avaler, je m'amaigris autant qu'un cadavre et je vomis du sang. Pourtant, j'en réchappai, car telle est la puissance de la merveilleuse amulette qui orne mon doigt : les maladies les plus atroces peuvent vous assaillir, mais vous savez très bien que vous en triompherez. N'est-ce pas une raison suffisante pour envisager sereinement l'éternité ? Les caractères faibles exagèrent la pénibilité de la douleur. De toute façon, la déchéance physique importe peu, du moment que l'intelligence, elle, reste intacte. Je suis peut-être vieux, monsieur Ranolphe, mais mon esprit demeure aussi vif que le vôtre.
- Toutefois, à votre place, je n'aurais pas aimé voir mourir ma famille et mes amis, tous les gens qui n'auraient pas eu la chance, comme moi, de résister au passage du temps.
- Ce sentimentalisme, malheureusement, ne caractérise que votre personnalité. Jamais je n'ai regretté mon père, cet individu pétri dans sa bien-pensance et son honorabilité bourgeoises, pas plus que je n'ai versé une larme en apprenant la disparition de mon frère, un naïf qui ne rêvait que de devenir courtier à la Bourse, et celle de mes deux

sœurs, des greluchonnes qui ne savaient que fantasmer sur les jeunes rentiers et sur les uniformes flamboyants. Quand on m'annonça leurs morts, je ne me rendis pas à leurs enterrements, et je n'allai visiter leurs tombeaux qu'une seule fois, en 1950, par simple curiosité envers leurs dalles funéraires. S'il y a bien des spectres que je n'évoquerais pour rien au monde, ce sont les leurs. Dans ce mépris, ne voyez pas d'injustice : ces gens-là ne voulaient pas me comprendre. Quant aux amis… je crains que là encore, monsieur Ranolphe, vous n'abordiez un secret qui ne vous est pas destiné.

- Soit. Mais le Cénacle des gardiens, comment était-ce ? Car vous l'avez fréquenté, même si vous n'avez pas pris part à la fondation de notre école.
- Je vais vous décevoir. C'était vraiment une piètre association, d'autant plus qu'elle regroupait des hommes qui manquaient profondément d'honorabilité et de bonne foi. Dégagez-vous de la légende dorée qu'on vous enseigne à votre institut. Cependant, je ne puis vous en dire plus : cet épisode de ma vie recèle également un secret, un secret intime dont vous vous êtes irrémédiablement écarté en refusant d'adhérer à notre guilde.
- Pour changer de sujet, comment avez-vous réussi à vous procurer la bague d'Hécate et… l'accessoire qui l'accompagne ?
- Quelle érudition, monsieur Ranolphe ! Mais vous restez un incorrigible fouineur. J'espère que vous êtes conscient de l'issue probable de notre affrontement. »

Hugues opina de la tête et Levasseur lui sourit de toutes ses dents. Jetant un bref regard derrière lui, l'étudiant vit que Ziegler avait déjà bu deux verres et qu'il hélait un garçon pour en commander un troisième, tout en ne relâchant pas sa surveillance attentive. Sous son veston, sans doute dissimulait-il un pistolet muni d'un silencieux ou toute autre arme de ce genre ; cependant, étant données la distance où il se trouvait et la musique de l'orchestre que diffusaient dans tout le bar les haut-parleurs, il ne pouvait entendre leur conversation. Hugues se sentit tiraillé entre deux aspirations contradictoires : devant l'évidence du danger, il aurait souhaité s'échapper du Caveau de la Huchette, mais au fond de son âme, une mystérieuse fascination l'incitait à fouiller toutes les zones d'ombre de son ennemi. N'y tenant plus, il demanda à Levasseur sa liasse de papier et son stylo, et il écrivit la phrase suivante : « Les journaux relatent parfois des morts subites et des vols inexplicables. C'est votre guilde qui les commet ? » « Tout à fait, traça en retour Levasseur. Il s'agit bien des activités évoquées dans ma lettre. » « Avec ces méfaits, vous devez être riche à foison, monsieur qui prêchez l'austérité ? » « Point du tout. J'agis en accord avec mes principes. Après chaque vol, nous anéantissons le butin. » « Mais pourquoi envoyer des spectres voler ou tuer ? » « Pour punir les hommes. L'homme moderne ne jure que par l'argent et par les plaisirs que ce dernier lui permet de se procurer. Pour accroître sa fortune, il détruit la nature et massacre la terre. Autrefois, les humains ont tué les animaux enchantés, soit pour s'enrichir en vendant leurs organes magiques, soit, simplement, parce qu'ils n'admettaient pas d'être plus faibles qu'eux. Aujourd'hui, ils font de même, sauf qu'ils détruisent les bêtes ordinaires. Souvenez-vous de notre première conversation, lors de notre rencontre au supermarché. » « Vous assassinez donc les gens pour châtier leur orgueil et leur cupidité, et vous volez afin de leur ôter ce qui satisfait leurs passions mauvaises. Mais votre guilde fait-elle autre chose ? » « Nous pouvons aussi évoquer des spectres sur la requête d'individus qui désirent qu'on leur retrouve un objet perdu ou un proche disparu. Nous ne leur faisons rien payer. Mais s'ils nous demandent de commettre un vol ou d'assassiner un adversaire, nous exécutons leur souhait, puis nous envoyons un fantôme les tuer. Cela fait un pécheur de moins et un triste sire puni. » « Quelle haine de l'humanité ! Certes, beaucoup d'hommes ont des défauts, mais vous êtes excessif. » « Seulement à vos yeux. Vous n'avez pas vécu aussi longtemps que moi. En cent cinquante ans, j'ai contemplé le vrai visage de la société, j'ai appris ce que signifiaient le rejet et l'incompréhension, et mon cœur en est devenu de bronze. » « Toutefois, vous êtes un meurtrier, et votre guilde est une association de malfaiteurs. » « Libre à vous de le penser. Cependant, je suis surpris qu'un magicien comme vous ne souhaite pas rompre avec le monde, alors que plus personne ne croit aux sortilèges et qu'il suffit de si peu d'attention pour remarquer toute l'impiété de nos contemporains, tout leur manque de respect envers la Divinité et tout leur matérialisme grossier. »

Sur le coup, Hugues Ranolphe ne sut que répondre. Il se sentait horriblement mal à l'aise. Déjà vingt minutes s'étaient écoulées et, au sous-sol, ses amis ne tarderaient pas à s'impatienter. S'ils le surprenaient avec Levasseur, il se retrouverait en fâcheuse posture. D'un autre côté, il se demandait comment se terminerait cet entretien avec le nécromancien. A l'entrée du Caveau, Ephrem Ziegler avait vidé son troisième verre et il observait toujours son maître et l'étudiant d'un œil impassible, comme prêt à attendre toute la nuit. Entonnée par les haut-parleurs, la musique trépidante continuait d'emplir tout le rez-de-chaussée, et le contraste entre sa gaieté et le péril où il se trouvait accroissait l'angoisse du jeune homme. Finalement, il n'y tint plus. Reprenant les papiers de Levasseur, il écrivit la question décisive : « Quand allez-vous me tuer ? » « Pas tout de suite, griffonna le vieux sorcier, et certainement pas dans ce lieu respectable. » « Pourtant, vous n'aspirez qu'à ça. » « Pas autant que vous le croyez. Au sein de la guilde, votre mort réjouirait beaucoup monsieur Tanguy ; mais moi, je suis plus… réservé. » « Que voulez-vous dire ? »

« Je ne puis supporter quelqu'un qui dérange mes intrigues et qui s'élève contre les activités de mon association. Toutefois, vous êtes comme moi un nécromancien, ce qui suscite le respect. D'autre part, vous avez réussi deux fois à déjouer mes tentatives d'assassinat, ce qui prouve votre valeur et force l'estime. Enfin, quoi que vous disiez, vous ne vous sentez pas à l'aise au milieu des profanes, et les « manigances » que je mène avec monsieur Tanguy vous auraient satisfait, si vous aviez adhéré à la guilde. Mais vous n'avez pas voulu vous retirer de la société. » « Et aujourd'hui encore, je le refuse. Je ne veux pas devenir un bandit et un criminel, et c'est pour ça que je ne tiens pas à savoir en quoi votre complot avec Tanguy m'aurait satisfait. » « Je vous laisse votre choix. Votre sort était déjà fixé ; maintenant, j'appliquerai votre peine sans regret. Toutefois, quand j'évoquerai votre ombre, je ressentirai toujours ce respect qu'on doit à un adversaire qui a courageusement résisté. »

La discussion était finie. Se relevant de sa chaise et fourrant les papiers dans sa poche, Levasseur tendit la main à l'étudiant pour prendre congé de lui quand, soudain, un claquement de pas retentit dans l'escalier qui menait au sous-sol, et l'on vit émerger dans le bar Fortunat Kermeur suivi par Dominique, Manon et les autres étudiants de l'Institut libre de magie, qui venaient rechercher Hugues. En un instant, ils entourèrent le vieux sorcier, curieux de savoir qui pouvait être cet inconnu. Ce dernier ne se démonta pas et leur affirma calmement qu'il était le grand-oncle d'Hugues. L'étudiant n'osa le contester : s'il avait avoué la vérité, personne ne l'aurait cru et il se serait sûrement exposé à de cruelles représailles. Puis, avec une politesse exquise, Levasseur pria les jeunes gens de le laisser partir. Cependant, depuis quelques minutes, Manon le fixait en silence, captivée par cette rencontre avec ce sinistre individu qui voulait attenter à la vie de son amant, et elle résolut de lui faire une vilaine plaisanterie. Prenant son air le plus innocent, elle suggéra d'emmener Levasseur au sous-sol pour danser le banana-split : avec sa haute taille et sa maigreur, il avait parfaitement l'allure d'une excellente banane. Fortunat lui embraya le pas, tant l'enthousiasmait la perspective de ridiculiser un morne vieillard, et bientôt tous les étudiants supplièrent le sorcier de venir s'amuser dix minutes avec eux. Hugues ne savait plus où se mettre. Au comble de l'anxiété, il tourna ses regards du côté de Ziegler, craignant que les difficultés de son maître n'entraînassent de sa part une intervention musclée. De fait, Ziegler se leva pour réagir, mais une mimique furtive du nécromancien lui ordonna de rester à sa place, et il se rassit tandis que la troupe des jeunes gens emportait Levasseur au fond du Caveau.

Leur arrivée suscita l'étonnement des clients qui s'y étaient rassemblés : lors d'une soirée de ce type, personne ne s'attendait à voir débarquer un vieillard de plus de quatre-vingts ans. Même l'orchestre s'interrompit, avant de reprendre ses esprits et d'entamer un morceau des plus endiablés. Fortunat expliqua brièvement au sorcier ce qu'il fallait faire, puis il le lâcha sur la piste, avec Dominique en guise de partenaire. Ce fut un spectacle grotesque. Alors que l'étudiante tournoyait autour de lui aussi gracieusement qu'une vraie boule de glace, le vieillard manquait à peu près tous ses pas et s'avérait incapable de se courber comme une authentique banane. Par sa raideur, il ressemblait plutôt à un manche à balai. Le morceau terminé, il voulut s'enfuir, mais Fortunat et ses amis le retinrent et, pendant plus d'un quart d'heure, ils le forcèrent à danser avec plusieurs étudiantes en magie. Levasseur s'exécuta donc, agitant sa grande carcasse sur la piste du Caveau, essayant vainement de suivre le rythme de la musique et s'escrimant à de nombreuses reprises pour ne pas se casser la figure. Dans l'assistance, l'hilarité était générale : les danseurs riaient à gorge déployée, Fortunat produisait en beuglant un bruit de tonnerre et les instrumentistes se retenaient pour ne pas laisser tomber leurs guitares et leurs saxophones. Il semblait même que la gaieté envahissait le bâtiment : dans un coin du plafond, une tête de faune sculptée, qui jusque là était restée totalement immobile, paraissait vouloir ouvrir la bouche comme pour s'esclaffer à son tour. En retrait, silencieuse, Manon se contentait de sourire, savourant l'humiliation qu'elle venait d'infliger au bandit qui persécutait Hugues. Ce dernier, pour sa part, ne savait trop comment se comporter : après une telle farce, Levasseur réagirait sans doute cruellement, or il était déjà suffisamment embarrassé ; néanmoins, au fond de son âme, il ne lui déplaisait pas de contempler son adversaire, si menaçant voici vingt minutes, sous un jour ridicule, et les regards qu'il jetait de temps en temps sur la tête de faune le confortaient dans cette attitude. Finalement, l'orchestre entama un slow pour détendre les amateurs de banana-split, et Fortunat décida de relâcher Levasseur. S'efforçant de rester digne, ce dernier s'empressa de dire adieu aux étudiants et remonta rapidement l'étroit escalier du Caveau, non sans braquer des yeux rageurs sur Hugues et Manon. Indifférente à la menace, la jeune Réunionnaise entraîna son compagnon sur la piste et se lova contre lui, posant sa tête sur son épaule et l'embrassant délicatement sur le cou. L'étudiant la serra avec sa tendresse habituelle, caressant doucement sa toison noire et souple. Toutefois, malgré la furtive joie qu'il avait éprouvée, son âme était pleine d'inquiétude : Levasseur n'était pas vaincu, il ne savait au fond rien de vraiment décisif sur lui ainsi que sur son complot, et maintenant, pour sauver sa vie, il allait devoir jouer serré, car le péril serait constant.

CHAPITRE VII

VOL AU-DESSUS DE PARIS

Le vendredi qui suivit cette soirée, Hugues s'attendit à une nouvelle agression et tout le temps qu'il fit ses recherches à la bibliothèque de l'institut, il garda la main gauche dans sa poche près du sachet de fèves, tout en priant Bertrand de rester désormais à côté de lui, où qu'il allât, et de guetter le moindre signe suspect. Après l'humiliation qu'on lui avait infligée sur la piste du Caveau de la Huchette, il était clair que Levasseur riposterait aussitôt. Toutcfois, rien ne survint pendant cette journée et le soir, quand il se glissa dans ses draps, Hugues n'avait pas gaspillé un seul légume. Le week-end se déroula de la même façon. Pendant que Paris, pavoisée de drapeaux tricolores, célébrait, ou plutôt prétendait se souvenir de la fin de la Première Guerre mondiale, Hugues préféra rester dans son appartement, surveillé par Bertrand qui était prêt à maîtriser un éventuel agresseur d'outre-tombe. Naturellement, un tel garde du corps l'obligeait à refuser toute visite, ce qui renforçait son angoisse. Il aurait volontiers convié Manon, mais devinant, par intuition, que Levasseur tournerait probablement aussi contre elle sa vengeance, il ne tenait pas à mettre davantage sa vie en danger. Cependant, ces précautions furent inutiles : aucune tentative de meurtre ne se produisit, de nuit comme de jour ; à son cou, son détecteur de spectres ne grésilla pas une seule fois et Bertrand de La Saulnaie n'aperçut dans la chambre aucun intrus, pas même lorsqu'il veillait son ami endormi. Simultanément, aucun signe inquiétant ne se manifesta à la fenêtre de la chambre qu'avait louée l'agent de Levasseur, au cinquième étage de l'immeuble de l'autre côté de la rue. Au contraire, elle semblait toujours parfaitement déserte, comme si le mystérieux Stéphane Duguisc ne voulait plus y mettre les pieds. Hugues Ranolphe n'osait croire que le vieillard lui eût pardonné et cette comédie ne le rassurait pas. Néanmoins, il ne pouvait se cloîtrer dans son appartement, sous peine de se rendre suspect auprès de l'institut et de ruiner totalement son mémoire de maîtrise.

Tout à ces pensées, il reçut le lundi 13 novembre, juste avant de partir pour un cours à la Sorbonne, un coup de fil de Manon : le soir même, à 22 heures, Fortunat Kermeur fêtait son anniversaire et il avait décidé à la dernière minute de l'inviter. Hugues n'appréciait guère l'horaire tardif ; néanmoins, Fortunat était un bon camarade et il ne pouvait décemment décliner l'invitation. Il accepta donc. Le soir, il ne se changea pas, puisqu'il ne sortait pas dans un lieu public. Il garda son veston vert râpé et sa cravate bleue, enfila son caban dans les poches duquel il cacha ses deux paquets de fèves, vérifia la présence du détecteur de fantômes sous sa chemise et se rendit chez son camarade, discrètement escorté par Bertrand de La Saulnaie que son invisibilité dérobait aux regards des passants.

Fortunat Kermeur vivait au n°27 de la rue de l'Hirondelle, une petite rue piétonne tout près de la Seine, couverte de pavés et qui n'avait pas changé depuis le XVIIe siècle. Plus précisément, il habitait au cinquième étage d'un étroit immeuble d'Ancien Régime, dont chaque logement n'avait que deux fenêtres et dont le rez-de-chaussée était occupé par le bureau d'une agence. Ce n'était pas l'appartement idéal, mais il ne différait guère de ceux de la plupart des étudiants en magie et, en outre, il lui offrait l'avantage d'être tout près des bâtiments de l'institut, rue Suger et rue des Grands Augustins. Quand Hugues frappa à sa porte, Fortunat l'accueillit à bras ouverts et le conduisit dans son salon – du moins dans ce qui en tenait lieu –, où l'attendaient Manon ainsi que quatre autres étudiants, tous réunionnais. Malgré l'exiguïté du lieu, la fête fut très réjouissante : on plaisanta beaucoup, on écouta de la musique réunionnaise, du jazz et du reggae, on mangea plusieurs gâteaux succulents ainsi que des bananes, des papayes et des mangues confites, et on but force punchs et sangrias, auxquels Fortunat rajouta après minuit quelques lampées de rhum de son île natale. Toutefois, Hugues évita autant que possible ces boissons alcoolisées : dans sa situation, il fallait qu'il conservât toutes ses facultés. Manon aussi, qui sentait la menace, s'efforça de rester sobre. Quand tout le monde eut mangé, il dansa avec elle sous les yeux amusés de Bertrand de La Saulnaie qui visitait l'appartement du cafre tout en laissant passer à travers lui ses invités. Cependant, la fatigue gagnait la compagnie. Vers 2 heures et demie, les étudiants commencèrent à regagner leurs pénates et Hugues préféra lui aussi prendre congé de son hôte. Manon – qui ne voulait pas retourner à son appartement boulevard du Montparnasse et à qui Fortunat avait permis de coucher chez lui – essaya à voix basse de l'en dissuader, craignant qu'il ne fût trop vulnérable dans les rues au cœur de la nuit, mais Hugues lui rétorqua qu'en quelque lieu qu'il fût, il serait tout autant en danger, que rester chez Fortunat ne changerait rien et que, de toute façon, une seule personne pouvait vraiment le protéger : Bertrand de La Saulnaie. Puis il serra la main du cafre, qui n'avait rien entendu, et suivit ses camarades dans l'escalier.

Ils restèrent en groupe dans la rue Saint-André des Arts, puis ils se dispersèrent en vue des quais de la Seine, laissant Hugues remonter seul le boulevard Saint-Michel. L'immense avenue était déserte. Au bord de la chaussée, dans la lumière rougeâtre des réverbères reflétée par les nuages, des files de voitures sommeillaient. De chaque côté du trottoir, les immeubles haussmanniens paraissaient en léthargie et, à leur rez-de-chaussée, les rideaux de fer des boutiques étaient hermétiquement baissés. Nul bruit ne troublait l'atmosphère, pas même le bruissement des dernières feuilles jaunies sur les marronniers, pas même le pépiement d'une chauve-souris, et l'oreille eût guetté en vain le claquement des pas d'un noctambule. Comme personne ne risquait de le remarquer, Bertrand de La Saulnaie redevint visible et avec son ami, il parcourut le boulevard. De temps à autre, ils distinguaient un clochard emmitouflé dans ses couvertures ou son sac de couchage : ce pauvre homme ne s'éveillait pas, trop heureux de profiter de la seule vraie consolation que lui offrait encore sa vie de privations. Quand ils eurent atteint le croisement avec la rue des Ecoles, ils obliquèrent à gauche, passèrent devant la Sorbonne et remontèrent la rue Saint-Jacques le plus rapidement possible, indifférents aux énormes masses blanches de l'université et du lycée Louis le Grand, qui les cernaient de part et d'autre. Ils n'accordèrent de même aucun regard au Panthéon quand ils traversèrent la rue Soufflot. Toutefois, quand ils furent à l'endroit où la rue Saint-Jacques rétrécit, à son croisement avec la rue Malebranche et la rue des Fossés Saint-Jacques, et retrouve sa largeur antérieure au Second Empire, Hugues s'arrêta et contempla les immeubles du XVIIIe siècle qui semblaient vouloir se toucher : sans qu'il pût l'expliquer, l'étroitesse de la voie ne lui inspirait pas confiance.

Soudain, son détecteur de spectres bourdonna et d'un restaurant à l'angle de la rue des Fossés Saint-Jacques jaillit un voyou des cités HLM., avec un pantalon *baggy* lui tombant sur les hanches, un sweat-shirt à capuche et un crâne presque entièrement rasé, sauf une mince couche de cheveux sur le dessus ; seulement, il était gris et un halo blanc d'outre-tombe l'entourait. Les poings serrés, il s'élança vers Hugues qui eut juste le temps de s'emparer d'une fève et de la lui lancer en prononçant la formule rituelle. Le fantôme s'évanouit, mais deux autres surgirent du même bâtiment : un conscrit français de 1914, arborant encore un pantalon qui avait été rouge, et un soldat allemand de la Seconde Guerre mondiale. Hugues voulut jeter de nouvelles fèves, mais Bertrand de La Saulnaie le fit pivoter : derrière lui se tenaient quatre autres spectres : deux hommes d'affaires des années 1880, en redingote et chapeau haut de forme, un peintre dépenaillé portant lavallière et cheveux longs et un individu en t-shirt blanc coiffé d'un canotier. De terreur, le jeune homme blêmit et il s'enfuit sur sa gauche, dans la rue des Fossés des Saint-Jacques, suivi par Bertrand et la masse de leurs assaillants. Ce n'était pas la première fois qu'il empruntait cette rue : en 2002, lors de son installation à Paris, il l'avait déjà parcourue pour se rendre aux ruines des arènes de Lutèce. Mais à présent, il maudissait le destin qui l'avait conduit dans cet endroit. Cette rencontre avec ces spectres malfaisants n'avait rien d'étonnant : dans la rue des Fossés Saint-Jacques vivait Samuel Tanguy, et c'était certainement lui qui les avait évoqués. Soufflant et gémissant, Hugues Ranolphe courait, indifférent aux appels de Bertrand de La Saulnaie qui affirmait pouvoir le sauver, et détournant les yeux de ses poursuivants qui, sans le moindre bruit, le rattrapaient irrésistiblement. Parvenu sur la place de l'Estrapade, il voulut obliquer vers le Panthéon pour regagner les rives de la Seine, mais des rues conduisant au monument jaillit une foule de nouvelles ombres : des bourgeois en jaquette arborant des insignes maçonniques, des ouvriers en casquette et marinière et même quelques communards avec encore des ceinturons qui avaient contenu des pistolets. La retraite était coupée. Continuant droit devant eux, Hugues et Bertrand eurent juste le temps de traverser la rue d'Ulm en échappant à deux groupes d'hommes en feutre mou qui s'élançaient de part et d'autre, puis ils dévalèrent la rue Lhomond. Malheureusement, ce chemin finirait par les conduire aux environs du passage des Postes, là où vivait Levasseur. En un éclair, Hugues s'en aperçut et il tenta de s'éclipser dans la première rue sur la gauche, mais elle était déjà barrée par cinq fantômes en smoking. Pourtant, il fallait à tout prix s'éloigner de la sinistre ruelle des nécromanciens. Avisant la deuxième rue sur la gauche, la rue Amyot, Hugues s'y engouffra et la parcourut jusqu'au bout, jusqu'à ce qu'elle le menât dans la rue Tournefort. C'était là qu'habitait son directeur de recherches, mais il n'y prêta pas attention : essoufflé, épuisé, il se sentait incapable de faire encore un pas et, de toute façon, il ne pouvait déguerpir nulle part puisque, de chaque côté, la rue s'emplissait de fantômes. Hagard, il se retourna et contempla le flot grisâtre de ses adversaires qui déferlaient sur ses traces et s'apprêtaient à fondre sur lui : il aurait voulu crier, mais cela n'aurait servi à rien, puisque après son assassinat, ses agresseurs se seraient évanouis en une seconde, sans même que les Parisiens endormis les eussent entendus venir. Tout à coup, Bertrand de La Saulnaie l'empoigna. « Acceptez-vous de m'écouter, bon sang ? lui cria-t-il. Moi seul peux vous tirer de là. Maintenant, laissez-vous faire, obéissez scrupuleusement à mes instructions, et nous nous sortirons de ce pétrin. » Sur ces mots, il l'agrippa sous les aisselles, l'enveloppa dans sa cape et s'envola dans les airs. Quand il eut dépassé une dizaine de mètres, il s'évanouit subitement, dérobant l'étudiant aux regards des vivants. Les autres spectres, cependant, pouvaient encore le voir, et tel un effrayant escadron, ils décollèrent tous ensemble avant de disparaître de la même façon.

Au départ, Hugues ne comprit pas exactement ce qui lui arrivait, mais quand il distingua sous ses pieds les maisons de Paris qui rétrécissaient et les rues qui paraissaient tracées comme sur un plan, il hurla de terreur. « Ce n'est pas le moment de paniquer ! le gourmanda Bertrand. Saisissez plutôt vos fèves : vous allez bientôt en avoir besoin. » Hugues Ranolphe obéit et regarda aux alentours. En dessous de lui, il apercevait nettement la coupole du Panthéon, mais aussi les dômes des Invalides et de l'Académie française, la butte Montmartre avec le Sacré Cœur qui irradiait de ses pierres blanches, le Grand Palais avec son toit de verre et d'acier, la silhouette élancée de la tour Eiffel avec le Champ de Mars à ses pieds, et enfin le brusque coude de la Seine au-delà du bois de Boulogne. Toutefois, il discernait aussi la troupe des assassins d'outre-tombe envoyés à ses trousses, qui voltigeaient derrière lui tel un essaim de monstrueux insectes. Bien qu'ils fussent invisibles à des yeux de chair, l'étudiant parvenait à les distinguer, parce qu'il les regardait à travers Bertrand de La Saulnaie, or toute personne enveloppée par un spectre avait la possibilité de repérer les autres âmes revenues de chez les morts, même quand celles-ci se croyaient à l'abri des prunelles indiscrètes. Rapidement, il comprit ce qu'il devait faire et, à voix basse, il les compta, en dénombrant une quarantaine. Dans ses sachets, il recelait presque cent fèves : cette provision était suffisante. Bertrand de La Saulnaie continuait de prendre de l'altitude et leurs poursuivants pressaient leur allure, s'efforçant de les rattraper. Subitement, ils se scindèrent en deux groupes, l'un qui resta en arrière et l'autre qui les dépassa et se retourna sans prévenir, fonçant sur eux pour les prendre en sandwich. C'était ce qu'attendait Bertrand. En une brusque chandelle, il s'élança vers les hauteurs, laissant les deux masses de spectres s'entrechoquer en provoquant une affreuse pagaille. Hugues en profita aussitôt. Lâchant une bordée de fèves, il atteignit six fantômes et les renvoya chez les morts sans qu'ils eussent eu le temps d'esquiver ses redoutables projectiles. S'apercevant de la menace, l'escadron reprit l'offensive. Bertrand et Hugues s'enfuirent, se dirigeant vers la butte Montmartre. Bientôt, l'étudiant put distinguer les gigantesques traînées de rails de la gare du Nord et de la gare de l'Est, les immeubles édifiés à l'emplacement des anciennes fortifications, le boulevard périphérique où circulaient encore quelques voitures et le stade de France perpétuellement illuminé. Il parvenait même à repérer, au loin, les contours des barres de HLM qui faisaient la célébrité de La Courneuve. Un tel spectacle le fascinait. Cependant, à ses oreilles retentissaient aussi les cris et les râles de ses poursuivants qui étaient décidés à en finir. La prise en sandwich ayant échoué, ils essayèrent un encerclement, mais Bertrand de La Saulnaie se montra plus rapide, bondissant et plongeant sans cesse, s'échappant par en haut ou par en bas, de telle sorte qu'ils n'arrivaient jamais à refermer leur filet. Tous leurs efforts n'aboutissaient qu'à semer de nouveau la confusion dans leur troupe, confusion immédiatement utilisée par l'ancien gentleman-cambrioleur qui revenait derrière eux en permettant à l'étudiant de leur jeter de nouvelles fèves meurtrières, qui éliminèrent sept autres spectres. Furieux, les fantômes renoncèrent à agir en groupe et les plus hardis d'entre eux se précipitèrent vers les deux amis afin de tuer le jeune homme avec leurs seules ressources. « Videz le contenu de vos sacs dans vos poches, souffla Bertrand à Hugues, afin de prendre vos graines plus aisément. N'hésitez pas à en lancer deux en même temps. Enfin, ne cédez pas à la peur, même si je serai parfois obligé de ne vous tenir qu'avec un seul bras. » Bien qu'à demi rassuré, l'étudiant obtempéra : il vida ses sachets dans les poches de son manteau et prépara immédiatement deux fèves qu'il serra dans ses poings fermés. A droite et à gauche, deux ombres fondaient sur eux, mais alors qu'elles allaient les atteindre, deux coups de pied magistraux de

Bertrand de La Saulnaie les mirent hors de combat et Hugues n'éprouva aucune difficulté à les abattre. Il reprit aussitôt de nouveaux légumes et il renvoya chez les morts deux autres adversaires qui avaient été suffisamment idiots pour les attaquer en face. Le reste des fantômes, cependant, ne s'avouait pas vaincu et les petits groupes se succédèrent, mais aucun ne parvint à éliminer le jeune homme et son défenseur. Les coups de pied de l'ancien gentleman-cambrioleur avaient une force terrible et sa vigilance était si aiguë qu'on ne pouvait l'attaquer dans le dos sans qu'il ripostât immédiatement. Plusieurs fois, il se servit de son poing gauche pour frapper ses agresseurs, et toujours ils les envoyaient heurter leurs acolytes, les mettant provisoirement hors d'état de réagir. Dans ces moments-là, certes, il ne tenait plus Hugues que d'un seul bras et le jeune homme en blêmissait de terreur, mais il se ressaisissait aussitôt, tant l'étreinte qui le maintenait était robuste, et il achevait ses ennemis. Ainsi, la troupe des assassins se trouva peu à peu décimée et elle finit par se réduire à cinq fantômes : deux bourgeois en jaquette, le peintre à la lavallière, le conscrit de la Première Guerre mondiale et le défunt soldat allemand. Malheureusement, Bertrand de La Saulnaie était fatigué, tant il avait déployé d'efforts pour voler en trombe et repousser énergiquement ses adversaires. Les autres le comprirent sans tarder et ils se lancèrent à l'assaut. Le peintre à la lavallière et le conscrit français empoignèrent Bertrand par les épaules. Le spectre voulut se dégager, leur donner des coups de pied, mais il ne le pouvait pas, tant il se sentait harassé. Pâle comme un linge, Hugues crut sa dernière heure venue. Les fantômes tentèrent de se saisir de lui, mais ils étaient gênés : non seulement leurs mains ne pouvaient passer à travers le corps de Bertrand de La Saulnaie, mais ce dernier, malgré sa fatigue, se démenait comme un beau diable pour qu'ils ne pussent écarter les pans de sa cape. Hugues vit aussitôt sa seule chance de s'en tirer : d'une chiquenaude, il expédia à travers Bertrand deux fèves qui annihilèrent ses agresseurs. Fous de rage, leurs trois compagnons se précipitèrent à leur suite, jouant leur dernière carte. « Bertrand, beugla le jeune homme les larmes aux yeux, un dernier effort, je vous en supplie ! » Le spectre rassembla ses forces. Ses poursuivants voulaient l'attraper dans le dos. Brusquement, alors qu'ils s'apprêtaient à l'agripper, il se retourna et d'un coup de pied fulgurant, il frappa au visage le soldat allemand qui bouscula les deux hommes en jaquette, puis il leur décocha une nouvelle frappe qui acheva de les renverser. Hugues Ranolphe n'eut aucune hésitation : lançant trois fèves, il renvoya les assassins dans le lieu où ils séjournaient avant qu'on ne les évoquât, puis il soupira longuement, heureux d'être enfin sauvé, mais surtout accablé et terrorisé par l'expérience qu'il venait de vivre.

Bertrand de La Saulnaie s'immobilisa, soucieux de se reposer un instant. Le duo avait atteint les quartiers défavorisés de La Courneuve et il stationnait loin au-dessus de la cité des Quatre Mille. En bas, à la lueur des réverbères, on discernait vaguement les silhouettes de quelques voyous qui discutaient au pied des barres d'immeubles, ne sachant pas quoi faire, et qui fumaient du haschich afin de tromper leur ennui. En les voyant, Hugues imagina la stupéfaction qu'ils auraient ressentie, si on leur avait révélé qu'il existait des bandits qui pratiquaient la magie et s'avéraient donc bien plus redoutables que les chefs de gangs mis en scène dans les films américains, puis il leur souhaita du fond du cœur de ne jamais se retrouver dans sa situation. Il se serait volontiers évanoui dans les bras de Bertrand, mais le spectre le ramena à la raison : il ne pouvait pas se reposer tout de suite, il fallait encore qu'il se débarrassât du nécromancien qui avait convoqué ces fantômes. En effet, ce dernier pouvait en appeler de nouveaux. Hugues affirma que selon lui, il s'agissait de Samuel Tanguy, mais son compagnon lui confia son scepticisme et il le ramena immédiatement à Paris, volant aussi vite qu'il lui était possible. Rapidement, ils regagnèrent le quartier latin et tous deux se posèrent dans la rue de l'Hirondelle, juste devant le vieil immeuble où habitait Fortunat. En effet, l'assistance de Manon s'avérait préférable. Relâchant l'étudiant, Bertrand de La Saulnaie redevint visible et il crocheta la porte de l'édifice en posant ses mains sur la serrure, puis tous deux montèrent l'escalier jusqu'à l'appartement du cafre. Quand ils furent sur le seuil, le fantôme s'évanouit de nouveau aux regards afin que Fortunat ne se retrouvât pas mêlé à l'affaire en l'apercevant, puis le jeune homme frappa plusieurs fois à la porte, modérant cependant ses coups afin qu'aucun voisin ne l'accusât de tapage nocturne. Heureusement, les occupants de l'appartement avaient le sommeil léger. Au bout d'une minute, la porte s'ouvrit, laissant paraître Manon vêtue d'une simple nuisette bleue à pois verts. Immédiatement, elle comprit qu'Hugues avait été attaqué. Son ami voulut lui raconter l'histoire en détail, mais du fond de l'appartement retentit la voix un peu vaseuse de Fortunat qui demandait ce qui se passait. Hugues entra, s'avança vers le cafre et lui expliqua qu'à cause de quelques problèmes dans sa chambre, il avait un besoin urgent de l'aide de Manon, que cette dernière devait partir tout de suite et qu'elle ne passerait finalement pas la nuit chez lui. Fortunat ne lui posa pas d'autres questions : il ne cherchait jamais la petite bête à ses amis, tant il était d'un naturel conciliant. Manon se hâta donc de se rhabiller et après lui avoir souhaité une bonne nuit, elle s'en alla avec Hugues. Dans l'escalier, elle apprit tous les détails de l'agression puis, lorsqu'ils furent parvenus au rez-de-chaussée, elle vit surgir devant elle Bertrand de La Saulnaie, qui s'affirma réjoui de sa présence. Hugues lui demanda ce qu'ils allaient faire et le spectre leur expliqua qu'il les amènerait à la base la plus probable, selon lui, des assassins d'outre-tombe : l'appartement de Stéphane

Duguisc, dans la rue des Ursulines. Pour s'y rendre rapidement, il n'y avait que la voie des airs. Manon ne sourcilla pas : jamais elle n'avait connu le vertige. Tous sortirent puis, empoignant les deux jeunes gens par la taille, Bertrand de La Saulnaie les recouvrit de sa cape, disparut et s'envola.

Pendant quelques minutes, ils naviguèrent au-dessus des immeubles. Manon était émerveillée, car c'était la première fois qu'elle pouvait voir son quartier depuis le ciel, elle qui n'aurait sans doute jamais assez d'argent pour s'acheter un ULM. ou pour se payer un billet d'hélicoptère. En revanche, Hugues se trouvait très mal à l'aise. Durant le combat qui l'avait opposé à l'effrayante troupe des fantômes, il avait dépensé tout son courage pour se maintenir en vie et à présent, il se sentait incapable psychologiquement d'affronter un nouvel adversaire. Si ce dernier était apparu, son seul réflexe aurait été de fuir à toutes jambes. Plus il s'approchait des environs du Val de grâce et plus il frissonnait. Cependant, nul ennemi ne se montrait à l'horizon, ce qui indiquait probablement que le membre de la guilde chargé de l'éliminer n'avait pas encore convoqué un nouveau serviteur. Bientôt, le groupe vit au-dessous de lui l'église Saint-Jacques du Haut Pas, puis la rue de l'Abbé de l'Epée et la rue des Ursulines. Bertrand de La Saulnaie ne vola pas jusqu'à cette dernière, mais il fondit sur une petite cour aménagée derrière l'immeuble haussmannien en face de l'édifice où logeait l'étudiant. Il y atterrit, redevint visible, libéra les deux jeunes gens puis, ayant ouvert par magie une porte basse, il leur fit signe de le suivre. A pas de loup, ils traversèrent un couloir puis gravirent discrètement un escalier qui les conduisit au cinquième étage. Autour d'eux, le bâtiment tout entier paraissait endormi. Aucun bruit ne filtrait à travers les murs et dans l'obscurité totale, on ne discernait sur les seuils des appartements aucune fente lumineuse. Seul le halo blanchâtre entourant Bertrand de La Saulnaie rompait les ténèbres et permettait au jeune homme et à la jeune fille de ne pas manquer une marche et de ne pas se heurter contre les murs. Quand ils furent parvenus au niveau où vivait Stéphane Duguisc, le fantôme leur indiqua l'entrée de sa chambre et ils se collèrent de part et d'autre du chambranle, tendant l'oreille pour reconnaître ce qui s'y tramait. Cependant, ils n'entendirent absolument rien. Hugues Ranolphe se mit à suer à grosses gouttes et ses jambes commencèrent à flageoler : ce silence lui semblait tout sauf rassurant et il croyait y repérer l'indice d'un piège. Néanmoins, comme lui fit remarquer Bertrand, il fallait vérifier ce qui se passait vraiment et mettre Duguisc hors d'état de nuire. Sans hésitation, le spectre ouvrit la porte et Hugues et Manon restèrent cloués sur place : la pièce était vide, et désespérément plongée dans l'obscurité. Rien n'y avait changé depuis le dernier passage de Bertrand : le seul meuble – si on pouvait lui donner ce nom – demeurait le tapis de sol recouvert d'un sac de couchage, et le plancher ne portait toujours aucune trace qui attestât le séjour récent d'un homme. Devant la fenêtre, les persiennes étaient encore hermétiquement closes. Toutefois, Manon ouvrit les battants, regarda à travers les fentes et poussa un cri étouffé. Hugues et Bertrand la rejoignirent et l'étudiant manqua défaillir : son appartement était envahi. Derrière les vitres de sa fenêtre, on distinguait, agenouillé devant un vase translucide à long col, un minuscule homme moustachu aux cheveux roux, qui ne mesurait qu'un mètre cinquante et qui était vêtu d'un complet vert avec une cravate rouge ainsi que d'un pull sans manches, en guise de gilet. Manifestement, il respirait des vapeurs qui s'échappaient du goulot. A aucun moment, le trio ne douta qu'il s'agissait de Stéphane Duguisc, et tous comprirent immédiatement que son vase lui servait à évoquer ses spectres. Malheureusement, Hugues ne savait comment le détruire sans l'alerter en essayant de gagner la chambre. C'est alors que Manon intervint. « Laisse-moi faire, lui murmura-t-elle. Je suis étudiante en télékinésie, je vais régler son compte à son accessoire sans qu'on bouge de place. » Contemplant fixement à travers les persiennes le nécromancien et son vase, elle plaqua contre une fente son anneau en magnétine et marmonna cette formule qu'on lui avait apprise à l'institut : « Grand anneau, saisis ce vase. Soulève-le, enserre-le. Qu'il se fende et se lézarde, et qu'il éclate en cent morceaux. » Deux fois elle la répéta. Quand elle en fut à la troisième, le vase bondit brusquement dans les airs et, sous les yeux écarquillés du petit homme, il explosa comme s'il avait contenu de la poudre. Stéphane Duguisc eut juste le temps de rabattre ses mains sur son visage pour ne pas être éborgné par les éclats, puis il ouvrit la fenêtre, soupçonnant clairement une attaque et se doutant de sa provenance. Mais Manon riposta aussitôt en lui expédiant un sort de frayeur qu'on lui avait enseigné en cours d'hypnose, pendant sa deuxième année de DEUG, et l'agent de Levasseur s'enfuit en courant, s'échappant de l'immeuble et détalant vers le sinistre passage des Postes où il croyait trouver une protection auprès de son vieux maître. Un instant, Hugues craignit qu'il n'éveillât les autres locataires, mais le sommeil de l'immeuble ne fut point troublé : les chaussures du petit homme semblaient conçues spécialement pour faire peu de bruit, et le vase n'avait produit en se brisant qu'un léger craquement.

Tout était rentré dans l'ordre. Discrètement, le trio gagna la chambre d'Hugues où Manon referma la fenêtre. Dans la pièce, rien n'avait été déplacé et l'armoire ne présentait aucun indice de fouille. Cependant, une lourde odeur de résine brûlée flottait dans l'air et sur les lattes du plancher, Stéphane Duguisc avait tracé un pentacle. Ce dernier était jonché de débris issus du vase qu'il avait employé. Parfaitement transparents, ils arboraient pour la plupart des caractères grecs assez énigmatiques, qu'Hugues et Manon ne cherchèrent pas à expliquer. Non loin des bords de l'étoile maléfique, on remarquait aussi un grand nombre de mèches de cheveux de longueur variable, attachées par une ficelle avec une étiquette. Chaque étiquette portait un nom : « Abdelkader Kéchiche », « Rudolf Steiner », « André Delavigne », « Charles-Joseph de La Roche-Grimbert », « Hubert de La Grande-Bergue », « Amedeo Barbieri », « Louis Chaussignac dit P'tit-Louis », « Edmond Lefèvre dit Gros-Lefèvre », « Antoine Guillebaud dit l'Apache », etc... A travers ces noms, Hugues reconnaissait tous les fantômes qui l'avaient attaqué. Ces mèches de cheveux étaient des substituts de leurs cadavres. A l'intérieur du pentacle, on en distinguait d'autres, disposées en cercles concentriques. Manifestement, le nécromancien avait senti, depuis sa chambre, la défaite de ses serviteurs et il s'était préparé à en évoquer une nouvelle troupe. En comptant les mèches, l'étudiant s'aperçut qu'il possédait initialement soixante-dix morts à sa disposition, ce qui le rendait assez redoutable. Comment la Guilde des invocateurs avait-elle pu se procurer toutes ces reliques ? La réponse frappa immédiatement Hugues : elles provenaient d'anciennes victimes, et la preuve en était la présence, parmi les spectres, d'hommes d'affaires, de grands bourgeois et de francs-maçons. Pour Herbert Levasseur qui vitupérait contre le culte de l'argent et l'irrespect envers la Divinité, de tels individus constituaient des cibles de choix. Toutefois, un détail troublait profondément Hugues : les anciens communards qui étaient apparus parmi les assassins d'outre-tombe. Indiquaient-ils que la guilde existait déjà en 1871 ? Dans ce cas, Levasseur avait-il plus de cent cinquante ans ? Etait-il donc né sous la monarchie de Juillet, voire sous la Restauration ? Soudain, Hugues se rappela un détail de la lettre découverte par Bertrand : Levasseur y affirmait qu'un siècle auparavant, il avait pris la direction de son gang, mais nulle part il n'avait écrit qu'il en était le fondateur. Manifestement, il s'agissait d'une association qui existait avant lui et dont il avait hérité.

Toutefois, qui l'avait créée ? Et en quelle année ? Hugues n'osa aller plus loin dans sa réflexion : toutes ces questions ne faisaient qu'aggraver la peur qui l'étreignait déjà. La Guilde des invocateurs et son maître immortel lui semblaient d'autant plus redoutables qu'ils étaient entourés d'un mystère opaque. Cependant, une chose était sûre : s'il avait gagné cette nuit une bataille, il n'avait pas encore gagné la guerre et il était peu probable qu'il fût vainqueur. Pour le calmer, Manon et Bertrand lui ordonnèrent de s'endormir et il accepta de se glisser dans ses draps, à condition qu'ils le veillassent pendant le restant de la nuit. Néanmoins, le sommeil n'arriva que lentement et malgré la présence rassurante de ses amis, il fut peuplé de mauvais rêves.

CHAPITRE VIII

LE LINGE SALE DES MAHE

Quand l'aurore parut, elle n'apaisa point les angoisses d'Hugues Ranolphe. Toute la journée, il se calfeutra dans son appartement et bien que Manon eût des renseignements urgents à collecter pour sa maîtrise sur les golems, il la força à monter la garde dans sa chambre aux côtés de Bertrand de La Saulnaie. Le soir, cependant, il parvint enfin à s'endormir sous la surveillance de sa compagne et de son ami d'outre-tombe, ce qui n'empêcha pas plusieurs cauchemars de l'expulser encore du pays des songes et de lui attirer ainsi, à travers les murs, les reproches de ses voisins. Le lendemain, il se sentait encore fatigué, mais comme l'on était un mercredi, il devait assister au séminaire de son directeur de recherches, or son loyalisme à l'égard de ce dernier l'incitait à braver quand même les dangers. Manon put donc regagner ses pénates tandis qu'Hugues se rendit au 20, rue des Grands Augustins, escorté par Bertrand de La Saulnaie qui était devenu invisible. Malheureusement, le manque de sommeil lui alourdissait les paupières et il fut incapable de se concentrer sur le discours, pourtant fort intéressant, d'Emile Chauvet qui évoquait des carafes magiques inventées au Ier siècle après Jésus-Christ par l'enchanteur grec Apollonius de Tyane, carafes magiques qui se remplissaient elles-mêmes au tonneau et servaient les convives sans que personne ne les manipulât. Pendant tout le séminaire, sa tête dodelina et quand le cours fut terminé, il ne sortit de sa torpeur qu'au moment où la salle fut vide. Il se précipita vers la sortie, mais Emile Chauvet le retint. « Monsieur Ranolphe, lui demanda-t-il, après la fin de votre second séminaire avec mon collègue Grégoire Mahé, pourriez-vous passer chez moi, rue Tournefort ?

- Vous voulez qu'on parle de mon mémoire ? répondit Hugues d'une voix tremblante. Pourtant, vous m'avez déjà fixé un rendez-vous à l'institut, pour le 24 novembre.
- Certes, mais si désirez obtenir votre diplôme, peut-être serait-il bon d'éclaircir vos ennuis avec les spectres.
- Co... comment savez-vous ? balbutia Hugues au bord des larmes.
- Oh ! Une étrange coïncidence. Dans la nuit de lundi à mardi, une soif subite - et peut-être aussi un songe prémonitoire - m'ont conduit à me lever vers 3 heures du matin. En revenant de la cuisine, une intuition m'a incité à regarder par la fenêtre de mon salon et je vous ai vu débouler dans la rue Amyot, une foule de spectres patibulaires à vos trousses. Avec vous fuyait un autre fantôme, un homme à barbichette portant un frac et un gibus. Sans doute était-ce votre ami, car il vous a enveloppé dans sa cape et entraîné dans les airs, suivi par la masse de vos ennemis. Ensuite, vous êtes tous devenus invisibles et je n'ai pu que me recoucher. J'aurais dû photographier cette scène, mais la surprise m'avait distrait : il n'est quand même pas fréquent d'observer des fantômes en plein Paris.

- Vous m'avez démasqué. Par déduction, vous avez compris que je me suis livré à la nécromancie et que cela m'a emporté dans une spirale de problèmes. Maintenant, vous allez me dénoncer et me faire exclure ?
- Pas du tout. Je tiens au contraire à vous aider et si je vous convoque chez moi, c'est pour que cette affaire ne s'ébruite pas. Soyez donc sans faute dans mon appartement à 16 heures 30, avec le spectre que vous avez évoqué, et si votre bien-aimée, mademoiselle Selvathasan, est également mêlée à cette histoire, qu'elle vous accompagne, car vous serez deux à tirer d'un mauvais pas. »

Il n'en dit pas plus. Encore en proie à la stupeur, Hugues sortit dans la rue et gagna une cabine téléphonique pour avertir Manon de cet événement imprévu, puis il déjeuna au resto U Mazet. Pendant le séminaire de Grégoire Mahé, mille pensées diverses s'affrontèrent dans son esprit. A la crainte de s'effondrer brusquement, assassiné devant ses condisciples par un spectre de Levasseur, s'ajoutait une certaine appréhension envers le rendez-vous auquel le conviait son directeur de recherches. Quelles étaient précisément ses intentions ? Allait-il lui fournir des renseignements supplémentaires, qui lui permettraient de comprendre le manège entre Levasseur et Tanguy ? Lui enseignerait-il un moyen plus efficace de lutter contre les revenants ? Sur le coup, de tels espoirs le soulageaient, mais l'angoisse reprenait vite le dessus, bien que Bertrand de La Saulnaie, toujours invisible, fût assis juste à côté de lui, enveloppant un camarade d'études qui ne s'apercevait de rien. A la suite de ces soucis, il ne parvint à noter que quelques lignes du cours, ce qui, toutefois, ne fut pas une grosse perte : fidèle à ses habitudes, Grégoire Mahé, qui prétendait expliquer aux étudiants si les plantes carnivores descendaient ou non d'animaux ensorcelés, ne sut que raconter ses mésaventures d'enfant avec des droséras que son père avait rendus énormes. Pendant un instant de répit au sein de son âme, Hugues observa Wilfried et constata qu'il n'était plus à côté d'Eliette Cardonnel : installée loin de lui, elle ne lui accordait aucun regard tandis que lui n'écrivait rien. Une telle attitude ne surprenait personne, puisque jamais Wilfried n'avait témoigné beaucoup d'intérêt envers l'enseignement de son père. Ce jour-là, néanmoins, la paresse ne l'expliquait pas : ses prunelles semblaient mornes et sa bouche exhalait de profonds soupirs. A la fin du séminaire, Hugues se hâta de regagner son appartement où l'attendait déjà Manon. Ils rassemblèrent la copie du traité d'Owen de Limerick, les morceaux de papier sur lesquels Levasseur avait écrit avec son encre magique et qu'Hugues avait conservés, les trois documents rapportés le 7 novembre par Bertrand de La Saulnaie, les fragments du vase utilisé par Duguisc et les mèches de cheveux qui l'accompagnaient, puis ils partirent pour la rue Tournefort en compagnie du fantôme, empruntant la rue Saint-Jacques et la rue Pierre et Marie Curie, puis la rue Lhomond et la rue Amyot. Hugues avait quelques appréhensions en refaisant ce chemin où il avait failli périr deux jours plus tôt, mais il le préférait à la rue Erasme qui l'aurait, comme il le confia à Manon, dangereusement rapproché du passage des Postes. Il était 16 heures 25 quand les deux jeunes gens atteignirent le domicile d'Emile Chauvet, installé dans un étroit immeuble du XVIIIe siècle dont les trois étages ne s'ornaient que de deux fenêtres. Emile Chauvet occupait le troisième et il louait en plus deux mansardes sous le toit, qui avaient jadis hébergé ses enfants et qui lui servaient à présent de chambres d'hôtes. Sur le seuil de son appartement, il accueillit chaleureusement Hugues et Manon et les conduisit au salon où il leur offrit le thé. A examiner la pièce, on devinait tout de suite la demeure d'un sorcier érudit : les murs grimaçaient de masques africains ; sur un guéridon, un dragon chinois en porcelaine, les yeux flamboyants, semblait prêt à siffler pour signaler l'entrée d'un intrus – ce qui était effectivement sa fonction –; dans un coin, derrière une vitrine, un mannequin arborait le sari, les bracelets magiques, le diadème enchanté et des reproductions des tatouages de Kara Devi, célèbre sorcière du Pendjab qui avait terrorisé les Britanniques de 1880 à 1900 ; sur les étagères d'une bibliothèque étincelaient des gris-gris vaudous rapportés lors d'un voyage à Haïti ; enfin, les ouvrages sur les rayons portaient tous sur des épisodes fameux ou méconnus de l'histoire de la magie, ou sur la vie de divers enchanteurs, du plus renommé au plus obscur. Pour la plupart, ils étaient l'œuvre de spécialistes écossais, irlandais, gallois, américains ou canadiens. Quelques-uns étaient de la main même d'Emile Chauvet. On distinguait aussi de nombreux numéros de revues, notamment *Les Héritiers de Merlin* et *Le Legs de Circé* qui étaient imprimés par l'institut, mais également des périodiques étrangers comme *Le Bulletin des druides d'Aberdeen* ou *L'Echo de Stonehenge*. Hugues repéra même des incunables et quelques manuscrits anciens, parmi lesquels la source la plus fiable sur la vie de Merlin, *Les Faits mémorables de l'Enchanteur*, biographie rédigée au IXe siècle par un magicien gallois, Erec de Cardiff, et superbement ignorée par tous les historiens ne croyant pas à la magie. Il en signala la présence à Manon, mais tous deux ne purent l'observer en détails. Dès qu'ils eurent vidé leurs tasses, Emile Chauvet leur ordonna d'expliquer clairement toute l'affaire. Hugues raconta donc par le menu les événements : ses difficultés irrémédiables en langue des magiciens, son idée d'invoquer un spectre pour dérober les corrigés de Tanguy, sa première rencontre avec Levasseur dans le Franprix, le rendez-vous dans la maison du passage des Postes, la découverte des magouilles entre Levasseur et Tanguy, les menaces de Levasseur au Caveau de la Huchette et, enfin, les trois tentatives d'assassinat. Dès qu'il arriva à l'évocation de Bertrand de La Saulnaie, ce dernier jaillit sans crier gare devant Emile Chauvet, ce qui était normal puisque n'ayant pas été renvoyé dans l'autre monde et s'étant contenté de suivre les jeunes gens en restant invisible, il pouvait apparaître quand bon lui semblait, sans attendre la formule de son maître. Cette irruption interrompit un instant le discours d'Hugues, mais une fois que son directeur et son spectral ami eurent échangé d'aimables présentations, il put continuer jusqu'au bout, sans omettre de montrer l'étrange feuillet chiffré découvert chez Tanguy, la lettre de Levasseur à ce dernier, la photo réunissant Eusèbe Mahé et le jeune Levasseur et les papiers jadis noircis par le stylo du vieux sorcier, mais d'où l'encre s'était évanouie. Avec circonspection, Emile Chauvet examina ces documents, puis il emmena les deux étudiants et le spectre dans son laboratoire. Dans le foyer d'une petite baguette qui ressemblait à une bassinoire miniature, il tassa de la mandragore, de l'hellébore, une touffe de poils de chien et une plume de cacatoès pilée, puis il y mit le feu. Lentement, il agita dans la fumée les papiers apparemment vierges tout en murmurant cette formule :

« Papier blanc, papier menteur,
Ton encre a fui tout à l'heure.
A l'appel de ma baguette,
Reparais, encre secrète. »

Aussitôt, les petites feuilles frémirent et leur texte resurgit, d'abord jaunâtre, puis bien noir. Mais ce ne fut pas tout : du papier résonnèrent les voix d'Hugues et de Levasseur qui rejouèrent leurs conversations passées. Les genoux d'Hugues flageolèrent. Emile Chauvet, lui, sourit de satisfaction. Quand le phénomène prit fin, Manon lui tendit les mèches de cheveux, puis les débris de l'objet dont s'était servi l'agent du vieillard. « C'était un vase nécromantique, expliqua Chauvet quand il eut étudié ces derniers, une porte artificielle sur l'autre monde que l'on emploie dans certains rites pour évoquer les morts. Un tel vase est en cristal, porte un long col et s'orne de formules gravées en grec ancien, d'où découle une partie de ses pouvoirs magiques. Normalement, le nécromancien doit y brûler de la résine de cyprès, des asphodèles séchés, de la poudre de graines d'if et de l'obsidienne pilée, et inhaler pendant quatre heures les vapeurs provenant de la combustion. Au terme de ce délai, il mâche un asphodèle frais, trace un pentacle sur le sol et après y avoir placé le vase entouré des substituts des défunts qu'il veut évoquer, il s'agenouille et prononce une formule magique qui fait jaillir les fantômes par le goulot. Ces derniers, ensuite, n'ont plus qu'à lui obéir.

- Comment savez-vous cela ? lui demanda Manon.
- Oh ! Pour une raison toute simple, mais qui vous fera tomber des nues : j'ai moi aussi tâté de la nécromancie. Ne soyez pas abasourdis, surtout vous, monsieur Ranolphe : ne roulez plus ces regards épouvantés. Je ne m'y suis pas engagé aussi profondément que vous, même si l'envie, jadis, m'en titilla. Voyez-vous, lors de ma première année à l'institut, je déplorais sans cesse la médiocrité de mes résultats en grec ancien : pendant toute ma scolarité dans le secondaire, cette langue m'avait paru absolument opaque et je désespérais d'améliorer ma situation. Et puis, un jour, je tombai moi aussi sur l'incunable d'Owen de Limerick et je le lus avec avidité, sans que personne ne me dérange : bien que la nécromancie soit interdite à l'institut, les bibliothécaires ne se sont jamais souciés d'examiner finement le contenu des livres du fond ancien et ce petit opuscule, acquis en 1910, a toujours échappé à leur « vigilance », noyé qu'il est dans une masse de traités « honorables ». Sur le coup, le désir me démangea de recourir à ses conseils, mais la raison fut la plus forte : ne voulant point risquer une exclusion, je renonçai à l'employer et je décidai de m'en remettre à mes

capacités personnelles, ce qui porta ses fruits puisque, de ce jour-là, j'améliorai notablement mes connaissances en grec. Toutefois, je recopiai la formule de ce cher Owen et j'entrepris par la suite de me documenter en secret sur toutes les formes de nécromancie. Ce travail me fut profitable, car, bien que je n'eusse jamais invoqué de spectres, il rejoignit l'un des principaux thèmes de mes recherches pour l'institut : la délinquance magique. »

D'un geste, il ordonna à ses auditeurs de le suivre et il les conduisit dans sa chambre où il ouvrit une armoire : sur les étagères s'alignaient de nombreux ouvrages à son nom, édités par les presses de l'institut et portant tous sur des affaires criminelles ayant impliqué des sorciers. Trois livres y étaient consacrés à Gilles de Rais, ce sinistre alchimiste dont les forfaits avaient épouvanté le Poitou au XVe siècle. On distinguait aussi un énorme livre sur la fée Morgane et ses complots contre le roi Arthur, une *Vie de Mordret*, une *Vie d'Erichto*, un volume intitulé *Médée : meurtrière cruelle ou femme trop fragile ?* et un autre sur lequel on lisait : « *La Véritable Histoire des sorcières de Salem.* » A ces œuvres, il fallait ajouter, parmi une masse d'autres bouquins, une étude sur les enchanteurs au service des tyrans de la Rome antique et une histoire des attentats menés par les sorciers vaudous contre les différents dictateurs d'Haïti, de l'indépendance de l'île en 1804 à la fin du XXe siècle. Jamais Hugues n'eût soupçonné la fascination de son directeur pour un tel sujet. « L'étude de la délinquance magique peut rebuter, déclara Emile Chauvet, tant ce domaine de la recherche grouille d'événements sinistres. Pourtant, c'est une branche essentielle de l'histoire de la magie. L'usage de sortilèges à des fins délictueuses a joué un rôle fondamental dans nos rapports avec la société, car c'est à cause de cela que nous autres sorciers fûmes tant persécutés, avant que le siècle des Lumières ne nous déclare inexistants. La confusion entre les bons enchanteurs et ceux qui ne pensaient qu'au crime expliqua pourquoi les tribunaux de l'Antiquité et du Moyen Age nous emprisonnèrent, voire nous exécutèrent. Quand ces poursuites pénales tombèrent en désuétude, la délinquance magique ne s'arrêta pas et, au XIXe siècle et au XXe siècle, il y eut toujours des individus pour commettre des méfaits à grand renfort de sortilèges. En l'occurrence, monsieur Ranolphe, pour l'historien que je suis, cette affaire de nécromancie où vous vous êtes trouvé malheureusement impliqué me surprend et me paraît en même temps très familière : elle m'évoque une autre affaire, sur laquelle je m'étais penché de 1978 à 1985 mais que j'avais tenue secrète, parce qu'elle risquait de léser la réputation de l'institut et la mémoire de son fondateur. Monsieur Ranolphe, mademoiselle Selvathasan, avez-vous entendu parler d'un certain Alphonse Docre ?

Hugues et Manon confessèrent leur ignorance ; quant à Bertrand de La Saulnaie, il n'en savait pas plus, mais il préférait se taire, buvant les paroles du professeur avec un intérêt renouvelé. « Alphonse Docre, reprit Chauvet, était un nécromancien français, né à Lyon en 1820 dans une famille qui, tout en ne pratiquant pas la magie, y croyait. Dès son adolescence s'affirma en lui une violente soif de richesse. Il voulut découvrir la pierre philosophale afin de transformer le plomb en or, mais il échoua car, comme vous la savez, jamais personne n'a réussi une telle opération. Contrarié, il décida d'évoquer des morts afin de perpétrer des vols sans être démasqué, et s'embarqua pour l'Ecosse afin d'apprendre cet art auprès d'un des nécromanciens les plus redoutés du pays : Connor MacDougal. De 1843 à 1849, ce dernier l'initia aux différents rites d'évocation des spectres, puis, au printemps 1849, les deux compères partirent en expédition dans les Highlands et l'on ne revit plus l'Ecossais. Ce qu'il devint, nul ne le sait, quoiqu'il n'y ait pas à réfléchir longuement là-dessus. Toujours est-il qu'en décembre de la même année, Alphonse Docre revint en France et s'installa à Paris dans la grande maison au 3, passage des Postes – là même où l'on vous a donné rendez-vous, monsieur Ranolphe. Officiellement, il exerça le métier de prêteur sur gages. Officieusement, il rassembla autour de lui neuf autres nécromanciens qu'il unit dans une société secrète, la Guilde des invocateurs – le nom même de l'organisation à laquelle on vous a proposé d'adhérer. Très vite, cette guilde devint un des gangs de sorciers les plus redoutables de Paris. Sous le Second Empire, Docre et ses complices évoquèrent de nombreux spectres pour dévaliser des banques, des bijouteries et les appartements de riches particuliers. Ils ne se limitèrent pas à ces cambriolages. Beaucoup d'individus qui croyaient secrètement à la magie, sans savoir l'employer, et qui avaient appris l'existence de la guilde par des cercles occultes venaient consulter Docre pour que, grâce à sa nécromancie, il leur retrouve un objet perdu ou qu'il leur dévoile le sort d'un proche disparu. Moyennant une lourde rémunération, Docre et ses subordonnés exécutaient leurs vœux, leurs esclaves d'outre-tombe pouvant sans difficulté accomplir de telles tâches. Mais, parmi les clients, il y avait des hommes qui désiraient qu'on les débarrassât d'un ennemi, et il ajouta donc le meurtre aux services offerts par le gang. Il assassina aussi des magiciens qui avaient éventé ses activités et qui prétendaient le combattre. Vous comprenez facilement qu'avec de tels forfaits, le nom de Docre suscitait la terreur parmi la plupart des enchanteurs de la capitale. Les troubles de la Commune, en 1871, ne gênèrent nullement la Guilde des invocateurs qui en profita au contraire pour accroître sa provision de spectres, puis la IIIe République marqua l'apogée de ses activités : les vols étaient commis dans toute la France et même dans les provinces perdues d'Alsace et de Moselle, les meurtres se succédaient à la fréquence de sept par mois, les membres de la guilde, en plus de leur travail de nécromanciens, prospéraient en tant que receleurs et Alphonse Docre, qui avait pris sa retraite aux yeux du monde, se reposait sur une immense fortune qu'il avait accumulée depuis 1850 dans les coffres de la banque Neuhoff, une banque suisse dont le patron ne s'intéressait guère aux activités de ses clients.

- Mais est-ce que la police ne s'inquiéta jamais de toutes ces affaires ? demanda Manon. N'était-elle pas au courant ?
- La police n'en savait rien. Grâce à des spectres, on peut commettre des cambriolages parfaits : par magie, un fantôme peut ouvrir tous les coffres-forts, et il ne laisse pas de traces en entrant ou en sortant. Quant aux assassinats, comment voulez-vous que les autorités aient conçu des soupçons ? Pour tuer, un fantôme étrangle. Sa victime meurt d'un arrêt cardiaque, mais elle ne porte aucune marque, puisque son agresseur est immatériel. Aux yeux des médecins légistes, les victimes de Docre et de ses sbires semblaient mortes d'une banale attaque. De toute façon, mademoiselle Selvathasan, dites-vous bien que depuis le siècle des Lumières, les autorités ne croient plus à la magie et que si un sorcier accomplit des crimes, on ne peut surtout pas compter sur elles pour l'appréhender.
- Mais l'Institut libre de magie n'aurait-il pas pu engager la lutte contre Docre ? objecta timidement Hugues.
- Ses pères fondateurs étaient trop couards pour s'y risquer et ils n'eurent même pas à y songer, puisque la guilde les prit de court. En 1885, une semaine après la création de notre établissement, le Cénacle des gardiens reçut un émissaire de Docre qui lui proposa ce marché : si l'institut n'enseignait pas la nécromancie ou des sorts de défense contre les spectres, la guilde respecterait les Gardiens et ne

s'en prendrait ni à eux, ni à leurs biens ; en revanche, s'ils n'agissaient pas ainsi, elle les éliminerait. Naturellement, un tel accord devait rester secret. Les Gardiens acceptèrent ce pacte, ils bannirent la nécromancie de l'institut et, pour justifier cette interdiction, ils inculquèrent des prétextes fallacieux aux étudiants et aux professeurs qui devaient leur succéder. Depuis, ce tabou n'a jamais été levé et, bien que personne n'en connaisse l'origine, on continue de l'entretenir, tant est vif le respect envers le souvenir d'Eusèbe Mahé. De fait, ce dernier s'était rallié immédiatement à la proposition de Docre, d'abord parce qu'il était lâche, et ensuite parce qu'il craignait la guilde pour des motifs très personnels.

- Votre récit est fascinant, déclara Hugues d'une voix qui tremblait légèrement. Ainsi, Herbert Levasseur aurait pris la direction de la société fondée par cet Alphonse Docre. Mais comment s'est-il débrouillé ? Faisait-il partie des sorciers qui entouraient ce nécromancien ? Et comment pouvait-il appartenir en même temps au Cénacle des gardiens ? Pour l'instant, vous ne m'avez pas expliqué pourquoi il figure sur la vieille photo en compagnie d'Eusèbe Mahé.
- Rassurez-vous, répondit Emile Chauvet, je vais résoudre votre perplexité et tout vous révéler sur ce vieillard. Cependant, je n'ai découvert sa biographie que grâce à un hasard de ma généalogie, un hasard qui vous laissera pantois : je suis lié aux Mahé. »

Muet de stupeur, Hugues Ranolphe ouvrit des yeux ronds comme des soucoupes. Son directeur de recherches, cet homme si talentueux, si érudit, si chaleureux, pouvait-il avoir une relation avec ce pédant de Grégoire et ce crétin de Wilfried ? C'était inconcevable. « Pourtant, reprit Chauvet, je ne plaisante pas. Je suis l'arrière-petit-neveu d'Eusèbe Mahé. Mon grand-père paternel épousa la fille d'un de ses frères qui vivait à Nevers. Depuis, la maison de ce dernier a été transmise à la famille Chauvet de génération en génération, et aujourd'hui elle m'appartient. Or, en 1982, alors que j'en fouillais le grenier pour y ramener un peu d'ordre, je découvris un texte extraordinaire écrit par mon aïeul, une confession faite par son frère Eusèbe en 1923, quelques semaines avant sa mort, et dans laquelle il parlait longuement d'un certain Herbert Levasseur. Vous comprenez maintenant pourquoi votre affaire m'a tout de suite paru familière : grâce à ce manuscrit et à d'autres documents que j'avais récoltés par la suite, j'en connaissais déjà l'acteur principal ; ce qui m'a étonné, en revanche, c'est d'apprendre qu'il était encore en vie, et cela grâce à un objet ensorcelé que je croyais irrémédiablement disparu.

- Et que savez-vous de Levasseur, que j'y voie clair ?
- Une triste histoire. Herbert Levasseur était né à Rouen en 1852. Dès son enfance, il sentit l'existence du surnaturel et il aurait bien voulu – tout comme vous, monsieur Ranolphe – rencontrer des dragons ou des gobelins. Mais son père, bourgeois voltairien, ne croyait ni en Dieu, ni au diable, et sûrement pas à la magie, et le jeune Levasseur dut vivre sa passion en secret. En 1872, quand Paris commença à se remettre des séquelles de la Commune, il monta dans la capitale pour faire son droit et devint en 1876 avocat. Toutefois, sa vocation de magicien taraudait son âme et il ne pouvait se contenter de plaider dans les tribunaux. En enquêtant sur les cercles d'occultistes implantés dans la ville, il découvrit le Cénacle des gardiens qui l'accueillit parmi ses membres et l'initia aux arts magiques. Or, à l'intérieur du cénacle, Herbert Levasseur conçut très vite une profonde sympathie pour Eusèbe Mahé et malgré la différence d'âge

entre les deux hommes – Mahé était né en 1840 –, cette attirance fut réciproque. Dès 1878, ils devinrent les meilleurs amis du monde et ne se quittèrent plus. Lors des réunions des Gardiens, ils s'asseyaient toujours côte à côte et ne pouvaient s'empêcher de discuter pour eux-mêmes, indifférents aux débats de leurs confrères. Ils mangeaient dans les mêmes restaurants, buvaient dans les mêmes cafés, sortaient dans les mêmes théâtres et, dans la rue, on ne les voyait jamais qu'ensemble. L'été, quand Eusèbe Mahé se reposait dans sa maison de Bretagne, Levasseur le rejoignait toujours, et dans le train qui le ramenait vers la capitale, il ne manquait jamais de lui tenir compagnie. En vérité, ce n'étaient pas deux amis, mais deux frères. Entre eux, tout était commun, sauf les recherches en magie, et c'est de là que vint le drame. Dans ce domaine, Eusèbe Mahé était moins brillant que Levasseur, pourtant, il ne songea jamais à collaborer avec lui. Les deux hommes s'échangeaient couramment des livres, mais chacun menait ses investigations de son côté, Mahé étant trop confiant dans ses propres ressources. Or, en 1883, le cénacle envisagea la création d'un établissement spécialement dévolu à l'enseignement de la magie et pour désigner un chef chargé de réaliser ce projet, il décida que chaque Gardien rédigerait une thèse qu'il soutiendrait devant ses pairs ; celui qui aurait fait le meilleur travail remporterait le titre. Mahé voulut tout de suite réussir ce concours. Avide de pouvoir, il rêvait de diriger les Gardiens et de régner sur un établissement d'études supérieures, mais il s'aperçut très vite que son manque de talent lui barrait le chemin. Levasseur, en revanche, semblait beaucoup plus avantagé : depuis 1882, il avait entrepris une vaste étude sur la présence, dans certains minéraux comme le mercure, le diamant, le plomb, l'or ou le charbon, d'animaux fabuleux tels que le basilic, le griffon, la licorne ou la manticore, qui y vivaient à l'état d'esprits ; par cette recherche, il comptait découvrir les liens secrets unissant telle bête à telle substance et, au-delà, les procédés grâce auxquels la Divinité avait créé le règne animal. Eusèbe Mahé comprit immédiatement le parti qu'il pouvait tirer d'un tel travail et, à l'insu des autres Gardiens, il le vola, bien que Levasseur fût son ami. La tâche lui fut facile : Levasseur lui prêtait souvent des extraits de son étude afin qu'il les juge et qu'il lui prodigue des conseils utiles. Eusèbe Mahé n'eut qu'à les réécrire rapidement et, en 1885, il soutint devant le cénacle cette thèse qu'il avait complétée et artificiellement terminée, avant même que Levasseur, de son côté, ne l'ait finie. Le succès fut immédiat : subjugués par son apparente intelligence, les Gardiens le proclamèrent leur chef et lui confièrent la fondation de l'institut. Cependant, Levasseur protesta : durant la soutenance, à laquelle il avait assisté, il s'était aperçu de la copie et, devant ses confrères, il accusa Eusèbe Mahé de plagiat. Malheureusement, il n'avait aucune preuve, puisqu'on ne lui avait pas volé son manuscrit, et son ancien ami persuada ses confrères qu'il n'était qu'un vil calomniateur. Pire encore : quand Levasseur évoqua les ressemblances entre son propre travail et le sien, il prétendit que c'était lui, le plagieur de thèses, et il le fit exclure du cénacle. Levasseur fut dépouillé de son titre de Gardien et on le condamna à ne plus jamais fréquenter ses anciens confrères.

- Décidément, dit Hugues estomaqué, les Mahé n'ont jamais été très sympathiques. Quel traître infâme !

Grégoire et Wilfried sont vraiment ses dignes descendants. Mais Levasseur, que fit-il ensuite ?

- Eh bien, considérant que les adeptes de la magie bénéfique l'avaient rejeté injustement, il cessa tout contact avec eux et se rallia à la Guilde des invocateurs. Alphonse Docre, qui avait écouté sa mésaventure, l'avait pris en pitié et il l'avait admis dans ses rangs afin qu'il prenne un nouveau départ et qu'il se réalise enfin en tant que sorcier. La nouvelle parvint rapidement aux oreilles d'Eusèbe Mahé et vous comprenez maintenant son empressement à accepter l'offre de l'émissaire de Docre : il craignait que ce dernier ne venge l'ami qu'il avait si perfidement trompé. Toutefois, la vengeance ne vint pas et Mahé mourut dans son lit en juin 1923. Quant à Levasseur, je sais peu de choses de lui après son adhésion à la Guilde des invocateurs, car le manuscrit de mon arrière-grand-père s'arrêtait là. D'après mes autres sources, tout en continuant dans sa vie publique sa carrière au barreau, il serait peu à peu devenu le plus proche disciple de Docre, jusqu'à ce dernier s'évanouisse mystérieusement en 1895. Comment mourut-il ? Personne ne le sait, on ignore tout des circonstances de sa disparition et on ne retrouva jamais son cadavre. Toujours est-il que dans son testament, il désignait comme successeur Herbert Levasseur. A peine ce dernier l'eut-il remplacé que la guilde s'évanouit à son tour : ses membres se dispersèrent en province et je n'ai jamais retrouvé leurs traces. Levasseur, de son côté, renonça à son métier d'avocat et quitta Paris. De 1895 aux années 1920, on le signala épisodiquement à Nantes, à Rodez, à Bordeaux et à Belfort. Il semble être mort à Saint-Lô en 1927 : dans une chambre d'hôtel, on découvrit un cadavre qui lui ressemblait et qui portait, dans une poche de son veston, sa carte d'identité. Mais à présent, je m'aperçois que ce n'était qu'un leurre, puisque d'après votre témoignage, il possédait la bague d'Hécate. Le compte de Docre à la banque Neuhoff fut vidé en moins d'un an et dès 1896, il était déjà rayé des registres. Quant à la maison du passage des Postes, elle resta vide pendant plus de cinq ans, jusqu'à son rachat en 1903 par un certain Augustin Ziegler, un Alsacien qui, d'après mes sources, n'avait aucun lien avec la guilde, mais qui en fait aidait Levasseur, puisque ce ne peut être que l'ancêtre de cet Ephrem Ziegler qui vous a accueilli lors de votre convocation nocturne. »

Il se tut, reprenant son souffle. Ses interlocuteurs restaient muets, stupéfaits d'apprendre qu'un malencontreux hasard les avait mêlés à une affaire vieille de plus d'un siècle. Toutefois, dans le secret de son cœur, Hugues Ranolphe se sentait quelque peu rassuré maintenant qu'il connaissait vraiment la vie d'Herbert Levasseur, l'origine de ses pouvoirs nécromantiques et l'histoire de sa sinistre bande. A présent, il comprenait l'allusion du vieillard quand ce dernier lui avait évoqué, au Caveau de la Huchette, des membres du Cénacle des gardiens qui manquaient d'honorabilité et de bonne foi. Il parvenait aussi à expliquer la présence de communards parmi les fantômes qu'avait évoqués Stéphane Duguisc. Cinq minutes s'écoulèrent ainsi, puis l'étudiant rompit le silence.
« Si je n'étudiais pas la sorcellerie, dit-il, ma situation me paraîtrait invraisemblable, mais avec la magie, tout est possible. En tout cas, je peux maintenant compléter votre récit. D'après les propos que m'a tenus Levasseur au Caveau de la Huchette, il a complètement changé la Guilde des invocateurs après la mort de Docre. D'une association de malfaiteurs, elle est devenue un groupe de sorciers mi-anarchistes mi-justiciers, qui commettent toujours des vols

et des meurtres, mais pour punir les hommes de leur impiété, de leur rapacité et de leur soif de jouissance, et non plus pour s'enrichir. Pendant tout le XXe siècle, elle a dû certainement se déplacer de ville en ville, dans le plus grand succès, pour finalement revenir à Paris où les Ziegler lui gardaient une base. Cependant, dans tout ça, il y a un point problématique : comment Levasseur a-t-il pu récupérer le globe et la bague d'Hécate ? Au juste, monsieur Chauvet, lors de votre cours là-dessus, est-ce que vous ne nous aviez pas dit que lorsqu'on désactivait le globe, le possesseur de la bague tombait en poussière ?

- C'est exactement cela, répondit Emile Chauvet, et c'est ainsi que moururent Médée, Erichto, Pamphilé et Morgane.
- Dans ce cas-là, s'exclama Hugues, tout s'explique ! Docre possédait le globe et la bague et grâce à eux, il avait acquis l'immortalité. Seulement, en 1895, comme il faisait trop confiance à Levasseur, il lui confia le secret de ces objets. Levasseur désactiva le globe, Docre se dispersa et c'est pourquoi il ne laissa aucune trace.
- Excellente déduction, monsieur Ranolphe. Sherlock Holmes vous aurait admiré. Bien que mes sources n'aient jamais signalé la présence du globe et de la bague à l'intérieur de la guilde, elles précisaient que Docre portait toujours des gants. J'aurais dû en conclure qu'il cachait quelque anneau. Vous vous êtes montré plus intelligent que moi.
- Mais comment avait-il pu se procurer ces objets ?
- Sans doute à l'occasion de son expédition dans les Highlands, en 1849. Il faut croire que lui et MacDougal avaient retrouvé le tombeau de Merlin, qu'ils étaient parvenus à ouvrir le sarcophage fait par Viviane et qu'ils avaient découvert les joyaux fondus jadis par Médée. Quant à éclaircir les

procédés qu'ils employèrent, c'est une autre histoire.

- Justement, intervint Manon quelque peu excédée, on ne pourrait pas revenir à des sujets plus urgents ? En l'occurrence, se pencher sur les manigances actuelles de Levasseur et Tanguy ? A ce sujet, sur quoi porte sa thèse ?
- Eh bien, répondit Emile Chauvet en se raclant la gorge, en 2004, monsieur Tanguy m'a proposé d'entreprendre une thèse sur le véritable sort de la tête de Méduse, cette femme monstrueuse, hérissée de serpents, dont le regard pétrifiait et qui vivait au sud de l'actuelle Espagne. Les Grecs racontaient qu'après que le héros Persée l'eut décapitée, sa tête avait été emmenée dans l'Olympe où la déesse Athéna l'avait clouée sur son bouclier. Cependant, dans l'*Odyssée*, Homère – poète instruit des secrets magiques et qui chanta toujours la vérité – rapporta que lorsque Ulysse était allé sur les bords du lac Averne, en Italie, il avait interrompu la consultation des morts de peur de voir surgir, après l'ombre de Tirésias, la tête de l'immonde gorgone. Pourtant, si elle était sur l'Olympe, il n'aurait jamais pu la rencontrer aux enfers. Cette discordance chiffonnait beaucoup monsieur Tanguy et comme elle m'intriguait également, je lui ai donné carte blanche pour résoudre cette énigme.
- Et qu'est-ce qu'il a fait ensuite ? poursuivit Manon.
- La première année, il a dû voyager un peu partout en France pour collecter des renseignements. Voyez-vous, bien peu de magiciens connurent le vrai destin de cette tête pétrifiante et les sources sur ce point sont franchement parcimonieuses. Toutefois, en rassemblant des informations éparses glanées çà et là dans quelques grimoires, monsieur Tanguy a réussi à dénicher à Lyon, à l'hiver 2005,

un traité sur les serpents fabuleux écrit peu avant la guerre de Cent Ans par Malcolm d'Aberdeen, un enchanteur écossais installé en France. Dans ce manuscrit, ce dernier consacrait un long chapitre aux espèces infestant jadis l'Afrique, ce qui l'obligeait à parler de Méduse. En effet, vous savez bien que lorsque Persée revint en Grèce avec son redoutable trophée, il survola le Sahara et laissa tomber des gouttes de sang qui engendrèrent des centaines de monstres rampants. Or, dans sa digression, Malcolm d'Aberdeen ne se bornait pas à rappeler cette origine, il évoquait aussi un ouvrage plus ancien rédigé au XIIe siècle par un autre mage écossais, un certain Johannès Pélagidès, en gaélique Sean MacMorgan, et qui aurait renfermé un funeste secret sur la gorgone.

- Johannès Pélagidès ! s'écria Hugues. Mais c'est le magicien dont parle Levasseur dans sa lettre à Tanguy. Selon cette lettre, il rédigea le texte en chiffres que nous vous avons montré et à cause duquel la guilde s'acharne contre moi. Manifestement, ce texte suivrait un code reposant sur la langue des magiciens ainsi que sur des règles complexes d'arithmétique magique, et il cacherait un message très important pour Levasseur. S'agirait-il d'un extrait de cet ouvrage dont votre thésard avait retrouvé la trace ?
- C'est possible, mais il se peut aussi… »

Emile Chauvet marqua une hésitation. « Il se peut quoi ? demanda Hugues.

- … que ce document provienne d'un autre livre, répondit Chauvet, un livre qui était mentionné dans le grimoire de Pélagidès sur la gorgone Méduse.
- Qu'est-ce que c'est que cette embrouille ? Expliquez-moi tout. Que racontait le livre de Pélagidès cité par Malcolm d'Aberdeen ?

- La véritable histoire de la tête de la gorgone, et aussi une sinistre théorie. Selon Johannès Pélagidès, transmis par Malcolm d'Aberdeen, Méduse était immortelle, parce que son corps se composait partiellement de pierre d'Hécate. Vous vous souvenez de ce que j'ai dit dans mon cours sur les vertus magiques de ce minerai, notamment sur son pouvoir de prolonger la vie. Chez Méduse, ses propriétés se faisaient clairement sentir : elle ne vieillissait pas et même après sa décapitation par Persée, sa tête resta vivante et ses yeux continuèrent de changer en statue quiconque osait croiser leur regard. De retour en Grèce, Persée comprit très vite que cette dépouille qui refusait de mourir était horriblement dangereuse et il la confia à un homme sage et bon, qui saurait la conserver secrètement afin que nul ambitieux ne l'utilise. Cet homme fut Tirésias, le grand enchanteur de Thèbes. Aveugle, il pouvait manipuler la gorgone sans craindre de se transformer en roche, et pendant plusieurs décennies, il la dissimula dans son laboratoire tout en répandant le bruit qu'elle avait été emportée dans l'Olympe pour devenir une des armes des dieux. Cependant, quand il sentit approcher l'heure de sa mort, Thèbes fut attaquée par sept autres cités grecques. Devin, Tirésias savait que la ville succomberait au siège, mais il ne voulait pas que la tête de Méduse tombe aux mains de tyrans qui se retrouveraient alors nantis d'un pouvoir démesuré. Par conséquent, il la détruisit, puis il quitta ce monde avant que les ennemis ne brisent les portes de Thèbes.
- Et comment la détruisit-il ? demanda Hugues.
- Nul ne le sait. Néanmoins, toujours selon Johannès Pélagidès, cela ne résolut pas entièrement le problème. Tirésias était conscient que Méduse

pourrait à nouveau commettre des méfaits, et Homère également. Si, dans l'*Odyssée*, il avait peint Ulysse craignant de rencontrer Méduse après avoir discuté avec Tirésias, c'était pour indiquer à un lecteur intelligent, capable de lire entre les lignes, d'abord que le célèbre enchanteur thébain avait possédé la gorgone, d'autre part qu'un évocateur de spectres, un nécromancien, pourrait rendre à ce monstre sa puissance meurtrière. Ici, Pélagidès prétendait tirer ses informations d'un livre perdu dont il aurait été le dernier héritier, un très vieux commentaire de l'*Odyssée* écrit au IIe siècle après Jésus-Christ. D'après ce livre, la condition préalable pour le nécromancien était de posséder le globe et la bague d'Hécate. En effet, dans l'au-delà, l'ombre de Méduse était restée sensible aux objets fabriqués en pierre d'Hécate, puisque ce minerai avait jadis composé son corps. Par conséquent, pour faire jaillir le fantôme de sa tête redoutable, il suffirait au nécromancien de forcer le globe et la bague à dégager une énergie intense. Ensuite, il n'aurait plus qu'à réciter une certaine formule tout en employant des ingrédients particuliers selon un certain rituel, et le tour serait joué : il rendrait à cette ombre inconsistante et inoffensive sa chair et ses os et en referait une tête vivante aux prunelles mortelles. Seulement, Malcolm d'Aberdeen, qui résuma le manuscrit de Johannès Pélagidès, ignorait absolument tout du rite, des ingrédients, de la formule et même du moyen exact d'utiliser le globe et la bague pour évoquer le spectre, et pour cause : d'après son traité sur les serpents, Pélagidès avait brûlé le commentaire de l'*Odyssée*, sauf le passage sur le sortilège de résurrection dont il aurait fait - ce sont ses propres mots - un lièvre, un serpent et un chevreuil qu'il aurait confiés à trois disciples pour qu'ils les cachent dans trois lieux secrets. Toutefois, Malcolm d'Aberdeen ajoutait que si, un jour, ces animaux se retrouvaient, si le lièvre mangeait le chevreuil et si le serpent le mordait, alors le mystère serait levé et la gorgone pourrait renaître. Moi et monsieur Tanguy, nous avons vite compris que Pélagidès avait juste recopié sur trois feuilles - probablement en le cryptant – le passage crucial du commentaire de l'*Odyssée*, qu'il les avait effacées par magie et qu'il les avait ensuite dissimulées dans trois manuscrits reliés l'un en peau de lièvre, l'autre en peau de serpent et le troisième en peau de chevreuil. Si on parvenait à découvrir ces livres, un sortilège permettrait de faire reparaître le texte. Mais nous avons considéré ces manuscrits comme définitivement perdus et, pensant que le vrai sort de la tête de Méduse était dorénavant établi, j'ai demandé à monsieur Tanguy de cesser ses recherches, d'écrire la version définitive de son mémoire et de consacrer sa troisième année de thèse à l'enseignement de la langue des magiciens.

- Bon sang ! s'écria Manon, tout s'éclaire ! Ce texte en chiffres qui fascine Levasseur, c'est le fragment de ce commentaire de l'*Odyssée* qui contient le sort de résurrection. Monsieur Chauvet, vous vous êtes laissé berner, vous, un historien réputé. Je vais vous expliquer ce qu'a fait votre thésard après cet entretien, et je ne suis franchement pas contente, parce qu'à cause de votre cécité, Hugues a manqué se faire assassiner. Samuel Tanguy découvre l'histoire des livres de Pélagidès et de leur texte secret. Il aimerait bien se les procurer, il aimerait bien faire ressurgir ce texte antique afin de vérifier si l'on peut vraiment ressusciter la tête de Méduse. Les manuscrits sont cachés ? Aucune source n'indique où ils se trouvent ? Peu importe. Il y a des gens qui pourront parfaitement les repérer : les spectres invoqués par les nécromanciens, grâce à leur perception extralucide. En tapinois, à votre insu, il part consulter la Guilde des invocateurs dont il a découvert l'existence on ne sait comment, et là, Levasseur s'enthousiasme pour son projet. Pourquoi ? Parce que ce dernier lui donne l'occasion de se venger enfin des derniers descendants d'Eusèbe Mahé : Grégoire et Wilfried.

- Tu... tu es vraiment sûre de ce que tu affirmes ? demanda Hugues, un peu sceptique.
- Mais enfin, répondit Manon démontée, c'est l'évidence ! Réfléchis un peu, nigaud ! Levasseur veut ressusciter la tête de Méduse pour assassiner les descendants de l'homme qui l'a trahi et en a fait un paria auprès des sorciers. C'est pour ça que dans la lettre, il félicite Tanguy d'avoir progressé dans le déchiffrement de la copie du texte sur l'*Odyssée* – texte que Pélagidès avait effectivement chiffré – : bientôt, il connaîtra la formule et les ingrédients.
- Mais il y a quelque chose qui cloche : pourquoi caresserait-il ce projet maintenant ? Depuis qu'il dirige la Guilde des invocateurs, il a eu mille fois le temps de se venger d'Eusèbe Mahé.
- Mon pauvre Hugues, si tu continues comme ça, je croirai vraiment que tu as l'intelligence épaisse. Eusèbe Mahé n'était pas un homme ordinaire. C'était un magicien réputé. Par conséquent, Herbert Levasseur ne pouvait pas se contenter d'envoyer un spectre l'éliminer : ç'aurait été une mort triviale. Mahé méritait une fin magique digne de lui. En outre, c'était un ancien ami qui avait manqué à tous ses devoirs, non un inconnu : raison de plus pour lui infliger un châtiment spécial. Seulement, pendant les cent vingt-deux ans qui ont suivi l'exclusion de Levasseur, l'occasion ne s'en est jamais présentée.

Levasseur a donc attendu, jusqu'à ce que surgisse Tanguy avec son projet de résurrection de Méduse. Pour notre vieux sorcier, ce fut un cadeau des dieux : enfin il le tenait, l'instrument de sa vengeance. Certes, depuis 1923, Eusèbe Mahé était mort – il ne possédait pas la bague d'Hécate, lui –, mais peu importe : puisque sa descendance subsistait, ce serait elle qu'il pétrifierait, et en même temps, il réaliserait le clou de sa carrière de nécromancien en réussissant, sans doute pour la première fois dans les annales de la magie, à réincarner un spectre. Tu comprends maintenant ? D'ailleurs, il y en aura un autre qui tirera bénéfice de cette vengeance : c'est Samuel Tanguy. D'après ce que tu m'as raconté, combien de fois a-t-il été obligé de mettre des notes honorables à Wilfried, simplement à cause du respect voué à sa famille au sein de l'établissement ? Combien de fois a-t-il dû avaler des couleuvres ? Un jour, il en a eu marre, et s'il s'est rallié au complot de Levasseur, c'est parce que la disparition de son pire étudiant l'enchante. »

Hugues Ranolphe ne répondit rien. Atterré par son manque de clairvoyance, il fixait le sol tout en tripotant nerveusement son éternelle cravate bleue, tant l'anxiété le taraudait. De fait, la prodigieuse vérité découverte par Manon le terrifiait et des frissons le parcouraient des pieds à la tête. Emile Chauvet, en revanche, ne semblait impressionné que par la vivacité d'esprit de la jeune fille qu'il contemplait avec admiration. « Mon cher Hugues, intervint Bertrand de La Saulnaie qui rompit enfin son long silence, ce qu'il vous reste à accomplir me paraît clair : vous devez sauver votre professeur de cryptobotanique et votre camarade d'études.

- Euh…, bafouilla Hugues, je… je voudrais bien, mais… comment ? Certes, nous possédons le texte sur l'*Odyssée*, mais si l'un d'entre vous se sent assez malin pour interpréter le code de Pélagidès, eh bien, je l'écouterai avec plaisir, parce que moi, je n'y comprends rien et je pense que de toute façon, on n'a plus le temps de le comprendre. Tanguy doit travailler dessus depuis le début de l'année, à l'heure actuelle, il a sans doute presque fini et Levasseur aura bientôt la formule et les instructions qu'il désire. On n'arrivera pas à le rattraper, il a plusieurs longueurs d'avance. Alors, de fait, nous pourrions toujours tuer Levasseur, mais comment désactiver le globe d'Hécate ? Comment détruire le globe d'Hécate ? Et d'ailleurs, où se trouve-t-il, ce globe ? »

Face à ces questions, Chauvet ne témoigna que de son impuissance. Il ignorait complètement le moyen d'anéantir les objets fabriqués par Médée et, pour lui aussi, un tel projet ne servait à rien tant qu'on ne les avait pas localisés.
« Cela me semble sans espoir, reprit Hugues. Et puis, tout compte fait, est-ce vraiment raisonnable de s'opposer à Levasseur ? Pourquoi sauverais-je les Mahé ? Wilfried n'a jamais été qu'un jeune homme bête, vulgaire, vautré dans ses turpitudes, un crétin indigne du titre d'étudiant. Quant à son père, qu'a-t-il apporté de bon à l'institut ? Il se borne à raconter sa vie et il promène sa cuistrerie, c'est tout. Tous les deux, ils n'ont fait que m'embêter. Et puis, j'estime que tout n'est pas faux dans les idées de Levasseur sur les hommes et le monde. Honnêtement, Manon, honnêtement, monsieur Chauvet, en tant que magiciens, est-ce que vous ne vous êtes pas sentis seuls dans cette société où l'on ne jure que par les sciences exactes et où l'on ne croit plus à l'existence des forces occultes et des phénomènes surnaturels ? De fait, la plupart des hommes refusent effectivement d'admettre qu'il y a des puissances au-dessus d'eux, ils sont obsédés par l'argent, ils ne pensent qu'à jouir et à satisfaire leur bon plaisir et, pour cela, ils n'hésitent pas à détruire les bienfaits que la Divinité leur

avait offerts. Ils ont massacré les animaux enchantés comme les licornes, les griffons ou les manticores, et maintenant, ils massacrent ceux qui n'ont pas de pouvoirs magiques. A bien des égards, Levasseur est un peu dans le vrai.

- Hugues, lui répondit Manon dont les yeux flamboyaient, franchement, je ne te reconnais plus. Tu perds tout sens moral. Est-ce que tu as conscience de ce qu'est Herbert Levasseur ? Certes, il fut jadis une victime, mais qu'est-ce qu'il est devenu ? Un voleur, un chef de gang et, pire que ça, un meurtrier, un meurtrier multirécidiviste qui se prétend juge et qui s'est arrogé le droit de vie ou de mort sur les hommes, alors que seule la Divinité peut déterminer si un individu ne mérite plus de vivre. Compare la faute d'Eusèbe Mahé envers lui avec les centaines de victimes qu'il a accumulées depuis cent vingt ans qu'il vit dans la délinquance : n'y a-t-il pas une différence ? L'un n'est-il pas moins coupable que l'autre ? De la même façon, examine les torts que tu reproches à Grégoire et à Wilfried et mets-les à côté des crimes de Levasseur : tu n'oseras pas dire que ce vieux sorcier est moins pécheur qu'eux ?
- Votre bien-aimée a parfaitement raison, monsieur Ranolphe, intervint Emile Chauvet, et je vous signale que vos paroles m'indignent tout autant. Certes, dans notre monde actuel, beaucoup d'hommes sont terre à terre, bassement matérialistes et incrédules envers le surnaturel. Toutefois, sont-ils tous comme cela ? Il reste quand même une forte minorité qui admet néanmoins les phénomènes magiques, sans savoir employer pour autant des sortilèges. Auriez-vous oublié vos parents ? L'esprit humain est beaucoup moins rétif à la vérité que ne le pense monsieur Levasseur. Quant aux autres

hommes, ceux qui ne croient pas, faut-il les détester ? Ne vaut-il pas mieux essayer de les remettre dans le droit chemin et, en tout cas, les secourir et rectifier leurs erreurs, même s'ils ne nous sont pas toujours reconnaissants ? Herbert Levasseur prétend avoir rompu avec ses semblables qui ont perdu la foi, mais il semble oublier qu'il vit encore dans le même monde qu'eux, parce qu'il n'y en a pas d'autre – hormis l'au-delà, mais monsieur Levasseur refuse de mourir. Son incapacité à sortir de ce monde qu'il condamne explique son mépris de l'humanité et son absence de scrupules envers le meurtre. Sans doute ce mépris résulte-t-il partiellement de son adolescence, avec sa famille voltairienne qui l'empêchait d'exprimer sa fascination pour la magie ; son exclusion du Cénacle des gardiens ne fit que durcir en lui l'impression d'être seul et incompris. Mais quel que soit l'état moral de l'humanité, le magicien appartient quand même à cette dernière et, si elle se trompe, il doit l'aider et non la haïr. Par conséquent, les opinions de monsieur Levasseur sont injustifiables.

- Plus simplement, Hugues, reprit Manon, est-ce que Grégoire et Wilfried doivent payer pour leur ancêtre ? Ils n'ont rien fait contre Levasseur, ils n'ont jamais commis de faute à son égard. Tu as dit que Levasseur avait eu mille fois le temps de se venger. Mais est-ce que tu te rends compte qu'il aurait eu aussi mille fois le temps de pardonner ? Cet homme refuse le pardon. Sa devise, c'est vraiment : « Ne jamais oublier, ne jamais pardonner. » Il n'est que haine, une haine irrationnelle qui le pousse à croire que les fautes se transmettent de père en fils et que les innocents sont coupables. Hugues, tu ne peux pas entrer dans cette logique de haine, tu ne peux pas laisser tuer des innocents.

- Voilà d'excellents arguments, dit Bertrand de La Saulnaie à son maître avec un sourire malicieux. J'en ajouterai un dernier, plus prosaïque. Quoi que vous fassiez, Levasseur vous éliminera, même si vous n'entravez plus son complot. Vous l'avez quand même dérangé, vous avez éventé ses projets et aussi le secret de son immortalité : à elle seule, cette faute mérite une punition, et d'ailleurs, au Caveau de la Huchette, il vous a bien signifié qu'il était un peu tard pour implorer sa clémence. En outre, avez-vous oublié sa lettre à votre professeur de langue des magiciens, que je vous avais ramenée ? Votre disparition réjouirait cet homme, d'abord parce que vous êtes son plus mauvais étudiant, avec le jeune Wilfried Mahé, et ensuite parce que vous trichez. Levasseur se fera un plaisir de la lui accorder. De toute façon, la nuit du rendez-vous, il ne vous avait laissé partir que pour vous tuer à la première incartade. Vous avez donc tout intérêt à vous débarrasser de lui. »

Convaincu, Hugues Ranolphe se rallia à ces avis. Pendant un quart d'heure, tous débattirent sur le moyen d'éliminer Herbert Levasseur, mais il n'y avait qu'une seule solution possible : capturer un de ses spectres et le forcer à révéler l'endroit où son maître dissimulait le globe d'Hécate – si du moins il le savait. Emile Chauvet ramena Hugues dans son laboratoire et saisit dans un tiroir une courte baguette en bois, creusée à l'intérieur et remplie de poudre d'onyx et de fèves séchées. C'était une baguette de vérité, qui permettait de forcer un fantôme à avouer ses secrets, contre la volonté du nécromancien qui l'aurait invoqué. Pour cela, il suffisait, après l'avoir fait prisonnier, de la lui enfoncer entre les yeux tout en disant : « Crainte, quitte la bouche de cette âme. » Emile Chauvet l'avait fabriquée en 1975, d'après un autre livre d'Owen de Limerick qu'il avait retrouvé dans l'ouest de l'Irlande et qu'il avait conservé chez lui. Il profita de l'occasion pour expliquer à Hugues que cet enchanteur n'avait jamais été le mage minable décrit par Levasseur, mais un sorcier bienfaisant qui n'avait pratiqué la nécromancie que pour se faire des amis parmi les morts. Quand il lui eut remis la baguette, Bertrand de La Saulnaie les rejoignit : il voulait discrètement emporter Hugues chez les Mahé, afin qu'il connût mieux ces gens qui semblaient surtout lui avoir causé du tort. Hugues accepta. Avant que son ami ne l'enveloppât, il demanda à son directeur de recherches qui était Edmée Chantelouve. La date du décès de cette ancienne étudiante l'intriguait : elle coïncidait avec la disparition de Docre. « Edmée Chantelouve ? répondit Emile Chauvet. La Vierge frisée ? C'était la fille d'un marchand de café et d'une métisse haïtienne dont la famille s'était exilée en Louisiane, chassée par des troubles politiques. Elle était née au Havre, la ville de son père, en 1866. Comme elle croyait fermement à la magie, grâce à sa mère, elle s'était inscrite à l'institut dès sa fondation, en 1885, et parmi les étudiants, elle avait fait sensation avec ses cheveux blonds crépus qu'elle laissait librement pousser, un peu à la mode afro. Spécialisée en magnétisme, l'étude des techniques d'hypnose, elle avait tout d'abord peiné à comprendre les cours, puis elle avait considérablement amélioré ses résultats, jusqu'à soutenir brillamment une thèse en juin 1895. Seulement, peu après l'obtention de son diplôme, elle avait brusquement quitté Paris, sans qu'on sache pourquoi. Ce fut pour reparaître presque aussitôt : trois jours après sa disparition, des gendarmes découvrirent son cadavre dans un champ, près d'Albi. Il ne portait aucune trace de violence, comme s'il s'était endormi pour ne jamais se réveiller, et on n'y décela aucun poison. On le rapatria au Havre et c'est là qu'il fut enterré. Voici tout ce que je peux vous dire. Et, pour soulager vos inquiétudes, on n'a jamais établi de lien entre cette étudiante et la Guilde des invocateurs. »

Hugues s'avoua satisfait. Les pans de la cape le recouvrirent, puis le fantôme se déroba aux regards et s'envola avec lui par une fenêtre. Au-dehors, la nuit était tombée et les lampadaires brillaient de tous leurs feux. L'ambiance, toutefois, différait beaucoup de celle du premier vol : les rues grouillaient encore de voitures et sur les trottoirs se pressaient des dizaines de badauds quittant leurs bureaux pour regagner leurs domiciles. Malgré son vertige, Hugues contemplait cette agitation et elle le rassurait. Après avoir survolé le lycée Henri IV puis frôlé la coupole du Panthéon, ils atterrirent non loin de l'église Saint-Etienne du Mont, tout en haut de la rue de la Montagne Sainte-Geneviève. C'était là que vivaient les Mahé, au numéro 47, un grand immeuble édifié sous l'Ancien Régime, auquel on accédait par une minuscule porte coincée entre un café, le Gaudeamus, et une boutique de disques d'occasion, la Dame blanche. Depuis longtemps déjà, Bertrand de La Saulnaie connaissait leur adresse, parce qu'Hugues la lui avait indiquée, plusieurs semaines auparavant. Grâce à son don magique, il aurait pu ouvrir sans effort la porte de leur immeuble, mais il ne souhaitait pas interloquer les passants par un battant bougeant tout seul. Préférant attendre, il se posta avec son maître contre la vitrine de Crocojazz, une autre boutique de disques, en face du bâtiment. La porte restait fermée. A côté, un employé de la Dame blanche rentrait dans le magasin des bacs garnis de vieux vinyles. Soudain, un locataire du numéro 47 surgit de la place Sainte-Geneviève et se dirigea vers l'entrée. Bertrand de La Saulnaie bondit et avant que l'autre eût refermé la porte, lui et Hugues avaient pénétré à l'intérieur de la maison. Discrètement, ils gravirent l'escalier jusqu'au troisième étage, là où habitaient les Mahé, puis s'introduisirent chez eux en ensorcelant leur serrure, Hugues étant toujours caché par son ami. C'est seulement quand ils eurent gagné la chambre de Wilfried que Bertrand redevint visible et qu'Hugues quitta sa cape. Regardant autour de lui, il découvrit une pièce carrée avec deux fenêtres, plus spacieuse que son appartement, meublée avec goût mais malheureusement en désordre. Sur un bureau équipé d'une banale lampe électrique s'empilaient plusieurs livres qu'Emile Chauvet, Grégoire Mahé et Samuel Tanguy avaient exigé d'acheter. A en juger par la couche de poussière qui s'y étalait et par leurs pages immaculées, on devinait qu'ils n'étaient guère feuilletés. A leurs côtés traînaient deux classeurs regroupant les cours d'histoire de la magie, de cryptobotanique et de langue des magiciens : les feuillets, peu nombreux, y étaient presque intacts, sans le moindre œillet, et l'on n'y lisait que quelques phrases griffonnées à la hâte. Tels étaient les indices de la paresse de leur propriétaire.

Hugues Ranolphe soupirait quand des bruits l'obligèrent à se réfugier sous la cape de Bertrand, qui disparut aussitôt. Quelques secondes plus tard, la porte claquait, livrant passage à un Wilfried penaud poussé par un Grégoire Mahé furieux, les yeux cerclés de lunettes en smaragdine, une pierre verdâtre d'Ethiopie qui déjoue certains sorts d'invisibilité. Hugues redouta qu'il ne les vît, mais il se rappela le traité d'Owen de Limerick : la smaragdine ne permettait pas de déceler les spectres et les vivants qu'ils dissimulaient. Il se concentra donc sur la scène. D'un geste précipité, Grégoire Mahé ouvrit plusieurs tiroirs du bureau, puis il sembla en tirer quelque chose qu'il posa sur le plateau, bien que sa main fût vide. Avec un petit vaporisateur, il aspergea le meuble d'une potion et sous les yeux paniqués de son fils surgirent une dizaine d'exemplaires de *Maximal*, *Entrevue*, *Chobix* et autres revues de charme ; il y avait même un numéro de *Playboy* où s'étalaient des photos de femmes en string, dans des poses vulgaires et sans même un sourire gentil ou espiègle sur leur visage. Grégoire Mahé blêmissait. Il se rua sous le lit, farfouilla sur le plancher et souleva une latte d'où il extraya un autre vaporisateur, des ingrédients magiques et une bouteille remplie d'un liquide incolore et luminescent qu'Hugues reconnut aussitôt comme une teinture d'invisibilité. Ce fut la goutte d'eau qui fit déborder le vase. Grégoire Mahé explosa en reproches contre son fils, l'accusant d'être un minable qui n'avait daigné apprendre à fabriquer une potion que pour satisfaire son voyeurisme. En revanche, dès qu'il s'agissait de s'occuper de sujets au-dessus de la ceinture, il ne voulait rien retenir. Que l'on fût un étudiant médiocre, Grégoire pouvait à la rigueur l'admettre, mais que l'on s'intéressât à des cours de magie uniquement pour entretenir sa lubricité, c'était intolérable. Cela faisait déjà plusieurs années que Wilfried le décevait : il aurait bien aimé qu'il fût un étudiant brillant afin de compenser les notes moyennes que lui, Grégoire, avait récoltées à l'institut, ainsi que la thèse sans éclat qu'il y avait soutenue. Il en avait assez de n'être estimé que parce qu'il descendait du fondateur de l'établissement. Mais Wilfried avait complètement manqué à cette mission, non parce qu'il était bête, mais parce qu'il préférait se vautrer dans sa bassesse. Aujourd'hui, il avait passé les bornes. Il ne dînerait pas ce soir-là et l'année prochaine, il ne serait pas réinscrit à l'institut. A ces reproches et ces menaces, Wilfried ne répondit rien : il semblait foudroyé, incapable de réagir. Près de son lit se trouvait une cheminée où s'entassaient quelques bûches. D'une poche de son veston, Grégoire Mahé saisit un talisman et prononça un sortilège : un éclair en jaillit qui enflamma ce bois, puis il jeta les magazines dans le brasier avant de sortir de la chambre en emportant la teinture d'invisibilité ainsi que le matériel clandestin de son fils.

Resté seul, ce dernier n'eut aucun regard pour ses revues qui se consumaient. Sous son lit, il souleva une autre latte et en tira un gros cahier à spirales ainsi que des photos. Toutes représentaient Eliette Cardonnel, dans des tenues parfaitement décentes ; elles avaient été prises à l'institut ou au jardin du Luxembourg. Wilfried les contempla lentement tout en les caressant et en soupirant, puis il pleura. Ouvrant le cahier, il commença à y griffonner quelques phrases, puis il y renonça, tant les sanglots l'oppressaient. S'approchant discrètement derrière lui, protégés par leur invisibilité, Hugues et Bertrand se penchèrent sur la page et comprirent la cause de son chagrin : dans ce journal intime, Wilfried racontait qu'Eliette Cardonnel l'avait quitté depuis quatre jours et qu'il ne pouvait le supporter, car jamais la fin d'une liaison ne s'était révélée aussi douloureuse. Hugues en fut stupéfait : Wilfried aimait, Wilfried, qu'il prenait pour un dragueur vulgaire, avait été capable d'une passion véritable ! Cette découverte l'étonna et, en même temps, éveilla en lui la pitié : au fond, le dernier descendant d'Eusèbe Mahé avait quand même un cœur. Pour apaiser son désespoir, Wilfried prit une gorgée d'un narcotique que son père laissait toujours sur sa table de nuit, car il souffrait d'insomnies, et il s'en alla au pays des songes. Hugues et Bertrand en profitèrent pour s'éclipser hors de l'appartement et, toujours en volant, ils regagnèrent l'immeuble de la rue des Ursulines. Dans sa chambre, après le dîner, Hugues estima qu'il avait été bien simpliste – et même presque injuste – dans son jugement sur les Mahé. Eusèbe s'était montré un vil traître doublé d'un imposteur, mais ses descendants du début du XXIe siècle n'avaient commis que des défaillances vénielles et ils valaient mieux que leur ancêtre dont, de toute façon, ils ignoraient les fautes. Cette visite qu'il venait de faire, Levasseur aurait dû l'accomplir. Toutefois, dans le voyeurisme de Wilfried, peut-être aurait-il essayé de trouver un nouveau motif pour sa vengeance.

CHAPITRE IX

EDMEE CHANTELOUVE

Le lendemain, le jeudi 16 novembre, Hugues se leva tôt afin de mettre au point avec Bertrand le moyen de capturer un spectre de leur ennemi. Cependant, leur discussion ne fut pas longue, parce qu'il n'y avait qu'un seul moyen de procéder : l'étudiant devait jouer le rôle d'appât. Plus précisément, il devait donner à la guilde l'illusion qu'il était seul, sans son garde du corps, afin qu'un agresseur d'outre-tombe s'approchât de lui. Au moment où il essayerait de le tuer, Bertrand de La Saulnaie, qui se serait auparavant judicieusement dissimulé, bondirait à l'improviste et le maîtriserait. Le jeune homme n'aurait alors plus qu'à lui enfoncer entre les yeux la baguette que lui avait remise son directeur de recherche, et le revenant lui livrerait tous les secrets d'Herbert Levasseur. Après quelques réticences, Hugues accepta ce plan. C'était le seul susceptible de marcher, parce qu'il ne pouvait tenter de s'introduire dans la maison du passage des Postes ou d'envoyer Bertrand y localiser l'emplacement du globe d'Hécate : sans doute ce quartier général était-il surveillé par des spectres prêts à éliminer sans remord le moindre intrus. Cependant, l'étudiant demeurait inquiet : comment son ami parviendrait-il à ne pas se faire remarquer par les serviteurs de la guilde ? Même quand il était invisible aux yeux des vivants, de tels adversaires pouvaient l'apercevoir. Serait-il obligé de s'éloigner à une telle distance qu'il ne pourrait plus le secourir, lorsqu'il serait en danger ? « Ne vous tracassez pas, lui répondit Bertrand de La Saulnaie. J'ai toujours excellé dans l'art de la dissimulation. Déjà, lorsque j'étais vivant, les plus fins limiers de la police ne se rendaient même pas compte de ma présence alors que je me cachais dans la même pièce qu'eux. Avec des fantômes, me dérober aux regards sera tout aussi facile. Faites-moi confiance, et ne vous angoissez pas parce que nous ne m'aurez plus juste à côté de vous : je soupèse parfaitement mes actes, et dans la situation où nous nous trouvons, je serais bien incapable de prendre une décision irréfléchie. En outre, pour vous rassurer, je vous signale que mon intuition est très développée et que dans le contexte actuel, je peux parfaitement deviner à distance si vous êtes menacé ou non. Soyez tranquille. Dès qu'un esclave de Levasseur se présentera, il sera bien forcé de ne plus reconnaître l'autorité de son maître. »

Hugues Ranolphe se sentit un peu soulagé. Avant de disparaître, Bertrand de La Saulnaie lui ordonna aussi de racheter des endives et des asperges. En effet, si, malgré ses efforts, les choses venaient à s'envenimer gravement, il serait bon pour Hugues de pouvoir évoquer un autre défenseur d'outre-tombe, afin de disposer d'une seconde protection contre Levasseur et la guilde. Une telle parade s'avérerait peut-être utile au cas où lui, Bertrand, se retrouverait momentanément dans l'incapacité d'agir. Néanmoins, il ne faudrait recourir à cette extrémité que si le plan échouait. L'étudiant garantit à son ami qu'il obéirait à ses consignes, puis il le laissa devenir invisible et quitter l'appartement. Ensuite, il téléphona à Manon ainsi qu'à Emile Chauvet pour leur annoncer le plan qu'il avait conçu.

Cette tâche accomplie, il se rendit à son cours de langue des magiciens, quoique l'envie ne l'en tenaillât guère : il ne lui plaisait pas de retrouver le complice de Levasseur, d'autant plus que celui-ci devait commencer à s'irriter après l'échec des trois tentatives d'assassinat. Toutefois, Samuel Tanguy se montra hypocrite comme à son habitude : pendant l'heure et demie qui lui était dévolue, il ne laissa échapper aucun geste susceptible de trahir son énervement et chaque fois qu'il regarda Wilfried Mahé, on ne vit dans ses yeux aucune lueur qui aurait indiqué sa satisfaction à l'idée d'être bientôt débarrassé de ce mauvais élève. Pourtant, il avait encore dû avaler une couleuvre. De fait, la séance de ce jeudi fut consacrée à la correction de la version sur le texte de Cardec d'Aberdeen, et bien qu'elle fût truffée de fautes au point d'en devenir incompréhensible, la copie de Wilfried avait reçu un honorable 10/20, comme à l'accoutumée. Quant à celle d'Hugues, elle portait un beau 11,5, soit exactement ce que l'étudiant avait prévu, et dans les annotations en rouge sur les marges, rien ne laissait supposer que le thésard connaissait tout de la tricherie. Les minutes passèrent comme lors d'une correction ordinaire, Samuel Tanguy, la mine hautaine et froide, interrogea les mêmes étudiants que de coutume – c'est-à-dire les meilleurs – et il n'accorda aucun coup d'œil à ses deux bêtes noires. Toutefois, un détail avait changé : alors que les semaines précédentes, Wilfried sommeillait presque, ce jour-là, il ne cessait de soupirer, la tête entre ses mains, et il semblait même au bord des larmes. Par moment, si l'on tendait l'oreille, on pouvait presque entendre filtrer entre ses lèvres un faible « Eliette ! » vite étouffé. En le voyant psychologiquement aussi mal en point, Hugues le prenait en pitié et songeait en son âme qu'il fallait le guérir de son chagrin d'amour, pour lui éviter une dépression. Simultanément, il se demandait aussi pourquoi Wilfried avait adopté au long de ses études l'attitude d'un séducteur qui ne semblait penser qu'au plaisir physique, fréquentant les sex-shops et délaissant ses conquêtes. Un tel comportement était paradoxal, puisqu'il ne supportait pas d'avoir été abandonné. Cependant, peut-être ne s'agissait-il que d'un genre qu'il se donnait et qui ne correspondait pas à sa personnalité réelle : il avait embrassé la carrière de dragueur parce qu'il ne voulait pas admettre la part de romantisme qui était en lui, la jugeant – pourquoi pas ? – trop féminine. En tout cas, quoi qu'il en fût, le plus important était de lui offrir un réconfort et de faire en sorte qu'il change définitivement d'attitude dans sa vie sentimentale et sexuelle. Tout en parvenant à cette conclusion, Hugues ne put s'empêcher d'éprouver de l'indignation à l'égard de Tanguy : dans la salle, tous les étudiants se rendaient compte que Wilfried allait mal – bien qu'ils n'osassent pas le dire –, or le thésard demeurait indifférent. Envers la souffrance du jeune homme blond, il ne témoignait aucune compassion, il n'essayait pas de l'interroger sur les causes de son chagrin. Hugues en était vraiment scandalisé. « Décidément, pensa-t-il, il fait bien d'en rester au mépris et de ne pas montrer tout le plaisir que lui donne son projet de meurtre. Autrement, ça serait du cynisme abominable. » Par réaction, il décida de s'attarder dans la salle après la fin du cours et de sortir le dernier, afin de défier le thésard en vérifiant s'il resterait encore impassible, lorsqu'il se retrouverait seul avec lui. Quand 10 heures et demie survinrent et que l'assistance eut reçu le texte de la prochaine version, il relut sa copie une dernière fois, rangea ses affaires avec une extrême lenteur et attendit que les rangées autour de lui se fussent vidées pour se lever et se diriger vers la porte. Intrigué par son comportement, Samuel Tanguy était resté immobile derrière son bureau, se demandant ce qu'il allait faire. L'étudiant empoigna sa mallette, qu'il avait posée sur sa table, et avant de partir, il le contempla fixement, avec le sourire d'un homme que l'on ne peut plus duper. Aussitôt, il vit brûler dans les yeux du thésard une lueur de haine épouvantable, une lueur si terrible, si intense, qu'il n'en avait jamais observé de semblable, même dans les prunelles de Levasseur. Il préféra ne pas soutenir plus longtemps un regard aussi agressif et il quitta la pièce, mais sans se presser, afin de Samuel Tanguy sût qu'il n'avait pas affaire à un lâche et que bien qu'il eût rallié la Guilde des invocateurs et qu'il projetât de ressusciter la tête de Méduse, il devrait réclamer à son maître et à ses confrères des maléfices plus astucieux pour vaincre cet étudiant qui dérangeait ses projets et qui avait surtout le tort de ne pas comprendre sa matière absurde.

Quand Hugues eut finalement atteint la sortie du bâtiment, il découvrit à sa grande stupeur Wilfried Mahé qui l'avait attendu sur le seuil. Avant même qu'il l'eût interrogé, l'autre lui expliqua d'une voix triste qu'il avait besoin d'un confident, qu'il en avait cherché un depuis le début de la matinée mais que personne n'avait daigné l'écouter et qu'en désespoir de cause, il s'était tourné vers lui, parce qu'il pensait qu'il était un homme bon et honnête, avec un grand cœur et surtout beaucoup de compréhension. Il s'excusa ensuite pour toutes les plaisanteries paillardes qu'il lui avait dites pendant leurs premières années d'études, en affirmant qu'après ce qui lui était survenu, il n'avait plus envie de recommencer. Hugues lui accorda son pardon de bonne grâce, d'autant plus qu'il désirait connaître les raisons de ce subit changement de comportement. Wilfried lui raconta alors toute son histoire et tous ses déboires avec Eliette Cardonnel : l'établissement de leur relation, les plaisirs qu'elle lui avait procurés, les espoirs qu'elle avait fait naître en lui, et finalement son effondrement brutal, lorsque Eliette lui avait annoncé qu'elle ne voulait plus être avec lui, parce que, selon elle, en restant avec la même personne, on ne pouvait que se lasser et se condamner à ne plus éprouver aucune jouissance. En effet, lui avait-elle dit, seul comptait le plaisir pris dans l'instant ; l'amour, pour sa part, n'était qu'une belle fiction. Une telle profession de foi avait foudroyé Wilfried, tant il avait conçu d'attachement envers la jeune femme. Il ne comprenait pas comment on pouvait abandonner quelqu'un après s'être donné à lui corps et âme, en lui procurant les marques d'affection les plus intimes. Toutefois, il se sentait incapable de haine envers Eliette. Aucun projet de vengeance n'effleurait son esprit. Au contraire, son cœur blessé tentait encore d'espérer, sans l'avouer vraiment, qu'elle éprouverait des remords et reviendrait sur sa décision. Malheureusement, sa raison lui indiquait qu'il se leurrait et ce constat redoublait sa dépression. En écoutant ses confidences, Hugues Ranolphe sentait sa pitié s'accroître. Il voyait sous ses yeux un Wilfried qu'il ne connaissait pas, un Wilfried qui n'était pas qu'un grossier matérialiste obsédé par les plaisirs du ventre et de la chair, mais qui rêvait aussi d'amour et d'affection et qui attachait de l'importance à l'engagement et à la fidélité. Le personnage qu'il avait contemplé jusque-là n'était-il qu'une façade ? Il refusa de juger son comportement antérieur et lui demanda simplement pourquoi il semblait accorder auparavant si peu d'importance à l'amour. Wilfried lui répondit qu'il avait d'abord passé sa vie à expérimenter le plaisir charnel, parce qu'il croyait que l'amour se bornait à des phénomènes physiologiques. Jamais il n'avait imaginé le lien étroit entre cette relation et l'amitié. Mais avec Eliette Cardonnel, il avait éprouvé des sentiments, une sympathie proche de celle que l'on ressent pour une amie et, par la suite, une envie authentique de se donner à elle, et c'était dans ce but qu'il avait couché avec elle, non pour satisfaire un besoin égoïste. Seulement, la jeune femme avait manqué de parole. Maintenant qu'il était abandonné, il ne savait plus que faire. Il saisit la main d'Hugues en affirmant que lui seul pouvait l'aider, et il le supplia en ces termes : « Apprends-moi la fidélité. Depuis longtemps, je vous ai observés, toi et Manon. Vous vous aimez depuis la licence et vous ne vous quitteriez pour rien au monde. Comment faites-vous ? Apprenez-moi ce que c'est que d'aimer durablement. » Hugues lui expliqua que ce n'était pas simple, que cela requerrait du discernement et, surtout, que cela s'apprenait. Mais il lui promit de le soutenir et de lui apporter tout le réconfort qu'il pourrait lui offrir, et en guise de preuve, il l'emmena boire une bière au Corcoran's, un pub irlandais situé à l'angle de la rue Saint-André des Arts et de la rue Gît-le-Cœur, où il s'était déjà désaltéré en compagnie de Manon et aussi de Fortunat. Au bout d'une heure, quand ils sortirent, Wilfried Mahé avait un peu repris confiance dans la vie et il se forçait à ébaucher un sourire, mais Hugues devinait qu'il était encore très fragile et que sa guérison serait lente.

De retour dans son quartier, il acheta des endives et des asperges dans la même épicerie que la première fois, ainsi que de nouvelles fèves, puis, quand il eut regagné son appartement, il téléphona à Manon pour lui annoncer la mésaventure de Wilfried et le bouleversement qu'elle avait opéré en lui. La jeune Réunionnaise fut à la fois surprise et très satisfaite de ce changement, qui montrait bien que les Mahé valaient mieux que ce que pensait Hugues et qu'il ne fallait pour rien au monde les laisser périr sous la vengeance de Levasseur. Malheureusement, l'étudiant ne savait toujours pas comment mettre hors d'état de nuire le vieux sorcier. Bien que cela ne lui servît à rien, il contempla la copie faite par Tanguy du texte crypté par Johannès Pélagidès. Les rangées de chiffres paraissaient totalement vides de sens et il comprenait que dans son cas, il était vain d'espérer les comprendre : sa médiocrité en langue des magiciens lui interdisait d'acquérir un jour la clé du code. Cependant, il rédigea à son tour une copie du document qu'il prévit de remettre à son directeur de recherches : comme ce dernier s'était bien débrouillé, dans sa jeunesse, avec la matière qui lui causait tant de soucis et qui avait été, indirectement, à l'origine de ses malheurs, peut-être réussirait-il à identifier le message qui se cachait derrière ces numéros.

Le lendemain, il voulut passer toute la journée à la bibliothèque de l'institut et déjeuner au resto U, mais son projet fut contrarié par une visite de Wilfried qui resta dans sa chambre toute la matinée. La veille, l'infortuné jeune homme avait essuyé les amers reproches de son père, lorsqu'il lui avait révélé sa rupture avec Eliette Cardonnel et la douleur qu'elle lui avait infligée. Grégoire n'avait ressenti aucune compassion à son égard, il lui avait juste répondu qu'il s'agissait d'un châtiment mérité, qu'il avait été puni par où il avait péché et que l'on n'avait point à apaiser ses souffrances, d'autant plus que celles-ci contribueraient sans doute à le dégoûter momentanément de la chair, ce qui lui ferait le plus grand bien. Dans sa situation, la meilleure chose qui pouvait lui arriver était de se voir contraint à plusieurs mois de continence. Devant tant d'incompréhension, Wilfried était parti sangloter dans sa chambre après avoir rapidement avalé son dîner. Pendant des heures, il relata sa mésaventure à Hugues et ne cessa de l'interroger sur le véritable amour. Hugues lui répondit très aimablement, s'efforçant de lui remonter le moral, mais dans le secret de son âme, il trouva la situation de Wilfried terriblement ironique. Le gros jeune homme était désemparé par un vulgaire chagrin d'amour, alors qu'au même moment, à son insu, se jouait une lutte dont l'enjeu était sa vie. Le péril qui le menaçait, il ne s'en doutait pas et il ne le saurait sans doute jamais. Hugues eut presque envie de sourire en songeant que pour son interlocuteur, il n'était qu'un psychologue prodiguant de bons conseils, alors que son rôle s'apparentait plutôt à celui d'un authentique garde du corps, d'autant plus que pour lui permettre de connaître un jour cet amour fidèle dont il s'était mis à rêver, il serait obligé de tuer un homme. Cependant, il ne dévoila rien. Wilfried lui demanda s'il ne pouvait pas l'emmener au cinéma afin de lui changer les idées avec un film divertissant, mais Hugues déclina la proposition : il désirait être seul la plus grande partie de la journée, pour inciter les spectres de Levasseur à l'attaquer. En effet, s'il demeurait en compagnie de Wilfried, jamais les assassins de la guilde ne s'approcheraient de lui : en voyant son camarade s'effondrer brusquement devant lui, le fils de Grégoire Mahé pourrait – peut-être – soupçonner vaguement un sortilège. D'autre part, si Bertrand de La Saulnaie s'emparait d'un agresseur alors que Wilfried se trouvait dans les parages, il n'aurait osé reparaître avec son prisonnier, car dans ce cas, il aurait fallu expliquer toute l'affaire au dernier descendant d'Eusèbe Mahé, dont les réactions étaient imprévisibles. Fort heureusement, Wilfried ne se formalisa pas du refus d'Hugues et il le laissa en paix. L'après-midi, l'étudiant déposa sa copie du texte codé par Pélagidès dans la boîte aux lettres d'Emile Chauvet, puis il travailla jusqu'au soir à la bibliothèque de l'Institut libre de magie, collectant, comme si de rien n'était, des informations pour son mémoire sur les disciples de Circé. Néanmoins, l'angoisse le taraudait. Il espérait que Bertrand était vraiment aussi habile qu'il le prétendait, qu'il réussirait à échapper aux regards des esclaves de Levasseur et qu'il interviendrait avec succès à la moindre menace. Ce qui l'inquiétait par-dessus tout était de penser que le fantôme ne se trouvait plus à côté de lui. Bien qu'il essayât de garder confiance en son protecteur d'outre-tombe, il ne pouvait empêcher ses mains, parfois, de trembloter et il les cachait furtivement dans les poches de son veston, près de ses sachets de fèves, afin que personne ne repérât son trouble. Toutefois, le détecteur de spectres sous sa chemise ne grésillait pas, ce qui signifiait qu'aucun agresseur ne rôdait dans les parages. Malgré ce constat rassurant, son esprit ne parvint pas à redevenir serein et toute la nuit, il dormit mal, quoiqu'il eût dissimulé un sachet de fèves sous son oreiller.

Le samedi, il demeura dans sa chambre où il s'occupa de coucher dans ses cahiers des renseignements pour son étude sur les vols à Paris, renseignements qu'il puisait dans des photocopies d'ouvrages empruntés à la Sorbonne. Au milieu de l'après-midi, il reçut un coup de téléphone d'Emile Chauvet : ce dernier avait attentivement examiné le texte crypté, mais il doutait fort de pouvoir le déchiffrer. Ses connaissances en langue des magiciens, qui remontaient à près de quarante ans, s'étaient considérablement amenuisées et elles ne lui permettaient plus de venir à bout d'un code qui reposait sur cet idiome. De toute façon, comme il l'avait déjà expliqué à Hugues, il n'était pas nécessaire de connaître la langue des magiciens pour obtenir une chaire à l'Institut libre de magie de Paris. Hugues se sentit désespéré. Il regarda de nouveau le texte en chiffres volé à Tanguy, puis il relut la lettre que Levasseur avait expédiée au thésard. D'après le vieux sorcier, il touchait presque au but. Quelle part du document codé lui restait-il encore à traduire ? S'agissait-il de quatre lignes, ou d'une dizaine ? Dans tous les cas, le délai serait bref et l'attente de Levasseur se retrouverait bientôt comblée. Pour Hugues et ses amis, il ne servait à rien de s'efforcer de percer le secret de Pélagidès. Pourtant, ç'aurait été nécessaire, pour empêcher le vieillard de ressusciter la tête de Méduse, mais manifestement, la seule manière de l'arrêter consistait à l'abattre avant qu'il eût convoqué l'ombre de la gorgone. Seulement, il fallait intervenir vite, car la fin du travail de Tanguy n'était sans doute plus qu'une question de jours, or, pour l'instant, aucun spectre de la guilde ne s'était encore présenté. Ce samedi-là, comme la veille, le détecteur de fantômes n'avait donné aucun signe alarmant et à aucun moment Bertrand de La Saulnaie n'avait reparu, ce qui révélait l'absence désolante d'assassins que l'on aurait pu capturer et interroger afin qu'ils révélassent l'emplacement du globe d'Hécate. Dans cette situation frustrante, l'inquiétude d'Hugues Ranolphe redoublait. Il ne comprenait plus les actes du vieillard. Pourquoi semblait-il renoncer à l'éliminer ? Peut-être avait-il décidé de ne plus lui envoyer de spectres, parce que leurs attaques avaient toutes échoué, et peut-être songeait-il maintenant à le pétrifier grâce à la tête de Méduse. Si tel était le cas, il serait bien capable d'agir le jour même où il abattrait Grégoire et Wilfried Mahé, jour qui ne saurait tarder. Une telle perspective affolait l'étudiant. Le soir, avant de s'endormir, il pria la Divinité que Levasseur n'eût pas conçu ce sinistre projet qui ne lui laissait aucune possibilité de s'en sortir, puis il éteignit sa lampe magique.

Le matin suivant, le dimanche 19 novembre, il s'habilla prestement dès son réveil et ne prit aucun petit déjeuner, car son angoisse lui avait coupé l'appétit. Regardant encore la copie par Tanguy du texte codé, il repensa au fait que la mort de Wilfried était inscrite dans ces lignes et il fulmina de ne pas avoir éventé plus tôt le complot de Levasseur. Bien qu'il ne sût pas comment annuler son pouvoir, il aurait voulu posséder tout de suite le globe d'Hécate, simplement pour impressionner le vieux sorcier en lui faisant croire qu'il pouvait le détruire. L'inaction de la guilde le déroutait, et il s'interrogeait de plus en plus sur le sort qu'on lui réservait. Dans un instant de désespoir, il se demanda s'il ne ferait pas bien de manger deux endives et deux asperges et d'essayer d'évoquer un autre spectre, en plus de Bertrand. Soudain, ses yeux se brouillèrent, sa tête dodelina et une étrange envie de sommeiller l'envahit. Sur le coup, il ne comprit pas ce qui lui arrivait : il n'était pas fatigué et aucun agresseur d'outre-tombe ne se cachait aux alentours, puisque son détecteur n'émettait aucun bruit. Cependant, il ne parvenait pas à dissiper cette somnolence. Cette dernière gagnait du terrain et peu à peu, elle s'empara de tout son être. Le texte crypté par Pélagidès glissa de ses mains, ses paupières se fermèrent, son corps commença à osciller sur sa chaise. Il ne voulait pas tomber, il essayait du bout des doigts de s'agripper à son bureau, mais son esprit n'avait déjà plus qu'un seul désir : s'étendre sur le sol, ne plus penser au monde et s'envoler vers le pays des songes. Au fond de sa conscience, une faible voix lui criait qu'il ne fallait pas, qu'il devait lutter pour rester éveillé, mais ses appels s'amenuisaient de plus en plus et rapidement, ils ne furent plus qu'un léger murmure. Alors ses doigts se détendirent et il glissa sur le plancher…

La violence de la chute le ranima. Blessé au front, il voulut se frictionner, n'y parvint pas tout d'abord, puis réussit à porter lentement sa main à sa tête. Il s'aperçut alors que la mystérieuse torpeur qui s'était emparée de lui l'abandonnait peu à peu et qu'il redevenait capable de se mettre debout. Brusquement, sa porte s'ouvrit pour se refermer aussitôt dans un claquement, et des bruits de lutte résonnèrent. Bientôt apparut Bertrand de La Saulnaie, maîtrisant dans ses bras un invisible adversaire. « Prenez la baguette de monsieur Chauvet ! lui lança-t-il. Prenez la baguette de monsieur Chauvet ! » Hugues se saisit de l'objet confié par son directeur de recherches, qu'il gardait sur son bureau, et il le mit à un endroit où, selon Bertrand, se situait le front de son ennemi. « Crainte, quitte la bouche de cette âme ! » ordonna-t-il d'une voix forte. Aussitôt, entre les bras de l'ancien gentleman-cambrioleur surgit le spectre d'une jeune femme d'une trentaine d'années, vêtue d'une robe comparable à celles portées dans les années 1890 et dont le tissu, d'après sa nuance de gris, avait été bleu. Son visage était plutôt mince, son nez droit et ses yeux clairs, mais au-dessus de son front se gonflait une énorme masse de cheveux crépus qui, manifestement, avaient été d'un blond sombre. Entre ses mains, elle tenait encore un rhombe en ébène sur lequel étaient gravés des caractères grecs. En quelques mots, Bertrand expliqua à Hugues qu'il s'était caché au rez-de-chaussée de son immeuble et qu'il y avait surpris cette femme en train de faire tournoyer cet instrument, tout en marmonnant une incantation. S'approchant d'elle discrètement, il l'avait capturée, interrompant son sortilège, et il l'avait amenée dans la chambre. Hugues le félicita pour son intervention, précisant qu'il l'avait sauvé de justesse, puis, tout en maintenant fermement la baguette enfoncée, il arracha le rhombe des mains du fantôme pour l'examiner. Grâce aux cours de l'institut, il connaissait déjà ces instruments magiques capables d'hypnotiser à distance, et il avait compris qu'on avait voulu l'endormir pour mieux l'étrangler ensuite. Cependant, à peine l'eut-il touchée que la lame de bois se volatilisa. Il ne se démonta pas pour autant et commença son interrogatoire, tandis que Bertrand de La Saulnaie, qui n'avait plus besoin de maîtriser le spectre, paralysé par le sortilège, se plaça à côté de lui pour écouter. « Qui vous a envoyée, parmi les membres de la guilde ? demanda-t-il à la jeune femme.

- E… Ephrem Ziegler, répondit-elle d'une voix hésitante. D'habitude, c'est Herbert Levasseur qui m'évoque, mais depuis hier, il m'a confiée à son bras droit.
- Il a ordonné à Ziegler de vous arracher à l'au-delà pour vous envoyer ensuite me tuer, n'est-ce pas ?
- C'est… c'est un peu cela, mais en même temps, ce n'est pas tout à fait ce que vous pensez, monsieur Ranolphe.
- Qu'est-ce à dire ? Où est Ziegler, en ce moment ?
- Dans l'appartement de votre professeur de langue des magiciens, Samuel Tanguy.
- Et que fait Tanguy ?
- Il est mort. »

Hugues ne répondit rien, abasourdi. Il ne comprenait plus ce qui se passait. Sur le coup, il crut à une plaisanterie, tant le décès du complice de Levasseur lui paraissait absurde, mais son directeur de recherches avait pourtant été formel : la baguette de vérité empêchait les spectres de proférer des mensonges. Il ne lui restait donc plus qu'à démêler cet invraisemblable retournement de situation. « Ainsi, demanda-t-il en tremblant, Samuel Tanguy serait mort ?

- Mais… oui, oui, répliqua la jeune femme en insistant pour garantir sa sincérité. Je l'ai tué hier soir, sur ordre de Ziegler.
- Sur ordre de Ziegler ? Mais ce sont des carabistouilles. Ce n'est pas possible. Levasseur ne serait pas allé faire tuer un complice qui lui était si dévoué et pour qui il semblait éprouver tant d'estime. Que s'est-il vraiment passé ? Pourquoi Ziegler s'est-il rendu chez Tanguy ? Et comment a-t-il eu le droit de vous évoquer, puisque d'ordinaire, selon vos paroles, c'est Levasseur qui vous utilise ?
- Mon cher Hugues, intervint soudain Bertrand de La Saulnaie d'une voix ferme, vous devriez vous calmer. Avant de chercher à obtenir tous ces renseignements, mieux vaudrait s'enquérir de l'identité de cette ombre. »

L'étudiant admit qu'il avait raison. « Comment vous appelez-vous ? demanda-t-il à la femme.

- Edmée Chantelouve », répondit-elle.

Hugues en fut complètement ahuri, à tel point qu'il manqua lâcher la baguette de vérité. Pourtant, là encore, il ne s'agissait certainement pas d'un mensonge : à en juger par ses cheveux, le fantôme correspondait bien à la description qu'avait fournie Emile Chauvet. « Se… seriez-vous Edmée Chantelouve, balbutia Hugues, cette sorcière qu'on surnommait la Vierge frisée, qui fut une des premières étudiantes de l'Institut libre de magie de Paris, une de ses premières doctorantes même, et qui mourut en 1895 juste après l'obtention de son diplôme ?

- Oui… oui, monsieur Ranolphe, répondit la revenante. Je suis cette femme-là. J'ai fait toutes mes études dans votre établissement, que j'ai connu alors qu'il venait juste d'ouvrir, et j'ai bien péri en 1895, victime de la Guilde des invocateurs. Depuis, je suis devenue l'esclave de Levasseur. A tout moment, il m'arrache à l'au-delà et avec son sortilège nécromantique, il brise ma volonté et m'astreint à accomplir tous ses ordres, même les plus criminels. Depuis le jour de mon trépas, j'ai tué des dizaines de personnes qu'il m'avait désignées. Cependant, dans mon cœur, j'ai toujours refusé.

- Aujourd'hui, ce devait être moi, la victime. Etes-vous au courant du complot de Levasseur contre la famille Mahé ?
- Oui, je suis au courant. Je sais qu'il projette de ressusciter la tête de Méduse pour assouvir une vengeance à laquelle il aspire depuis plus d'un siècle. En vérité, je connais d'autant mieux ces choses-là que je pourrais vous raconter toute sa vie.
- Vous savez pourquoi il désire m'abattre ?
- Parfaitement, monsieur Ranolphe. Vous avez éventé son complot et vous seriez capable de le faire échouer.
- Si c'est lui qui vous commande d'ordinaire, pourquoi ne vous a-t-il pas lui-même évoquée pour vous donner directement l'ordre de m'assassiner ? Pourquoi a-t-il confié cette tâche à Ziegler ? Racontez-moi ce qui s'est passé la veille.
- Hier soir, lorsque l'on m'a forcée à quitter l'autre monde, je me suis retrouvée dans l'appartement de Samuel Tanguy, et devant moi se tenait, non Herbert Levasseur, mais Ephrem Ziegler. Debout à ses côtés, Samuel Tanguy se frottait les mains tout en souriant d'un air cruel et satisfait. Il n'a pas eu le temps de se réjouir, car avant même qu'il eût pu réagir, Ziegler m'a ordonné de l'étrangler, ce que j'ai fait aussitôt. Ensuite, il m'a expliqué que Levasseur lui avait enjoint de quitter sa maison

pendant une semaine et de demeurer chez Tanguy. Avant son départ, il lui avait remis une mèche de mes cheveux, qu'il avait prise parmi un lot de mes boucles qu'il possède. Ces vestiges de ma chevelure furent prélevés sur mon cadavre lors de mon trépas, et Levasseur s'en sert pour m'évoquer. Ce jour-là, exceptionnellement, il avait autorisé son bras droit à m'utiliser. Ce dernier devait me faire apparaître, une fois arrivé chez Tanguy, et me sommer de vous éliminer. Seulement, comme il me l'a exposé, il avait décidé de ne pas se conformer à ces consignes. Il a ensuite coupé une mèche de cheveux sur le cadavre de Tanguy, puis il m'a ordonné de cacher ce dernier dans la cave d'un immeuble de la rue Ribera, au sein du XVIe arrondissement. Je suis donc partie là-bas en emmenant le corps que j'ai dissimulé dans un débarras abandonné, au deuxième sous-sol de l'édifice. Quand je suis revenue, Ziegler m'a dit que le lendemain, nous vous réglerions votre compte, monsieur Ranolphe, et de fait, aujourd'hui, il m'a enjoint de me rendre à votre domicile et d'utiliser mes talents d'hypnotiseuse pour vous supprimer. J'ai obéi, et c'est ainsi que j'ai été capturée par votre serviteur.

- En ce moment, où est Ziegler ?
- Il se trouve encore dans l'appartement de votre défunt professeur de langue des magiciens. Il m'a dit qu'à mon retour, il m'expliquerait pourquoi il m'avait fait assassiner Tanguy.
- Car il ne vous a rien révélé de ses motifs ?
- Non. Sa conduite me paraît absurde.
- Revenons-en à Levasseur. Le manuscrit chiffré par Johannès Pélagidès a-t-il été entièrement décrypté ? Tanguy avait-il fini son travail ?
- Je ne sais pas. Je ne pourrais pas vous dire quand Levasseur ressuscitera la tête de Méduse, et j'ignore

complètement le sortilège qu'il emploiera. Jamais il ne m'a révélé ces détails du complot. C'est Ziegler qui les connaît, à coup sûr. Pourtant… je souhaiterais vous aider, monsieur Ranolphe, ne serait-ce qu'à cause de ce que j'ai enduré depuis le jour où l'on m'assassina. »

Hugues se sentait perplexe. Il avait l'impression de tourner en rond, ne n'avoir pas vraiment avancé dans son combat contre la guilde. Cependant, une voix intérieure lui suggérait que le coup de théâtre qui venait de se produire, à l'insu de Levasseur, était unique et qu'il pourrait en profiter. D'autre part, la personne même d'Edmée Chantelouve le troublait. Il était émerveillé de rencontrer cette étudiante qui avait assisté aux débuts de l'institut et dont la mort précoce lui avait toujours semblé étrange. Il fallait qu'il se renseignât sur sa vie, il fallait qu'il sût comment elle était tombée sous la coupe de la guilde. « Racontez-moi votre existence, lui enjoignit-il, racontez-moi ce que furent vos études et comment vous avez péri.

- C'est une longue histoire, commença la jeune femme. Je suis née au Havre, en 1866. Mon père était le fils d'un capitaine dans la marine marchande. C'était un superbe gaillard, aux cheveux blonds comme les blés et aux yeux couleur d'océan. A La Nouvelle-Orléans, au cours d'un voyage d'affaires, il rencontra ma mère que de tragiques événements avaient chassée d'Haïti. Avec sa taille élancée, sa peau cuivrée, ses seins pointus et arrogants, ses lèvres pulpeuses, son nez parfaitement droit et sa chevelure crépue comme mer qui moutonne, elle rivalisait en beauté avec lui. Il l'aima, la ramena en France et l'épousa, et parmi leurs enfants, moi seule eus le privilège de mêler aux cheveux de ma mère la blondeur de mon père. Bien que totalement intégrée à la société française, ma mère avait gardé de son île natale une profonde croyance aux forces surnaturelles et aux sortilèges, et elle me la transmit. Mon père ne s'y opposa jamais : dans ce domaine, il partageait la plupart des opinions de sa femme et, de toute façon, jamais il n'aurait voulu la décevoir en critiquant ses convictions intimes. Je crus donc à la magie dès mon enfance et, à dix-sept ans, je ressentis l'envie de la pratiquer, mais ma mère ne pouvait m'aider : elle n'était pas sorcière. Cependant, en lisant un tract, j'appris en juillet 1885 la fondation de l'Institut libre de magie de Paris, et je persuadai mes parents de me laisser y étudier. Après quelques réticences, ils acceptèrent. Je m'installai donc dans la capitale, logeant dans un appartement qu'ils me payaient, et dès la fin d'août 1885, je m'inscrivis à l'institut.

- Je sais déjà ça, l'interrompit Hugues. Il paraît que vous vouliez vous spécialiser en magnétisme, mais que vous n'arriviez pas à comprendre les cours.
- Exactement, répondit Edmée. L'étude des envoûtements, de l'hypnose et du contrôle des esprits me fascinait. Malheureusement, les cours de mes professeurs étaient trop compliqués, trop obscurs. Je voulus donc dérober leurs corrigés afin d'améliorer mes notes et, surtout, de comprendre les sorts, mais je ne pouvais cambrioler leurs logis. C'est alors qu'en janvier 1886, je découvris l'existence d'une société secrète capable de m'aider, une société secrète à laquelle je m'adressai et dont, hélas, je me suis retrouvée esclave.
- Vous êtes allée voir la Guilde des invocateurs pour qu'elle envoie des spectres vous rapporter les feuilles, n'est-ce pas ?
- Tout juste. Par une froide nuit d'hiver, j'entrai dans la maison du passage des Postes et l'on me conduisit devant le chef, Alphonse Docre. Quel

personnage sinistre ! Jamais je n'oublierai sa petite taille, son dos voûté, son visage de fouine, ses yeux sournois et ses cheveux gras que, par coquetterie, il s'obstinait à teindre en noir, bien qu'ils fussent décolorés depuis longtemps. Ses mains restaient toujours masquées par des gants et, parmi les membres de son gang, il arborait une robe noire avec un bouquet d'asphodèles. A ses côtés se tenait souvent un grand homme blond, encore relativement jeune, qui portait un complet vert et une cravate rayée. Contrairement à celui de son maître, qui ne respirait que les désirs malsains, son visage aux joues creuses, aux lèvres minces et au nez menu paraissait surtout imprégné d'une insondable tristesse. Silencieusement, Docre écouta ma requête, puis il annonça son prix : plus d'une centaine de francs or. Bien que je ne fusse pas obligée de les payer tout de suite, je ne pouvais dépasser une certaine échéance. Après dix minutes de cruelles hésitations, j'acceptai ce dur marché, pensant parvenir à réunir cette somme. Réjoui, Docre me confia au grand homme triste qui l'accompagnait : je pouvais recourir à ses services pendant un mois ; ce délai écoulé, il me faudrait payer.

- Ce grand homme triste, il s'appelait bien Herbert Levasseur ?
- Oui, parfaitement. Il me raccompagna jusqu'à la porte de la maison et m'assura que tout irait bien. Cependant, il me confia son adresse personnelle afin que je pusse le joindre en cas de problème – par le biais de messages codés, naturellement. Pendant tout le mois de janvier 1886, des spectres se succédèrent la nuit dans mon appartement, m'apportant non seulement les corrigés des épreuves de magnétisme, mais encore les cours de

mes enseignants, ce que je n'avais initialement pas demandé. Un tel soutien porta ses fruits : mes notes remontèrent et, surtout, je parvins à comprendre cette matière qui me captivait. En fait, j'avais en moi toutes les capacités nécessaires ; simplement, les discours de mes professeurs étaient abscons, tandis que leurs papiers étaient relativement plus clairs. Néanmoins, le temps passait et, au début de février 1886, je crus ne pas pouvoir payer Docre, quand une liasse de billets atterrit un matin dans ma boîte aux lettres. J'ignorais qui me l'avait envoyée, toutefois, j'en profitai pour m'acquitter de ma dette et demander à bénéficier de nouveau de l'aide de la guilde. Docre me l'accorda sans ciller, me plaçant encore entre les mains de Levasseur, et pendant neuf ans, le même manège se reproduisit. Les spectres évoqués par Levasseur me donnaient ce que je désirais et, à chaque fin de mois, le même bienfaiteur mystérieux déposait dans ma boîte aux lettres de quoi satisfaire le sinistre sorcier du passage des Postes. Cependant, je me demandais de plus en plus qui m'assistait ainsi dans l'ombre et, à partir de 1889, j'obtins de Levasseur des rendez-vous privés. Plusieurs fois, nous nous retrouvâmes dans des cafés sur la butte Montmartre, loin de l'institut et du repaire de Docre, et quand nous nous étions assurés qu'aucun spectre invisible ne nous épiait, nous discutions silencieusement, en écrivant sur des bouts de papier. J'appris ainsi que c'était lui qui m'expédiait l'argent pour payer Docre : grâce à ses fantômes, il le volait à de riches banquiers. Tous les membres du gang agissaient ainsi, mais ils remettaient une part de leur butin à Docre et se gardaient le reste. Lui, en revanche, avait commis ces vols clandestinement, sans en avertir son chef, par charité envers moi, car il avait compris dès le départ que je ne m'en sortirais jamais avec ma dette et car il avait voulu préserver ma vie et mon corps. En effet, Docre tuait tous les clients qui ne lui donnaient pas l'argent exigé ; mais si ces clients étaient des femmes, il assouvissait sur elles sa lubricité. En entendant cela, je fus envahie par une immense reconnaissance, et je ressentis même davantage.

- Vous n'allez pas me dire que vous vous êtes mise à l'aimer ? demanda Hugues plus insistant.
- Si, pourtant, répondit Edmée Chantelouve. Je désirai en savoir plus sur lui, comprendre l'origine de son éternelle tristesse. Au fil de nos rencontres, il me confia peu à peu tout de lui, notamment son dégoût du monde et de la société et l'incurable blessure qu'il portait dans son âme depuis 1885. Jamais sa famille n'avait admis sa foi dans la magie ; autour de lui, la société était tout aussi aveugle. Il avait bien trouvé un cercle d'enchanteurs qui l'avait accepté dans ses rangs, mais il en avait été chassé par un homme qui lui avait volé tous ses travaux, un homme qui se prétendait son meilleur ami et qui, pourtant, l'avait accusé d'une faute qu'il n'avait pas commise. Depuis, les magiciens honorables le rejetaient et seul Alphonse Docre avait daigné lui offrir un cadre où s'épanouir. Mais il détestait Docre, cet individu jouisseur, avide d'argent et perdu dans ses désirs impurs. A ses yeux, son chef ne valait guère mieux que les profanes qui refusaient de croire à la magie. Emue par sa confession, je fus gagnée par la pitié et cette pitié se changea rapidement en amour. Depuis mon inscription à l'institut, bien des jeunes hommes m'avaient fait des avances. Je les avais refusées, préférant me vouer à mes études. Seulement, là, c'était différent. Levasseur ne m'avait rien proposé ;

en revanche, mon cœur de vierge battait pour lui. Par mon amour, je voulais lui faire oublier l'ami qui l'avait trahi, l'arracher à sa troupe de gangsters et le réconcilier avec le monde en lui offrant l'appui d'une sorcière qui le comprendrait, tout en s'entendant parfaitement avec cette société qu'il s'entêtait à condamner absurdement et ne voulait pas voir sous son vrai jour. Pour toute réponse, Levasseur me dit qu'il ne se sentait pas encore prêt à m'aimer, mais qu'il me garantissait son amitié éternelle.

- A en juger par votre état actuel, votre tentative a échoué. Mais comment se termina cette histoire ?
- En juin 1895, à l'issue de mes études à l'institut, j'avais achevé une thèse sur l'hypnose et je m'apprêtais à la soutenir, quand je fus convoquée par Docre dans la maison du passage des Postes. Comme j'avais recouru pendant près de dix ans aux services de la guilde et que j'étais devenue, grâce à ceux-ci, une brillante magicienne, il voulait que j'y adhérasse, craignant que je ne divulguasse les secrets de la bande ou que je n'entreprisse de lutter contre elle. Par honnêteté, je refusai, mais je compris tout de suite que je signais là mon arrêt de mort. Que pouvais-je, moi, simple hypnotiseuse, contre des nécromanciens capables d'agir à distance grâce à leurs spectres ? De fait, à peine eus-je soutenu mon mémoire à l'institut que deux fantômes surgirent dans mon appartement pour m'abattre. Cependant, quatre autres spectres apparurent aussitôt et les immobilisèrent, puis Levasseur déboula chez moi et les fit disparaître. En deux mots, il m'expliqua que par amour pour moi, il avait rompu avec la guilde et désirait renoncer à sa vie de banditisme. Après m'avoir soustrait à la lubricité de Docre, il était naturel qu'il me sauvât la

vie. Pour cela, nous devions fuir à l'étranger, afin de ne pas mettre en péril la vie de mes parents, et déjà il avait acheté des billets pour Albi. Je rassemblai quelques bagages et rapidement, nous gagnâmes la gare Montparnasse. Toute la nuit, nous voyageâmes sous la surveillance des quatre spectres devenus invisibles. Jamais ne n'oublierai ce trajet, jamais je n'oublierai le bras de Levasseur qui m'enlaçait délicatement la taille tandis que, frissonnante mais pleine de reconnaissance, je me blottissais contre son cou. Au petit matin, avec nos quatre gardes, nous nous rendîmes dans un petit hôtel d'Albi. J'étais épuisée, encore sous le choc et, en même temps, transportée par l'amour de Levasseur. Quand nous entrâmes dans la chambre que nous avions louée, je me laissai tomber sur le lit où Levasseur me rejoignit. Je l'enlaçai, je frottai doucement sa joue contre la laine de son veston, j'avais soif de toutes les tendresses et de toutes les caresses réservées aux amants. Les quatre spectres autour de nous m'indifféraient, du moment qu'ils nous protégeaient contre les tueurs de Docre. Levasseur soutint ma tête et me sourit ; je m'approchai de son visage, je l'embrassai et… je mourus. Le perfide avait enduit ses lèvres d'un poison qui abattait les corps et endormait les âmes, un poison contre lequel s'était auparavant immunisé. Bien plus tard, sa voix lointaine m'éveilla. J'étais dans la maison du passage des Postes, et devant moi se tenait la silhouette voûtée de Docre à qui Levasseur remettait des boucles de ma chevelure. En souriant, le maître de la guilde le félicitait et, quand il eut fini, Levasseur m'expliqua cyniquement que tout son comportement n'avait visé qu'à fournir à la guilde le fantôme d'une hypnotiseuse. Depuis, je fus l'esclave de la bande, chargée de tuer toutes les victimes connaissant les arts magiques. Pourtant, au fond de mon âme, jamais je n'ai accepté de commettre ces actes ; malheureusement, les sortilèges de ces nécromanciens brisent toute volonté : quand ils évoquent une ombre, celle-ci ne peut que leur obéir, même si sa conscience refuse. »

Edmée Chantelouve se tut. Sans retirer de son front la baguette, Hugues la contempla longuement, rempli de pitié et indigné par la félonie de Levasseur. « J'aurais une dernière question, dit-il enfin : savez-vous comment mourut Alphonse Docre ?

- Je l'ignore, répondit Edmée. Un jour, en 1896, Levasseur m'invoqua et je vis qu'il portait lui aussi une robe noire avec des asphodèles. Il m'expliqua que Docre était mort et l'avait désigné comme son successeur. Par la suite, quand la guilde se dispersa en province, je l'accompagnai dans ses errances. En 1927, grâce à mes pouvoirs, il s'introduisit dans une chambre d'hôtel et m'y fit tuer un homme auquel il donna son visage par un sortilège, afin qu'on crût à son décès. A partir de ce jour, il abandonna son complet vert pour son actuel costume croisé noir. Il me révéla son immortalité et ne m'en cacha pas les causes. Peu à peu, je le vis vieillir, je le vis se décharner affreusement après 1940 et, surtout, je vis sans cesse grossir sa haine et sa soif de vengeance contre l'ami qui l'avait trahi, contre Eusèbe Mahé.
- Vous a-t-il dévoilé comment on désactivait le globe et la bague d'Hécate ?
- Non, pas plus que l'emplacement du globe. La seule précision que je peux encore ajouter, c'est que le repaire de Levasseur n'est pas la maison même, mais un réseau de galeries creusé sous la cave, où aucun spectre ne peut s'introduire, hormis ceux qu'il a lui-même évoqués.

- Dans la maison et dans ce réseau de galeries, y a-t-il des spectres qui montent la garde ?
- Non, pas du tout.
- Et comment fait-on pour s'introduire dans ce repaire secret ?
- Je n'en sais rien. J'ignore tout de la démarche à suivre, et je ne puis vous dire plus que ce que je vous ai expliqué. Mais capturez Ziegler. Lui connaît sans doute tous les secrets que vous recherchez. Monsieur Ranolphe, libérez-moi, faites-moi revenir chez les morts. Ensuite, neutralisez Ziegler, endormissez-le, puis évoquez-moi grâce à vos sortilèges. Cette dernière tâche vous sera facile : dans son portefeuille, Ziegler garde la mèche de mes cheveux que Levasseur lui a passée afin qu'il se serve de moi. Quand je serai de nouveau avec vous, je pourrai tout lui faire avouer. Mais pour cela, apportez-moi de la purée de belladone, une lamelle d'ambre, une peau de cobra, deux coprins noirs d'encre séchés et quatre cornes de crotale. Et faites vite !
- Je crains que ces instructions ne soient un peu tardives, dit une voix derrière Hugues. En tout cas, quelle superbe confession, Edmée ! Tu aurais dû écrire tes Mémoires. »

Hugues se retourna. Dans son dos se tenait Ephrem Ziegler, avec son éternel costume trois pièces et sa cravate verte. Il avait verrouillé la porte de la chambre et regardait fixement Bertrand de La Saulnaie, une fève dans la main droite. Le spectre voulut se ruer sur lui, mais il n'osa, craignant d'être renvoyé dans l'au-delà sans espoir de retour. « Comment vous êtes-vous introduit ici ? demanda l'étudiant.

- Avant toute réponse, monsieur Ranolphe, répliqua le sorcier, je préférerais que vous me remettiez les sachets de fèves que vous cachez dans votre veston.

Ça rendrait une éventuelle conversation plus paisible. »

Hugues Ranolphe n'avait pas le choix. Il obtempéra et jeta vers la porte ses précieuses graines. « Voyez-vous, poursuivit Ziegler, je suis moins confiant et moins naïf que mon infortuné collègue Stéphane Duguisc. Ne voyant pas revenir Edmée, je me suis rendu à votre immeuble où je suis entré sans problème. De fait, l'un des avantages de la magie est quand même qu'elle permet de crocheter facilement les serrures. Ensuite, je n'ai eu qu'à me glisser discrètement jusqu'à votre appartement sans que vous m'entendiez venir, tant vous étiez absorbé par les aveux d'Edmée. C'est tout.

- Est-ce vrai que vous avez tué Tanguy ?
- Parfaitement, et pour une raison qui vous surprendra : je vais assassiner Levasseur.
- Co… comment ? Quelle mouche vous a piqué ?
- Mon pauvre monsieur Ranolphe, ce n'est pas parce que vous allez mourir que je dois vous révéler tous mes secrets. Je vous rappelle quand même qu'à votre institut, on vous enseigne qu'il n'est pas permis de tout savoir.
- Mais, si vous conspirez contre votre maître, pourquoi voulez-vous m'éliminer alors que je m'oppose aussi à Levasseur ?
- Parce que vous gênez mes intérêts et ceux de la guilde. Voyez-vous, après la disparition de mon chef, je ne pourrais pas laisser un trublion se mêler de mes affaires, d'autant plus qu'il saurait me combattre avec les mêmes armes que moi. Maintenant, ça suffit. Préparez-vous à mourir.
- Sous votre veston, vous avez sans doute un pistolet muni d'un silencieux ? demanda le jeune homme d'un ton plus angoissé.
- Un pistolet ? s'exclama le nécromancien avec condescendance. Est-ce que vous êtes sérieux ?

Monsieur Ranolphe, on ne croirait vraiment pas que vous étudiez la magie. Un sorcier se passe de ces gadgets, il n'a pas besoin d'un Browning ou d'un poignard. Voyez-vous cet anneau ? ajouta-t-il en désignant, sur sa main droite, la bague noire qu'avait remarquée Hugues lors du rendez-vous nocturne. C'est grâce à lui que je peux évoquer des spectres, et plus rapidement que vous, puisqu'il ne me faut que deux heures de préparation. J'appellerai donc un serviteur d'outre-tombe et il se chargera de votre exécution. »

Sur ces mots, Ziegler lança une formule magique, et sous les yeux écarquillés d'Hugues et de Bertrand surgit le fantôme de Samuel Tanguy, arborant le même long nez et le même pull pendant que de son vivant. En un éclair, l'étudiant comprit ce qui allait se passer. Tanguy immobiliserait Bertrand pour que Ziegler lui jetât la fève fatale, puis il l'étranglerait. S'il tentait de récupérer ses fèves pour voler au secours de son ami, il lâcherait la baguette de vérité et ne maîtriserait plus Chantelouve qui devrait le tuer. S'il essayait d'affronter Ziegler, ses muscles chétifs ne pourraient rien contre les bras puissants du nécromancien. Cependant, la solution lui vint immédiatement à l'esprit. « Envole-toi ! » ordonna-t-il en brandissant son anneau en magnétine. Animée par le sortilège, la pendule au-dessus de sa porte s'abattit aussitôt sur la nuque de Ziegler qui s'effondra. Samuel Tanguy se précipita sur le jeune homme, mais Bertrand de La Saulnaie l'empoigna et les deux ombres roulèrent sur le plancher. Ramassant l'un de ses sachets de fèves, Hugues fit disparaître son ancien professeur puis renvoya Edmée Chantelouve chez les morts, conformément à son souhait. Prenant ensuite dans son armoire le somnifère qu'il avait concocté pendant ses premières années d'étude, il en imbiba un grand mouchoir qu'il étendit sur la face de Ziegler, une fois que Bertrand l'eut retourné sur le dos. Ce ne fut qu'après coup qu'il s'aperçut qu'une telle dose le ferait dormir pendant plus de quinze jours. Toutefois, maintenant, il était en sécurité. Il vérifia que la nuque de Ziegler était intacte puis, fouillant dans son portefeuille, il y découvrit deux mèches de cheveux. L'une, raide et courte, correspondait à l'ancien thésard d'Emile Chauvet ; l'autre, blonde et crépue, était au nom d'Edmée Chantelouve. Brusquement, de la pochette du veston du nécromancien jaillit une souris grise qui bondit sur le pied d'Hugues, afin de le mordre à travers sa chaussette. L'étudiant la rejeta contre le mur, puis il reconnut en elle la souris qu'il avait vue dans la maison du passage des Postes, lors du rendez-vous avec la Guilde des invocateurs. Contusionné, le rongeur renonça à la lutte puis, s'approchant de l'ancien bras droit de Levasseur, il le renifla et commença à couiner, comme s'il pleurait. Ne s'attardant pas sur ces regrets, Hugues avertit par téléphone Emile Chauvet et Manon, leur racontant toute l'histoire et leur indiquant les ingrédients réclamés par Edmée. Il leur demanda enfin d'arriver dans sept heures, puis il absorba deux endives et deux asperges et se consacra à son jeûne, étendu sur son lit de camp.

CHAPITRE X

CONFESSION D'UN TRAITRE

Il était presque 19 heures et déjà le soleil s'était couché, quand Hugues quitta enfin son immobilité. A peine eut-il posé le pied sur le sol que son directeur de recherche entra dans sa chambre, suivi par Manon qui apportait, dans un grand sac, les ingrédients dont on lui avait donné la liste. Tous y étaient, hormis les cornes de crotale dont son amant possédait déjà une large collection. Avec l'aide de Bertrand, qui n'avait pas arrêté de surveiller son ami pendant son jeûne, Hugues et Chauvet étendirent sur le lit le corps inerte de Ziegler, ce qui n'alla pas sans peine : bien qu'il ne fût pas mort, l'ancien bras droit de Levasseur avait acquis, sous l'effet du narcotique, toute la rigidité d'un cadavre. Quand cette tâche fut achevée, la petite souris grise, qui avait cessé de geindre, grimpa sur le matelas et tâta de ses pattes le visage de son maître, comme pour essayer de le réveiller. Emile Chauvet et Manon se demandèrent d'où elle provenait et ce qui la poussait à se comporter ainsi, mais Hugues leur expliqua que bientôt, ils disposeraient d'une réponse. Puis, saisissant dans ses mains la mèche d'Edmée Chantelouve, il s'agenouilla et prononça la formule d'Owen de Limerick. Aussitôt, de la vapeur jaillit de la relique et Edmée réapparut, remerciant le jeune homme pour sa libération. Hugues lui présenta sa petite amie et son directeur de recherches, et elle leur raconta de nouveau son histoire afin qu'ils fussent parfaitement au courant. La jeune femme soupira de tristesse au récit de cet amour cyniquement trahi ; quant au professeur, il fut surtout ravi d'apprendre la vérité sur un mystère que sa culture et sa sagacité n'avaient pas réussi à éclaircir. Edmée réclama ensuite les ingrédients et s'affaira sur le corps de Ziegler. Lui ayant enduit les paupières de pulpe de belladone, elle broya dans le mortier d'Hugues les cornes de crotale et les coprins noirs d'encre, qu'elle avait préalablement déchiquetés, puis elle ajouta de l'eau à ce mélange pour en faire une pâte. Découpant un morceau de la peau de cobra, elle le trempa dans cette mixture et l'attacha autour du cou de Ziegler, puis elle plongea dans le mortier la lamelle d'ambre qu'elle glissa sur la langue du sorcier endormi. « Par la pierre rougeâtre qui déteste le mensonge, s'écria-t-elle en levant les bras d'un air solennel, par la belladone qui engourdit l'esprit et par le charme des serpents qui dompte la volonté, Ephrem Ziegler, sors de ton sommeil, et que ton âme m'appartienne. »

Aussitôt Ziegler se redressa et s'assit au bord du lit, la face hagarde et les yeux inexpressifs. Jamais Hugues et Manon n'avaient contemplé de regard plus vide : cet homme musclé, d'ordinaire redoutable, semblait avoir perdu toute conscience. « Maintenant, Ziegler, continua Edmée, tu m'obéiras en tous points et tu répondras à chacune de mes questions. Tout d'abord, pourquoi m'as-tu forcée à tuer Tanguy ?

- Parce qu'il menaçait ma place au sein de la guilde et que je le détestais, répondit le nécromancien d'une voix monotone, et aussi parce que je voulais assassiner Levasseur et qu'il était devenu son principal complice. Or je ne pouvais pas supprimer l'un sans me débarrasser de l'autre.

- Et pourquoi cette envie de tuer Levasseur ? Ta famille lui a pourtant toujours été fidèle.
- -Oui, surtout mon aïeul Augustin Ziegler, que Levasseur avait rencontré en 1900 et initié à la nécromancie, avant de lui ordonner de racheter la demeure de son ancien maître, Alphonse Docre. Mais moi, ce fut différent. Je lui ai d'abord obéi scrupuleusement, puis je me suis peu à peu méfié de lui et, enfin, je me suis mis à le haïr, surtout lorsque la curiosité m'eut conduit à me renseigner sur le passé de la guilde au XIXe siècle, avant que Levasseur n'y prenne le pouvoir. En effet, je n'aimais pas sa philosophie.
- Qu'entends-tu par là ?
- Levasseur désirait que nous jouions les justiciers. Chaque fois que nos spectres avaient dévalisé un particulier ou une entreprise, il nous ordonnait de nous débarrasser du butin et de n'en garder qu'une part minuscule vouée à résoudre nos problèmes financiers du moment. Il nous imposait aussi une vie simple, frugale et austère, afin que nous ne succombions pas à l'hédonisme et à la cupidité. Moi, toute cette rigueur morale a fini par me lasser. Avec la nécromancie, je disposais d'une formidable capacité de meurtre et de cambriolage, qui pouvait me rendre plus puissant qu'aucun parrain de la mafia. Je ne voyais pas pourquoi Levasseur m'empêchait d'en profiter, alors que son prédécesseur Alphonse Docre s'était généreusement rempli les poches sur le dos de la société. Plus généralement, je ne comprenais pas pourquoi il en voulait au plaisir et à l'argent, pourquoi il s'enfermait dans son personnage de moine sorcier vitupérant contre les matérialistes et les avares.

Moi, je me suis toujours senti à l'aise dans le monde des profanes. Son principe est de gagner le plus d'argent possible ? Eh bien, j'y souscris totalement, et c'est pour ça que j'ai décidé de supprimer Levasseur. »

Stupéfait, Emile Chauvet s'exclama qu'un tel projet lui paraissait presque inconcevable et il voulut savoir comment Ziegler avait éventé le secret du globe et de la bague d'Hécate. Immédiatement, Edmée Chantelouve posa la question au sorcier envoûté. « Levasseur n'avait jamais révélé l'origine de son immortalité, répondit Ziegler, et ce mystère était d'autant plus opaque qu'il n'habitait pas dans ma maison, mais dans une cachette secrète sous la cave, qui remontait au temps de Docre et où il disparaissait chaque soir. Lui seul savait comment y accéder et aucun spectre ne pouvait s'y introduire, hormis ceux qu'il avait lui-même convoqués. Cependant, moi et les autres membres de la guilde, nous soupçonnions tous sa bague d'être responsable de son âge canonique. Encore fallait-il confirmer une telle hypothèse. Je résolus de m'y employer.

- Et comment t'y pris-tu, demanda Edmée, puisque tu ne pouvais investir l'antre de ton maître ?
- Tout d'abord, j'ai donné l'apparence du loyalisme. A l'instar de mes ancêtres, je l'ai servi scrupuleusement, obéissant à chacun de ses ordres. Ce petit jeu fonctionna parfaitement, puisque malgré de vagues soupçons, il s'y laissa largement prendre. Et puis, j'ai utilisé un don que je possède depuis mon adolescence et dont personne n'a jamais rien su. Levasseur se prétend un grand sorcier méprisant la foule des ignorants, mais il y a un domaine de la magie auquel il n'a jamais rien compris : le langage des bêtes. Moi, je le comprends depuis l'âge de douze ans. Les piaillements des geais, les croassements des corbeaux, les trilles des grives, les aboiements des chiens, les miaulements

des chats, tout ça a un sens pour moi ; et mon intelligence saisit surtout les couinements des rongeurs.

- Est-ce à dire que cette souris qui t'accompagne serait ton… ton espion ? balbutia Edmée Chantelouve interloquée.
- Parfaitement, répondit Ziegler sur le même ton monocorde, tandis que la souris, toujours sur le matelas, se redressa et tendit l'oreille, comme si elle avait deviné qu'on parlait d'elle. Personne ne peut franchir la porte du repaire de Levasseur, mais il y a des fissures qui permettent à un rongeur de s'approcher de ce sous-sol mystérieux. En 2002, j'ai dressé une première souris à explorer le secteur sous la cave, et elle s'est faufilée jusqu'à une cellule servant de chambre à Levasseur. En restant dans une petite galerie située au-dessus du plafond, elle put entendre les bruits qui en remontaient et engranger ainsi une foule d'informations. En effet, Levasseur a un problème : parfois, il rêve tout haut, et alors des secrets lui affluent spontanément aux lèvres. Ces confidences involontaires, mon espion animal me les rapporta dans sa langue et je les enregistrai dans ma tête, ne notant rien afin de ne pas éveiller les soupçons. Quand il mourut, en 2004, je l'ai remplacé par Trotte-Menue, la souris qui m'a suivi dans l'appartement d'Hugues Ranolphe : elle m'a rendu les mêmes services. J'ai appris ainsi l'existence du globe d'Hécate, comment Docre l'avait retrouvé et comment il avait été assassiné, à la fin du XIXe siècle, par Levasseur. »

Hugues voulut immédiatement connaître le moyen de désactiver la source d'immortalité de son adversaire, mais son directeur de recherche lui ordonna de patienter, tant le mystère de la redécouverte du globe et de la bague le captivait. « Comment Docre avait-il acquis ces merveilles ? demanda Edmée.

- Grâce à son maître, le nécromancien écossais Connor MacDougal, expliqua Ziegler. Ce dernier rêvait de retrouver la dépouille du vieil enchanteur qui avait jadis élevé et secondé le roi Arthur. Avec le jeune Docre, il chargea des fantômes de rechercher le sarcophage de verre conçu jadis par la fée Viviane. Cette tâche leur prit bien plusieurs mois, car le verre engendré par la fée avait le pouvoir de désorienter les spectres à plusieurs kilomètres à la ronde. Finalement, à force de tâtonnements, ils dénichèrent le sarcophage dans une caverne, en dessous d'un château en ruines, et ils parvinrent à l'ouvrir. Là gisait le squelette de Merlin, le globe et la bague d'Hécate à ses côtés. MacDougal voulut s'en emparer ; depuis longtemps, il en connaissait l'histoire et l'un des buts de ses recherches sur le tombeau de Merlin était de mettre la main dessus, d'autant plus qu'il avait retrouvé la formule permettant d'acquérir l'immortalité. Mais on ne lui en laissa pas la possibilité : Alphonse Docre le tua et récupéra les précieux objets.
- Comment l'assassina-t-il ?
- En lui broyant le crâne avec une pierre. »

Manon eut un haut-le-cœur et se plaqua une main sur la bouche. Emile Chauvet, en revanche, demeura impassible : ses recherches sur la délinquance magique l'avaient habitué à des récits de meurtres plus répugnants que celui-ci. « Et Docre lui-même, reprit Edmée, comment mourut-il ?

- Un mois après ta mort, maîtresse, répondit Ziegler, il avait décidé de confier à Levasseur, pour le récompenser, son secret le plus intime. L'emmenant dans la cachette souterraine dont il était, à cette époque, l'occupant, il lui montra le globe ainsi que la bague et lui en dévoila toute l'histoire, de Médée jusqu'à la fin du XIXe siècle. Levasseur comprit immédiatement tout le parti qu'il pouvait en tirer et, lorsque son maître le convia une nouvelle fois dans son repaire secret, il profita d'un moment de distraction de sa part pour désactiver le globe.

- Mais comment réussit-il cette manœuvre ? Avait-il découvert un manuscrit qui l'expliquait ?
- Pas du tout. Il se servit simplement des connaissances qu'il avait accumulées sur les minerais et les animaux fabuleux, quand il était encore dans le Cénacle des gardiens. Le globe d'Hécate contient de la lychnitine, pierre qui découle du sang d'un phénix. Le seul animal capable de tuer un phénix, c'était le basilic, cet énorme serpent ailé dont le regard pétrifiait. Or le mercure est particulièrement lié au basilic : ce dragon y réside sous forme d'esprit. Par conséquent, pour désactiver le globe d'Hécate, Levasseur l'enveloppa simplement dans un linge imprégné de mercure. L'esprit du basilic engourdit la lychnitine qui ne parvint plus à diffuser son pouvoir, et Docre tomba en poussière. Pour renforcer l'action du mercure, Levasseur l'avait distillé trois fois dans une cornue en cristal, ce qui l'avait purifié. Autrement, pour détruire la bague et le globe, il faut chauffer ce dernier et répandre dessus, quand il est brûlant, le mercure épuré : dynamisé par la chaleur, l'esprit du basilic désagrège la lychnitine, ce qui fait exploser la sphère et réduit par contrecoup la bague à néant. »

Au fond de son âme, Hugues sentit se répandre un doux soulagement : enfin il savait comment triompher du redoutable vieillard. Cependant, il désirait encore connaître le rôle joué par Tanguy dans les manigances de Ziegler, et il interrogea le sorcier par le biais de Chantelouve. « Samuel Tanguy m'a fait accélérer les préparatifs du meurtre de Levasseur, expliqua le nécromancien. Quand il est arrivé dans notre guilde, il a tout de suite plu au vieil évocateur de spectres. Il faut dire qu'il partageait toute son austérité, tout son mépris des hommes. Et puis, il lui permettait de réaliser ce projet de vengeance qu'il gardait dans son âme depuis 1885, depuis qu'on l'avait chassé du monde des magiciens « respectables ». Toute la guilde fut associée à cette affaire, mais moi, ça m'inquiétait. Levasseur voulait ressusciter la tête de Méduse, or, si cette dépouille monstrueuse tombait entre ses mains, il deviendrait trop puissant. C'était déjà un maître impitoyable qui, depuis le temps de mon ancêtre Augustin, avait assassiné plusieurs membres de la guilde sous prétexte qu'ils ne pensaient pas comme lui. S'il menait jusqu'au bout son complot avec Tanguy, il pourrait nous pétrifier à tout moment, moi et mes camarades, en brandissant cette tête démoniaque que lui ne craindrait pas de regarder, étant immortel. Par conséquent, pendant que les spectres évoqués par mes collègues perdaient des mois à leur ramener de faux manuscrits qu'ils prenaient pour des vrais – car Johannès Pélagidès avait astucieusement dissimulé son secret derrière de faux parchemins qui déroutaient de loin les fantômes, tout comme le sarcophage de Viviane –, pendant aussi que Levasseur et Tanguy se démenaient avec leurs sortilèges pour découvrir lesquels de ces livres étaient les bons, moi, je réfléchissais au moyen de faire échouer leurs manigances, de supprimer le vieillard et de forcer Méduse à rester éternellement chez les morts. Et puis, j'ai fini par détester Tanguy, parce qu'il me menaçait personnellement.

- Avait-il éventé tes propres projets ?
- Non, mais il me détrônait dans la faveur de Levasseur, et c'était dangereux. Deux semaines après son adhésion, il était déjà devenu son

confident le plus intime et, par la suite, lorsque la guilde tenait conseil, le vieillard s'était mis à lui donner, dans les délibérations, une place presque aussi importante que la mienne. Je sentais qu'un jour ou l'autre, il allait me remplacer par ce thésard en pull informe, et j'en ai eu la confirmation la semaine dernière. Dans la nuit de lundi à mardi, lorsque Hugues Ranolphe devait être tué par une troupe de nos spectres, Levasseur m'a réveillé alors que je dormais avec ma femme, Monique. M'ayant forcé à m'habiller, il m'a conduit dans le salon où Stéphane Duguisc se tenait à genoux, frissonnant et complètement prostré. Autour de lui déambulait Samuel Tanguy qui, de temps en temps, lui décochait d'amers reproches. En une demi-heure, des spectres convoqués par le vieux sorcier ont ramené tous les membres de la guilde, et nous avons formé un cercle autour de Duguisc. Samuel Tanguy l'a accusé d'avoir failli trois fois à sa mission, de n'avoir pas tué Hugues alors que, pourtant, il ne pouvait échouer. Levasseur lui a ensuite demandé ce qu'il voulait dire pour sa défense. Face contre terre, pleurant et gémissant, le pauvre Duguisc a répondu qu'il ne démentait aucune des accusations, qu'elles étaient justifiées et qu'il ne méritait même pas le pardon. Alors Levasseur lui a murmuré : « Suis-moi à la cave », et nous avons tous frémi, moi et mes camarades : chaque fois que le vieux sorcier a emmené l'un des nôtres dans sa cachette souterraine, nous ne l'avons jamais revu. Mais Duguisc ne s'y est pas opposé. Il a suivi son juge, et c'est alors qu'est survenu l'événement qui a confirmé mes soupçons. Normalement, lorsque Levasseur se retirait dans son repaire à l'issue d'une réunion, il me chargeait toujours de lever la séance et de renvoyer tout le monde dans ses foyers. Or, la semaine dernière, au moment de quitter le salon avec Duguisc, il a confié cette tâche à Tanguy. C'est ce thésard qui a déclaré que le procès était fini et qui a renvoyé tous mes collègues à la porte, avant d'avoir l'outrecuidance de nous ramener dans notre chambre, moi et mon épouse. J'ai compris alors que, désormais, c'était lui, le second, que je n'étais plus qu'un membre ordinaire et que, peut-être, Levasseur me pétrifierait quand il aurait la tête de Méduse. Il fallait agir au plus vite, il fallait les éliminer, lui et son complice. Toutefois, la panique ne m'a pas envahi, car je savais déjà, grâce aux renseignements de Trotte-Menue, comment je m'y prendrais.

- Pour Tanguy, il n'y a pas de question à poser, puisque je l'ai tué moi-même sur ton ordre. Mais pour Levasseur, comment comptais-tu procéder ? As-tu découvert l'endroit où il cache le globe d'Hécate ?
- Non. Il ne l'a jamais révélé dans ses rêves. Mais il y a un moment où il devra le sortir : quand il ressuscitera la tête de Méduse. Le manuscrit codé par Pélagidès a été décrypté, il n'ignore maintenant plus rien du sortilège à accomplir. En fait, il lui faut chauffer le globe d'Hécate, puis prononcer une incantation pour attirer dans notre monde le spectre de la tête de la gorgone. Ensuite, il n'aura plus qu'à proférer une autre formule tout en répandant sur la sphère de la pierre d'Hécate pilée, de l'or, de la poudre de corail rouge, la peau et les crochets d'un serpent ainsi que quelques poils d'un cheval ailé, et la tête reviendra à la vie. Tous ces ingrédients, il les possède déjà, puisque Tanguy les lui a procurés en les volant à l'Institut libre de magie. Alors, quand il voudra mettre enfin son sinistre projet à exécution, je m'introduirai dans ses souterrains, je l'éloignerai

de sa tâche par une diversion et je verserai sur le globe brûlant une pleine fiole de mercure distillé. J'ai déjà préparé ce liquide, il m'attend dans l'appartement de Tanguy. A présent, tout est prêt pour le meurtre. Bientôt, je passerai à l'action.

- Quand vas-tu réaliser ton complot ? demanda Edmée avec énergie.
- Demain, répondit Ziegler impassible. Hier, maîtresse, quand Levasseur m'a remis tes cheveux en m'ordonnant de partir avec Tanguy, il a aussi confié à deux autres membres de la guilde mon épouse, Monique, afin qu'ils l'emmènent dans un des arrondissements périphériques. Comme justification, il nous a annoncé qu'il allait ressusciter la tête de Méduse et que pendant une semaine, il interdisait à quiconque de pénétrer dans la maison du passage des Postes, par mesure de sécurité. Il n'a pas précisé le jour de l'opération, mais grâce à Trotte-Menue, je sais que c'est demain, pendant la nuit, qu'il évoquera son horrible spectre hérissé de serpents. Je sais aussi comment ouvrir la porte de son repaire souterrain, et je sais enfin comment le prendre par surprise via une galerie détournée. Un jour, un cauchemar l'a contraint à livrer ces secrets, et Trotte-Menuc les a entendus. Les cent cinquante années de Levasseur touchent donc à leur fin : après un siècle et demi d'existence, il ne restera bientôt de lui qu'un petit tas de poussière. »

Ephrem Ziegler se tut. Silencieusement, Hugues Ranolphe et ses amis contemplèrent sa face livide et inexpressive, scandalisés par sa félonie, mais également heureux que la providence eût semé la division au sein même de la Guilde des invocateurs. Après de longues minutes, Edmée Chantelouve reprit la parole. « Ephrem

Ziegler, commença-t-elle, je crois que nous allons avoir besoin de tes services… »

CHAPITRE XI

L'ANTRE DE LEVASSEUR

Le lendemain, le lundi 20 novembre, la nuit était rapidement tombée sur Paris et depuis longtemps déjà, l'obscurité avait envahi la maison du passage des Postes. Dans une ancienne chambre d'enfant installée au second étage, Herbert Levasseur attendait, assis dans un fauteuil. Brusquement, dans une pièce au niveau inférieur, une horloge frappa vingt-trois coups. Le vieux sorcier se leva et, discrètement, regarda par la fenêtre. La ruelle était déserte, un souffle de vent froid ayant contribué, dès le début du crépuscule, à en chasser les rares passants ; quant à la rangée d'immeubles de l'autre côté du passage des Postes, elle paraissait déjà complètement ensommeillée. Un tel spectacle était satisfaisant. De la poche droite de son veston, Levasseur tira une poignée d'écailles jaunes qu'il enferma dans le creux de ses paumes. « Par le Styx aux flots sombres, murmura-t-il en latin, ô mes solisques, rejoignez votre maître. » Aussitôt, des jets de vapeur s'échappèrent à travers ses doigts et se transformèrent en des sortes de ventres ailés qui voltigèrent autour de lui, diffusant une douce lumière blanche comparable à celle de lampes au néon. C'étaient les spectres de solisques, des animaux fabuleux qui se nourrissaient des rayons du soleil et qui pouvaient, grâce à l'énergie qu'ils contenaient, étinceler pendant la nuit d'une lueur blanchâtre. Malheureusement, en ce début de XXIe siècle, ils avaient tous disparu, exterminés par les hommes qui les avaient capturés pour éclairer leurs demeures ou pour faire fortune en les vendant. Surexploités et mis dans l'incapacité de se reproduire, ces animaux avaient peu à peu dépéri tandis que leur race s'était éteinte, et seules en avaient subsisté des écailles que se transmettaient d'une génération à l'autre certains magiciens, à cause des pouvoirs qu'elles renfermaient. C'était ainsi que lors de son adhésion au Cénacle des gardiens, Levasseur en avait reçu un plein sachet dont il avait compris, après sa découverte de la nécromancie, le profit qu'il pouvait tirer. Depuis, chaque fois qu'il ressentait le besoin de s'éclairer dans les ténèbres, il évoquait ses solisques et ceux-ci lui prodiguaient la lumière nécessaire, car même après la mort, ils conservaient leur capacité de rayonner. Comment l'entretenaient-ils ? Sans doute grâce à la présence d'un soleil dans l'au-delà.

Avec affection, Levasseur contempla les créatures ailées et il tenta même de caresser l'une d'entre elles qui voletait juste devant sa figure, bien qu'il sût pertinemment qu'une telle entreprise était vouée à l'échec. Puis il regarda ses mains. C'était le vieux Docre qui lui avait gravé dans les paumes les quatre lettres grecques, en 1893, et qui avait répandu dans les entailles de la pierre stygienne pilée, avant de l'incruster dans sa chair avec la flamme d'une bougie. Depuis, Levasseur était devenu lui-même une porte sur l'au-delà, une passerelle nécromantique comparable aux vases et aux bagues qu'utilisaient ses subordonnés comme Ephrem Ziegler ou Stéphane Duguisc. Les lettres grecques alpha et thêta, psi et upsilon traçaient sur sa peau une véritable incantation et la puissance de la pierre stygienne, répandue dans tout son corps, le rendait capable d'appeler et de soumettre instantanément presque tous les morts. Il lui suffisait de prononcer la formule dont il s'était servi pour convoquer les solisques. Au fond de son âme, il remercia Docre d'avoir volé, sur le cadavre de son maître Connor MacDougal, le sachet de pierre stygienne que ce dernier avait ramené de Grèce. Un tel minerai, en effet, ne se trouvait qu'en Arcadie, et depuis l'Antiquité, la plupart des magiciens savaient qu'il n'existait pas de matière qui exerçât une attraction plus forte sur les morts, hormis, dans quelques cas, la pierre d'Hécate. Cette réflexion rappela à Levasseur qu'il était temps pour lui d'accomplir son grand dessein. D'une des poches de son veston, il tira la traduction du texte codé par Pélagidès, dont Tanguy lui avait remis, voici deux jours, la dernière partie. Enfin il la tenait dans son intégralité. Ce n'avait pas été facile : avec son nouveau disciple, il avait gâché bien des incantations et des élixirs pour faire réapparaître ce fragment du commentaire anonyme de l'*Odyssée*, et Tanguy avait mis ensuite plus de trois mois pour en retrouver le sens exact. Johannès Pélagidès avait judicieusement préparé son camouflage : non content de chiffrer le texte selon des règles arithmétiques connues uniquement de certains enchanteurs, il l'avait encore auparavant traduit en langue des magiciens, alors qu'il était primitivement en latin. Seule la sagacité de Tanguy et sa parfaite maîtrise de sa discipline universitaire étaient parvenues à vaincre un tel obstacle. A présent, le texte avait été rétabli dans sa langue originelle. Levasseur redoutait que la perte de la version initiale n'eût empêché Tanguy de restituer exactement les termes latins, auquel cas l'incantation n'aurait plus eu aucune valeur ; mais le thésard lui avait affirmé qu'il connaissait sur le bout des doigts toutes les correspondances entre la langue des Romains et celle des magiciens. Finalement, le vieillard se persuada que son disciple ne pouvait se tromper et il descendit à la cave, escorté par les solisques.

En chemin, il s'arrêta dans le salon, au premier étage, et contempla avec satisfaction le mobilier sommaire, signe de cette austérité qu'il avait inculquée aux Ziegler depuis qu'ils étaient entrés à son service, en 1900. Dans le grand miroir au-dessus de la cheminée, à travers lequel Samuel Tanguy et Stéphane Duguisc avaient épié l'entrevue avec Hugues Ranolphe, il apprécia un moment l'élégance de son complet et de sa cravate noire, puis il jeta un regard sur le piano et regretta de ne pas pouvoir en jouer. La musique avait toujours constitué son divertissement favori et quand les Ziegler occupaient la maison, il passait souvent de longues heures à interpréter ses morceaux préférés, notamment la *Sonate au clair de lune* de Beethoven. Mais à présent, la demeure était censée être déserte, et personne ne devait s'apercevoir qu'elle abritait encore quelqu'un. Juste avant de quitter la pièce, Levasseur se rappela soudain la convocation d'Hugues au début du mois et la petite démonstration de nécromancie qu'il s'était permise à cette occasion. Elle lui avait donné bien du plaisir. Maintenant, que devenait ce jeune homme embarrassant ? Sans doute Edmée Chantelouve l'avait-elle déjà tué. On pouvait faire confiance à ses talents d'hypnotiseuse. Un tel sort était dommage pour ce jeune nécromancien, cependant, mieux valait ne pas s'apitoyer sur lui : il n'avait pas su saisir son intérêt.

Tout à ces pensées, Levasseur gagna la cave, qui comportait deux niveaux. Parvenu au plus profond, il pénétra dans une ancienne remise à charbon dont le sol parfaitement lisse semblait une dalle de calcaire nu. Néanmoins, ce n'était pas le cas. Dans un coin de la pièce, il s'agenouilla puis, ayant teint son index avec de l'ocre rouge tirée d'une petite fiole, qu'il portait dans son veston, il traça sur la pierre quatre signes mystérieux : « Ŧ ɼ ╢ ж ». Il se releva ensuite et murmura : « *O woïké houpo wastéwi, anoïkthéti.* » Aussitôt, une trappe bascula en arrière, révélant un étroit escalier en colimaçon qui s'enfonçait dans les ténèbres. Levasseur s'y engagea, précédé par les solisques, et lorsque sa tête se trouva au-dessous du niveau du sol, la trappe se referma d'un coup sec.

Le vieux sorcier sourit. A l'extérieur, toute trace de l'ouverture avait disparu, et si quelqu'un était entré dans la remise à ce moment-là, jamais il n'eût pu soupçonner l'existence de cette porte vers un domaine secret. La dalle amovible s'était unie au reste du sol de calcaire, les rainures qui l'en séparaient s'étaient évanouies et l'inscription qu'y avait tracée Levasseur avait totalement disparu. Toutefois, cela ne poserait pas de problème pour ressortir : il suffirait de la pousser de l'intérieur, sans même prononcer une incantation. En descendant les marches, le vieillard se sentait envahi par une immense fierté. Bien qu'il n'eût pas créé ce repaire, dont il avait juste hérité de Docre, il était parvenu à le rendre complètement inviolable. Certes, Docre l'avait déjà muni d'un dispositif de sécurité, mais Levasseur ne le jugeait pas assez efficace et il ne voulait pas qu'après sa prise du pouvoir, un membre de la guilde qui aurait éventuellement découvert lui aussi les secrets de son prédécesseur ne réussît à s'introduire dans ces souterrains ou à y envoyer un spectre pour attenter à sa vie. Par conséquent, peu après l'achat de la maison par les Ziegler, il s'était rendu en Ecosse pour retrouver les restes du sarcophage jadis conçu par Viviane, car il soupçonnait derrière cette invention une piste intéressante pour sécuriser sa tanière. Aidé par les indications que lui avait fournies Docre, quelques mois avant sa mort, il avait aisément localisé le château où l'ancien chef de la guilde, accompagné par son maître Connor MacDougal, avait mis au jour dans les années 1840 le tombeau de Merlin. Se frayant un chemin à travers des galeries, malgré les risques d'éboulement, il avait finalement abouti à une grotte qui renfermait deux squelettes. Avec sa boîte crânienne fracassée, celui de MacDougal était aisément reconnaissable. L'autre, en revanche, était absolument intact et il gisait au milieu d'une multitude d'éclats de verre. Levasseur en avait ramassé une grande quantité puis, de retour en France, il les avait longuement analysés, s'aidant encore dans sa réflexion du récit que lui avait imprudemment confié Docre. A en croire ce dernier, MacDougal avait réussi, après plusieurs sortilèges infructueux, à fracturer le sarcophage de Merlin en écrivant dessus en oghams neuf mots magiques en vieux gallois, puis en les prononçant à voix haute. Par conséquent, en broyant les éclats, en les ajoutant à d'autres produits, en distillant ce mélange et en l'épaississant pour en faire une peinture, Levasseur avait réveillé leur puissance magique et il l'avait récupérée pour lancer sur les portes du repaire de Docre un sortilège comparable, dans son principe, à celui qu'avait jadis employé la fée Viviane contre le vieil enchanteur du roi Arthur. Il lui avait suffi de les badigeonner avec sa peinture et de prononcer ensuite une incantation. Désormais, ces voies d'accès déroutaient tous les spectres autres que ceux qu'il avait lui-même évoqués – pouvoir qui s'étendait d'ailleurs à tout le repaire – et elles ne s'ouvraient plus que si l'on écrivait dessus des symboles magiques avec des substances déterminées, tout en récitant des formules dans une langue particulière. Seulement, lesdits symboles correspondaient à une tradition de magie si ancienne que seuls quelques érudits les connaissaient encore, et il en allait de même pour la langue, dont l'usage dans les incantations était depuis longtemps tombé en désuétude. A l'intérieur de la guilde, aucun membre ne possédait suffisamment de culture pour éventer un jour de tels secrets, et Levasseur pouvait donc dormir sur ses deux oreilles : au cœur de son antre, nul subordonné perfide et ambitieux ne viendrait une nuit pour contester sa domination.

L'escalier descendait encore, et à la lueur des solisques, Levasseur le suivit patiemment, jusqu'à ce qu'il débouchât sur une petite rotonde à plusieurs dizaines de mètres de profondeur. Aucun chemin ne paraissait en partir, ses parois ne présentant absolument aucune ouverture ; toutefois, comme mus par une longue habitude, les solisques s'assemblèrent devant un secteur du mur. Aussitôt, Levasseur prit une fiole de phosphorine dans son veston et après y avoir trempé un doigt, il traça ces signes mystérieux : « ╫ ϩϩ ᒉ ∢ Ն ⱯA ». Puis il lança d'une voix forte : *« O thaoumasta wis, oïxon quasiléwiyas mou thouran.* » La paroi de pierre frémit, elle se décolora, devint transparente, puis elle creva en un trou qui atteignit très vite la taille d'un homme. Levasseur s'y engouffra, escorté par ses animaux de compagnie, et immédiatement le trou se reboucha pour laisser place à un mur sombre et ferme. A l'extérieur, les signes énigmatiques en phosphorine s'étaient évaporés. Le sourire du vieux sorcier s'élargit encore. Enfin il se sentait vraiment en sécurité. De fait, en ce lieu souterrain, personne ne parviendrait à déranger son plan, puisqu'on ne pourrait même pas déterminer l'emplacement de la porte. Quant à sortir de cet antre, cela ne posait là encore aucune difficulté : en marchant vers le mur sans s'arrêter, il franchirait la pierre aussi facilement que s'il se fût agi d'une petite cascade. Telles étaient en effet les propriétés de cette paroi magique : à l'extérieur, elle opposait une résistance farouche aux intrus, mais à l'intérieur, elle laissait passer tout le monde.

D'un œil satisfait, Levasseur contempla son repaire. Il s'agissait d'une longue galerie particulièrement sinueuse, qui appartenait jadis aux catacombes mais que Docre avait séparée du reste du réseau, lorsqu'il avait acquis la maison en 1849. D'après le récit qu'il lui avait conté, la première fois qu'il l'avait amené dans cet endroit, il avait fait assassiner par ses fantômes, une fois leur travail accompli, les maçons qui avaient obstrué les galeries adjacentes et construit l'escalier en colimaçon, afin qu'ils ne révélassent point à leurs proches l'existence de son domaine privé. Dans un sens, pensa le vieux sorcier, sa mort était venue venger ces malheureux. Cela ne l'empêchait pas, au fond de son cœur, de remercier son ancien maître de s'être fait aménager cet antre qui, dorénavant, était son territoire. Ici, en effet, il se trouvait vraiment dans son royaume. Certes, en surface, il régnait en maître, mais il n'était pas propriétaire de la maison du passage des Postes qui, aux yeux de l'administration française, appartenait aux Ziegler. Dans cette belle demeure, il n'était qu'un locataire, un hôte. Par conséquent, il éprouvait toujours une joie ineffable en pénétrant dans cet endroit, parce qu'il en jouissait vraiment de la possession pleine et entière.

D'un pas vif, il s'avança dans le tunnel, jusqu'à ce qu'il atteignît sur sa droite, après plusieurs passages condamnés, une porte qui donnait sur une petite chambre. Cette dernière avait toute l'austérité d'une cellule de moine. Dans un coin gisait un grabat, avec des sangles en guise de sommier. Au pied de ce lit se trouvait un coffre rempli de vêtements, d'accessoires nécessaires à la pratique de la magie et de petites boîtes renfermant des mèches de cheveux munies d'étiquettes : des reliques des diverses victimes de la guilde, que Levasseur s'était fait ramener par ses tueurs d'outre-tombe afin d'adjoindre de nouveaux spectres à ses régiments. Enfin, dressée contre un mur, on distinguait une vieille bibliothèque chargée d'ouvrages de sorcellerie, mais aussi d'épais albums de photographies : les souvenirs de Levasseur. Le vieux sorcier en saisit un, mais il le reposa presque aussitôt : il ne contenait que des photographies postérieures à 1910, or Levasseur ne souhaitait pas revivre ce morne XXe siècle qui avait surtout consisté, pour lui, à attendre vainement l'occasion d'une vengeance qu'il avait dû sans cesse retarder. Il s'empara d'un autre album et s'installa sur le grabat afin de le feuilleter plus à son aise. Le recueil retraçait son parcours de 1885 à 1895, au temps où il était disciple de Docre. Il s'arrêtait à la fin de l'année 1895, juste après son arrivée au pouvoir. On y voyait surtout des images de différents clients de la guilde, enregistrées subrepticement, lors de leurs premières consultations d'Alphonse Docre, par un opérateur dissimulé dans la cachette derrière la cheminée (cette dernière, en effet, avait déjà beaucoup servi lorsque Tanguy et Duguisc s'y étaient installés). Parmi cette galerie de portraits, Levasseur s'attarda sur celui d'Edmée Chantelouve. Longtemps, il contempla son visage fin, son nez pointu et son énorme masse de cheveux blonds crépus. Il se rappela la façon dont, juste avant de mourir, elle s'était frottée contre son veston vert, lui demandant tendrement de lui offrir les plaisirs de l'amour. Le vieillard se félicita d'avoir refusé : non seulement il ne l'aimait pas, mais en plus, elle avait perdu toute pudeur. A ce moment-là, il y avait quand même quatre spectres avec eux dans la pièce. Voulant passer à un autre souvenir, il continua de tourner les pages de l'album, mais rapidement, ce dernier le lassa. Il n'éprouvait aucun plaisir à ressasser le temps de Docre, ce maître cupide et vicieux qu'il avait détesté dès son adhésion à la guilde. En vérité, chaque fois que le nécromancien s'était mis à discuter trop longtemps avec lui, ou qu'il lui avait tapoté l'épaule en signe d'amitié, il avait frissonné de dégoût. En lui, tout le rebutait : son âpreté au gain, son refus de se voir vieillir alors qu'il possédait la bague d'Hécate, ses débauches infâmes auxquelles il s'adonnait dans le secret de son alcôve… A bien des égards, il avait eu de la chance, en 1849, de s'emparer des objets fabriqués par Médée. Sans cela, sa vie privée l'aurait très certainement rendu syphilitique. Ecoeuré, Levasseur rangea l'album sur l'étagère, se félicitant du meurtre de son ancien maître comme s'il se fût agi d'un acte de justice, et il en ouvrit un autre. Ce dernier portait sur son enfance et sa jeunesse. Dès les premières feuilles souriait l'image d'un petit garçon blond, habillé comme un matelot, qui tenait dans ses mains frêles un cerceau et une courte baguette. Sur la page d'à côté, ce même petit garçon avait été immortalisé au bord d'une rivière, à l'occasion d'une partie de campagne. Coiffé d'un chapeau de paille, il ne regardait pas l'objectif, mais détournait ses yeux vers des roseaux près de la berge, espérant surprendre à travers ces tiges les naïades qui, peut-être, habitaient le cours d'eau. Jamais le photographe n'avait soupçonné un tel désir, pour la simple raison que c'était son père. Il apparaissait d'ailleurs lui-même un peu plus loin, sur une photo de famille. Levasseur grimaça en la contemplant : il n'aimait pas le souvenir de son père et il ne pouvait s'empêcher de le trouver stupide avec sa face moustachue de bourgeois incroyant, comblé seulement par les biens matériels, sa jaquette noire qu'il faisait brosser quatre fois par jour, pour montrer l'efficacité de son armée de domestiques, et son gilet croisé qui retenait à peine son ventre de financier. Sa mère, qui se tenait à sa droite sur la photo, ne valait guère mieux : flottant dans sa robe à crinoline qu'elle s'était obstinée à porter même après 1870, par conformisme, elle affichait la figure sotte aux yeux vides de la jeune fille de bonne famille qui avait passé sa jeunesse à faire de la broderie tout en apprenant machinalement le seul rôle auquel elle serait jamais destinée : se laisser marier à un homme qu'elle n'aurait pas choisi et lui faire des enfants selon son bon plaisir. Quant à son frère et ses deux sœurs, qui se trouvaient devant ses parents, c'était encore pire : le premier, dont Levasseur se souvenait comme d'un grossier matérialiste, singeait déjà son père dans sa façon de s'habiller, tandis que les deux jeunes filles, elles aussi perdues dans des crinolines, paraissaient si bêtes qu'on leur aurait donné une tête d'oie à la place de leurs faces humaines. Seul se distinguait, tout à gauche sur la photo, le jeune Levasseur, adolescent de treize ans aux prunelles tristes et pensives. Contrairement à son frère, il ne songeait pas à imiter son père, il n'essayait pas de porter des jaquettes de financier : il se contentait d'un simple paletot. En soupirant, le vieux sorcier quitta ce tableau trop empreint de médiocrité bourgeoise et contempla les photos placées quelques pages plus loin. Il se revit ainsi en septembre 1876, jeune avocat dans un Paris qui achevait encore, dans les arrondissements périphériques, les grands travaux entamés par Haussmann, tout en finissant de réparer les ruines que venait de lui laisser, quelques années auparavant, la Commune. Sur la photo, prise dans la rue, il arborait certes une jaquette comme son père, tandis qu'un chapeau haut de forme couvrait ses cheveux blonds ; mais il ne brossait ces habits qu'occasionnellement, quand un tel nettoyage devenait nécessaire, et il les portait avec infiniment plus d'élégance que le bourgeois incrédule qui l'avait engendré. En outre, son gilet n'était pas croisé, car il n'avait pas de bedaine à soutenir, signe de sa sveltesse et de ses mœurs frugales. Juste au-dessous de cette image se trouvait un dessin que Levasseur avait découpé dans un journal et collé dans l'album. Il le représentait en sueur au milieu d'un prétoire, à l'issue de sa première audience. Jamais le vieillard n'avait oublié ce jour-là. C'était le 5 octobre 1876. Pour la première fois, il avait revêtu sa robe noire de juriste, puis il était entré dans la vaste salle pour plaider la cause d'un malheureux injustement poursuivi, un pauvre ouvrier au chômage qui avait volé une tête de cochon pour nourrir ses cinq enfants. Convaincu par son discours passionné, le président avait acquitté le prévenu et ce dernier s'était agenouillé devant son défenseur, le remerciant de lui avoir permis d'échapper à la prison. A cet instant précis, Levasseur avait été envahi par une joie ineffable, et en cette sinistre nuit de novembre 2006, malgré le temps écoulé, il revivait encore toute la félicité de cette heure de gloire. Exalté, il tourna fébrilement les pages de l'album quand, subitement, il s'arrêta, frémissant de tout son corps : il venait de retrouver les photos évoquant les jours bénits auprès du Cénacle des gardiens et, surtout, la période de bonheur qu'il avait traversée en compagnie du seul ami qui eût jamais partagé son existence : Eusèbe Mahé.

Lentement, il les passa en revue. Après quelques images représentant le cercle de magiciens au complet, on ne voyait plus que des photos centrées sur Levasseur et Mahé. Elles avaient été prises tantôt par un Gardien qui les accompagnait à ce moment-là, tantôt par l'épouse d'Eusèbe Mahé, tantôt par un appareil muni d'une minuterie. On y voyait les deux enchanteurs discuter aimablement à la terrasse d'un café, s'esclaffer dans leurs fracs à la sortie d'un opéra bouffe ou déambuler main dans la main dans les jardins du Luxembourg. La liste des photos était longue, néanmoins, Levasseur s'attarda sur chacune d'elle. Dans son esprit, les souvenirs se bousculaient : il revivait tous les étés qu'il avait passés en compagnie de son ami, de 1878 à 1884, dans sa maison de vacances au cœur de la campagne bretonne. Il se rappelait très bien le cadre champêtre : le bosquet de chênes et d'ormes près de la bâtisse, l'étang poissonneux derrière les arbres et aussi la jolie rivière qui en découlait. Plusieurs photos les avaient immortalisés dans cet endroit bucolique. Sur l'une d'entre elles, les deux mages se donnaient l'accolade après une merveilleuse partie de pêche. Levasseur portait un t-shirt rayé, Mahé un t-shirt blanc, et dans sa main libre, chacun tenait une énorme carpe. Sur une autre image, ils devisaient joyeusement tout en voguant sur le cours d'eau tranquille. Mahé se sentant fatigué, il s'était appuyé sur le bord de la barque tandis que Levasseur, par dévouement, continuait de ramer. Néanmoins, il n'avait pas beaucoup d'efforts à fournir, le courant de la rivière entraînant doucement l'esquif, et il pouvait discuter avec son ami sans se préoccuper de la distance qu'il lui restait à parcourir. Sur une troisième photo, enfin, Levasseur jouait du piano dans le salon de la maison, entonnant un poème qu'il avait mis en musique, et debout à côté de lui, en chemise et sans faux col, Eusèbe Mahé le contemplait, lui souriant avec une apparente bienveillance. Au fur et à mesure que le vieillard feuilletait l'album, les images du même genre se succédaient et peu à peu, il sentait sa conscience s'égarer. Dans son esprit défilaient tous les instants divins de cette période bénite : les dîners avec son ami au crépuscule près d'un bon feu, les sentiers broussailleux qu'ils avaient explorés dans le bois ou sur la lande, les interminables conversations qu'ils avaient menées étendus sur l'herbe, chacun tenant fermement dans sa main la main de l'autre… Jamais Levasseur n'aurait lâché celle de Mahé. Il avait tant apprécié cet homme, le seul qui l'eût vraiment compris, le seul qui lui eût correspondu, le seul qui lui eût jamais juré une affection éternelle. Le visage de l'alchimiste breton emplissait sa conscience : Mahé le complice, Mahé l'ami unique ; mais aussi Mahé le traître, Mahé qui avait manqué à toutes ses promesses, Mahé qui lui avait volé sa thèse, Mahé qui l'avait traité de plagiaire devant les autres Gardiens, Mahé qui avait prétendu qu'il ne possédait aucun talent, Mahé qui l'avait expulsé du cénacle, Mahé qui avait détruit son honneur auprès des autres magiciens de Paris…

C'en était trop. Avec un hurlement de rage, Levasseur jeta l'album. « Canaille ! Sagouin ! » s'écria-t-il. Il aurait voulu lancer des insultes encore plus grossières, piétiner le recueil, le déchirer, mais il se retint. Un tel comportement eût été trop vulgaire, et cela ne servait à rien de se déchaîner contre des photos. Mieux valait mettre tout de suite sa vengeance à exécution. Au fond, il n'avait que trop tardé. Se dépouillant de son veston, le vieillard revêtit sa robe noire avec un bouquet d'asphodèles, qu'il gardait dans son coffre, puis il récupéra la traduction par Tanguy du manuscrit crypté par Johannès Pélagidès. Il s'avança ensuite vers un coin de sa chambre et caressa doucement le mur en prononçant une incantation. Aussitôt, la paroi s'amollit, prenant la consistance de l'argile, et peu à peu, on en vit émerger un globe très sombre au reflet métallique, suffisamment réduit pour tenir dans une besace. Levasseur s'en empara et le contempla avec émerveillement : c'était le globe d'Hécate, la source de son immortalité, le moyen qui lui avait permis de vivre du Second Empire jusqu'au début du XXIe siècle. Il se demandait encore par quel prodigieux dessein de la providence un objet aussi ancien, aussi vénérable, était parvenu entre ses mains. Répondre à cette question n'était pas important ; la seule chose qu'il devait faire, c'était remercier le destin d'avoir permis que Docre gardât si mal son secret. Fourrant le globe dans une poche de sa robe, il se saisit des parchemins portant le texte codé par Pélagidès, que des spectres avaient ramenés et qu'il conservait depuis entre deux armoires, sur une étagère de sa bibliothèque. Il prit aussi sur le même meuble un étrange objet que Tanguy avait volé à l'Institut libre de magie de Paris, un fragment d'un long piquant rayé qu'il mit dans sa robe, puis il vérifia qu'il n'avait rien oublié et, toujours accompagné par les solisques, il sortit de la chambre, se dirigeant vers le fond du tunnel.

En chemin, il avisa une porte sur sa gauche et pénétra dans une petite pièce aménagée dans un tronçon d'une ancienne galerie latérale, que Docre avait condamnée. Contre un mur s'alignait un sarcophage en pierre, fermé par un couvercle de bois. Levasseur l'ouvrit et regarda : à l'intérieur gisait le pauvre Duguisc, immergé dans une substance qui semblait à la fois liquide et gazeuse. Il ne portait plus qu'un pantalon et une chemise, et dans un coin de la pièce s'entassaient pêle-mêle son veston, son pull sans manches et sa cravate. Levasseur se rappela comment il l'avait dépouillé de ces oripeaux, la semaine précédente, et comment il l'avait forcé à s'étendre dans ce sarcophage. Le petit nécromancien avait obéi sans broncher, tant il souhaitait rester loyal envers son maître et tant il avait honte de l'échec de ses tentatives d'assassinat. Depuis, l'étrange substance avait produit tout son effet : le souffle de la mort-vie (ainsi l'appelait Levasseur) avait entièrement paralysé Stéphane Duguisc, le faisant basculer dans l'inconscience et lui conférant l'apparence d'un cadavre. Avec un sourire sinistre, le vieillard plongea sa main dans le fluide blanchâtre, sans que sa manche en fût humectée, et il agrippa par les cheveux la tête du sorcier qu'il ramena à l'air libre. L'autre ne respirait pas, son cœur ne battait plus, ses pupilles étaient dilatées comme celle d'un défunt. Toutefois, il n'était pas mort, car tel était le pouvoir du souffle de la mort-vie : tout en arrêtant les fonctions respiratoires et cardiaques chez les personnes qu'il enveloppait, il empêchait ces dernières de se corrompre et maintenait dans leurs corps un reste de vie larvaire, ce qui leur permettait d'être ranimées, une fois qu'on les en avait sorties. Satisfait, Levasseur laissa couler son ancien subordonné et saisit dans une poche de sa robe un sachet plein de petits grains d'ambre. S'il en lâchait trois dans le sarcophage, le souffle de la mort-vie virerait au rouge et dévorerait Stéphane Duguisc, n'en laissant subsister qu'un peu de poussière blanche. Néanmoins, le vieillard hésita longuement. Comme il allait bientôt ressusciter la tête de Méduse et se venger des descendants de son ennemi Eusèbe Mahé, il se sentait de belle humeur et avait vaguement envie de faire grâce à Duguisc. D'un autre côté, comme les nécromanciens qu'il avait emmenés dans son antre avaient tous été exécutés, il ne pouvait se montrer indulgent : ç'aurait constitué un redoutable signe de faiblesse. Après mûres réflexions, il remit le sachet dans sa poche et rabattit le couvercle, puis il sortit de la pièce, décidant de statuer sur le sort de Duguisc une fois qu'il aurait récupéré la tête de la gorgone.

Après cinq minutes, il franchit une porte au bout de la galerie et pénétra dans une vaste rotonde qui constituait le cœur de son repaire : la pièce secrète où il évoquait la plupart de ses spectres. Au centre se dressait un piédestal surmonté d'un brasero, et au fond, une autre porte se dessinait sur la paroi. Elle ne possédait pas de serrure et, pour l'ouvrir, il suffisait d'en tourner la poignée. Elle donnait sur une galerie assez courte qui aboutissait, par une issue cachée, au pied de l'escalier menant à la cave. En effet, le long tunnel de la tanière souterraine formait comme une boucle grossière qui se terminait non loin de son point de départ. Par conséquent, en 1849, Docre avait fait creuser depuis la rotonde cette issue de secours secrète, au cas où il aurait dû s'échapper précipitamment de son repaire. Après sa prise du pouvoir, Levasseur l'avait maintenue et, en 1903, il avait sécurisé l'ouverture près de l'escalier sur le modèle des autres accès. Certes, il n'en voyait pas l'utilité, tant il croyait sa galerie inviolable ; néanmoins, il n'avait jamais projeté de la murer : une réticence inconsciente l'en empêchait.

S'approchant du piédestal, qui était creux, le vieux sorcier l'ouvrit et en retira du charbon de bois, une besace vide et un autre sac qui renfermait les ingrédients magiques volés par Tanguy pour qu'il réalisât son projet. Après avoir garni le brasero de combustible, il y mit le feu. De hautes flammes s'élevèrent et la fumée envahit la pièce, mais elle n'incommoda pas Levasseur : non seulement son immortalité le soustrayait à tout risque d'asphyxie, mais une cheminée percée dans le plafond assurait aussi l'évacuation des fumées vers une autre galerie bien ventilée, qui serpentait par-dessus et appartenait également au réseau des catacombes. Levasseur jeta le globe d'Hécate dans le brasier et attendit qu'il chauffât. Dans quelques minutes, son grand dessein s'accomplirait. Il était dommage que l'histoire ne lui eût pas envoyé plus tôt un homme comme Samuel Tanguy. Autrement, il aurait pu pétrifier Eusèbe Mahé en personne et n'aurait pas été réduit à infliger ce sort à ses descendants Grégoire et Wilfried. Néanmoins, cette vengeance le satisferait. Quand un coupable ne pouvait payer, c'était à ses enfants et à leurs successeurs de payer, et en anéantissant la postérité de Mahé, il aurait suffisamment pris sa revanche. Demain soir, il s'introduirait dans l'appartement de Grégoire Mahé, protégé par un spectre, et alors que le professeur serait en train de dîner avec sa femme et son imbécile de fils, il apparaîtrait brusquement et leur montrerait la tête de Méduse qu'il sortirait de sa besace. A cette pensée, une joie intense le transportait déjà. « Décidément, songea-t-il, le jeune monsieur Ranolphe fut un idiot. Lui qui détestait les Mahé, comme moi, il aurait eu tout intérêt à adhérer à la guilde. Mon complot l'aurait débarrassé de deux personnes qui lui étaient odieuses. Mais l'amour de la société obscurcissait trop son cœur. C'est dommage : il me ressemblait tant. »

Dans le foyer, les flammes avaient cédé la place à des braises rougeoyantes et le globe d'Hécate, devenu brûlant, irradiait d'une intense lumière bleue. Attirés par sa clarté, les solisques voletaient autour du brasero, gardant toutefois prudemment leurs distances. Le grand moment était venu. Relisant une dernière fois la traduction par Tanguy du texte crypté par Johannès Pélagidès, Levasseur vérifia qu'il n'avait rien oublié, puis il approcha ses mains du globe étincelant et déclama en latin, d'une voix terrible, cette formule magique :

« O sinistre gorgone, Méduse, je t'invoque.
Du tréfonds des enfers, réponds à mon appel.
Que cette sphère ardente, solide comme un roc,
Redonne à ta pâle ombre une force nouvelle.
Par le globe et l'anneau, Méduse, romps tes chaînes ;
Quitte enfin les enfers, que ton retour advienne.
Que ma bague te guide hors du triste séjour.
O terreur des mortels, reparais en ce jour ! »

Aussitôt, le brasero trembla sur ses bases. Un éclair aveuglant jaillit du globe, puis un vent violent souffla du foyer, agitant la robe de Levasseur, tandis que de la sphère se détachait une poussière bleuâtre qui tournoya au-dessus des braises et forma un nuage où apparut peu à peu la tête d'une femme d'âge mûr, les cheveux entremêlés de serpents : le spectre de la gorgone Méduse. Cette tête sans corps flottait en l'air, grisâtre et immatérielle ; ses sinistres reptiles pendaient, flasques et inanimés, et avec ses yeux fermés, elle paraissait endormie. Levasseur la contempla avec exaltation, voulant presque la caresser, mais il se rappela qu'il avait encore une ultime opération à accomplir et il remit ses mains près du globe tout en lançant la suite de la formule :

« Pour toi, ombre sans chair, l'heure vient de renaître.
Avec ces ingrédients, je te rendrai ton corps ;
Je redonnerai force et vigueur à ton être,
Et je l'arracherai au dur séjour des morts.
Prends d'abord cette pierre, grand obstacle au trépas,
Qui t'anima jadis et te fortifia.
Puis que cet or pilé, répandu sur ma sphère,
Rende à ton chef les os qui soutinrent ta chair.
Avec ce corail roux, trésor sanglant des flots,
Retrouve donc tes nerfs, tes muscles, tes vaisseaux.
Que ces dents, cette peau, que donna un crotale,
Rendent à tes serpents tout leur pouvoir fatal.
Qu'enfin ces quelques poils, issus d'un descendant
Du cheval qui, jadis, surgit hors de ton sang,
Restituent à ton chef la vie pleine et entière
Et rendent à tes yeux leur terrible lumière.
O Méduse, reviens, épouvante et étonne !
Pétrifie les vivants ! Renais donc, ô gorgone ! »

Sur ces mots, il s'empara de la pierre d'Hécate pilée et la répandit sur la sphère, puis il fit de même avec la poudre d'or. Un jet de vapeur jaunâtre s'éleva et enveloppa la tête de Méduse, qui se transforma instantanément en un crâne hideux agitant ses mâchoires. Ce crâne était solide, parfaitement palpable, et autour de lui s'entortillaient des squelettes de serpents qui ouvraient déjà la gueule comme pour mordre. Levasseur frémissait d'allégresse. Il jeta dans le foyer la poudre de corail rouge, et peu à peu des muscles recouvrirent le crâne et les squelettes, assortis de vaisseaux sanguins. Deux minutes plus tard, c'était une tête écorchée qui flottait au-dessus du brasero, une tête aux joues creuses et au nez busqué, qui grimaçait en exhibant des incisives aiguës et tranchantes. Hormis la peau et les cheveux, la seule chose qui lui manquait était ses yeux : à la place, on ne distinguait encore que deux orbites vides. Epouvantés, les solisques s'étaient réfugiés contre le plafond, frissonnant quoique le monstre ne pût rien contre eux : ils étaient déjà morts. Les jambes flageolantes, le vieillard tremblait de plaisir : il peinait à respirer, il se croyait déjà le lendemain, lorsqu'il présenterait la tête démoniaque à Grégoire et Wilfried Mahé. Il eut quand même la force de continuer et brûla dans les braises la peau et les crochets de serpent que lui avait fournis Samuel Tanguy. Aussitôt, les reptiles de Méduse retrouvèrent leurs écailles et de leurs gueules dégoutta un venin noirâtre qui aspergea les muscles de leur maîtresse. Ces derniers, toutefois, n'en furent point irrités. Il ne restait plus qu'à répandre sur le globe d'Hécate la touffe de poils issue d'un cheval ailé, qui gisait encore sur le bord du piédestal où Levasseur l'avait déposée. Le vieux sorcier se baissa pour la prendre, mais au moment de la saisir, il entendit un bruit qui provenait du couloir. Il se précipita hors de la rotonde et la stupéfaction le cloua sur place : devant lui s'avançait Hugues Ranolphe brandissant sa bouteille magique, escorté par Manon, Emile Chauvet et Bertrand de La Saulnaie. « Monsieur Ranolphe ? balbutia Levasseur. Vous… vous ici ?

- Eh oui, moi, répondit Hugues d'un ton caustique. Ça vous étonne de retrouver quelqu'un que vous croyiez déjà mort. Malheureusement, voyez-vous, là encore, le spectre que vous m'aviez envoyé n'a pas eu de chance.
- Mais… comment avez-vous pu entrer dans mon repaire secret ?
- Allons, monsieur Levasseur, quelle indiscrétion ! Vous n'avez pas le droit de tout savoir sur moi. A

force de me répéter ce principe, vous avez fini par me l'inculquer. Mais je vous dirai quand même que je suis devenu suffisamment habile pour triompher de vos obstacles. Vous ne me nierez pas cette qualité : vous l'avez vous-même reconnue.

- Naturellement, dit le vieillard qui reprenait ses esprits, je suppose que maintenant, vous savez tout de mon complot ?
- Parfaitement, monsieur Levasseur, répliqua Hugues, et je refuse d'y adhérer, d'un côté parce que je ne suis pas un amateur de gorgones, de l'autre parce que, contrairement à vous, j'ai appris à enterrer mes griefs à l'égard de la famille Mahé.
- Quelle faiblesse d'âme ! Elle vous perdra. Mais allons donc ! Affrontons-nous une dernière fois ! »

Hugues et ses amis s'avancèrent, mais Levasseur s'empara du piquant qu'il cachait dans sa robe et il lâcha sa formule pour évoquer les ombres : « Par le Styx aux eaux sombres, s'écria-t-il, ô terreur du Pendjab, rejoins ton maître ! » De ses mains s'élança un jet de vapeur blanche qui se transforma immédiatement en un énorme lion à face humaine, le poil hérissé de piquants, qui dressait, tout en rugissant, une queue de scorpion garnie de pointes. Hugues le reconnut tout de suite : c'était le spectre de la manticore exposée dans la bibliothèque de l'institut. La relique dont s'était servi Levasseur provenait simplement de cette bête. En grimaçant, le monstre fit quelques pas puis s'arrêta à deux mètres de l'étudiant et de ses compagnons. Aucun n'osait bouger. Avec ses fèves, Hugues aurait bien voulu renvoyer cet adversaire dans l'au-delà, mais d'après les ouvrages qu'il avait lus depuis sa deuxième année de DEUG, les manticores étaient extrêmement promptes à réagir et avant même qu'il eût touché l'un de ses sachets, celle-ci lui aurait expédié un piquant qui l'aurait abattu d'un arrêt cardiaque. Dans leurs têtes, Emile Chauvet et Manon faisaient un raisonnement similaire et eux aussi restaient immobiles, bien qu'ils fussent également munis de fèves achetées la veille. Même Bertrand de La Saulnaie n'osait intervenir, en dépit de son immortalité : il se fût volontiers précipité, mais avec sa terrible gueule, la manticore l'aurait aisément maîtrisé tout en frappant mortellement ses compagnons avec ses piquants et ses griffes. Satisfait, Levasseur contempla d'un œil moqueur le désarroi de ses ennemis. « Eh bien, monsieur Ranolphe, s'écria-t-il, vous ne savez plus quel parti prendre ? Voyez-vous, l'un des inconvénients de la méthode d'Owen de Limerick, c'est qu'elle ne permet pas, quand on est confronté à un spectre de cet acabit, de convoquer instantanément un fantôme plus puissant pour se défendre. A présent, messieurs et mademoiselle, je vous laisse : j'ai une tâche à finir. Vous avez une minute pour choisir votre mort : ou vous périssez d'un arrêt cardiaque sous les griffes et les traits de ma manticore, ou vous acceptez d'être pétrifiés par la tête ressuscitée de Méduse. A tout de suite. »

Se retournant, il regagna la rotonde, mais à peine eut-il franchi la porte qu'il se figea. « Chantelouve ! » s'exclama-t-il. Derrière le brasero au-dessus duquel flottait encore la tête écorchée de Méduse, le spectre d'Edmée Chantelouve lui souriait d'un air ironique tout en s'apprêtant à verser sur le globe d'Hécate le contenu d'une fiole de mercure. A ses côtés, le regard toujours vide et la face hagarde, Ephrem Ziegler remettait du charbon dans le foyer et entretenait le feu en soufflant sur les braises, parfaitement inconscient de ce qu'il faisait. Au fond de la salle, la porte du passage de Docre était ouverte et quant à la précieuse touffe de poils, dernier ingrédient attendu par la gorgone, elle avait disparu : la jeune femme l'avait cachée dans une des poches de sa robe. « Chan… Chantelouve, bredouilla Levasseur, que fais-tu ici ? Comment as-tu pu me rejoindre alors que je ne t'avais pas évoquée ? Et Ziegler, comment s'est-il introduit ?

- Ça te rend perplexe, Herbert, lui répondit Edmée. Tu te croyais tellement à l'abri, dans ton repaire souterrain, que tu ne songeais pas qu'un jour, un de tes subordonnés viendrait t'y déranger. Mais ce qui n'a surtout jamais effleuré ton esprit, c'est que l'un de tes esclaves finirait par se rebeller contre toi.
- Qu'est-ce que tout cela signifie ? Qui t'a envoyée ? Qu'est-il arrivé à Ziegler ? Et où est Tanguy ?
- Tanguy est mort, assassiné par ton bras droit ici présent, que tu n'as pas eu le temps de dépouiller de ses prérogatives. Pour ma part, je suis maintenant au service de monsieur Ranolphe, qui m'a libérée de l'emprise de ta maudite guilde et que je débarrasserai bientôt des persécutions que tu lui fais subir, tout comme je purgerai la France des forfaits de ton gang. Quant à Ziegler, il te révélera lui-même comment il a pris en grippe ton projet et comment il nous a aidés, involontairement, à pénétrer dans ton antre. »

Sur un ordre de la défunte sorcière, Ephrem Ziegler raconta tout à son ancien maître, de la même voix monocorde que lors de ses aveux dans la chambre d'Hugues : la haine qu'il avait conçue à son égard, le travail d'espionnage auquel il s'était livré, le complot qu'il avait mis sur pied et, enfin, le meurtre du thésard d'Emile Chauvet. Lorsqu'il fit allusion à Trotte-Menue, la petite souris jaillit de son veston et le regarda avec tristesse, tant elle était désespérée de le voir maintenu dans cette inconscience hypnotique. Une fois que Ziegler eut terminé, Edmée Chantelouve expliqua au vieillard comment elle avait été libérée, comment elle avait envoûté son ancien bras droit, comment ce dernier les avait conduits, elle ainsi qu'Hugues et ses amis, jusqu'à son repaire et comment il leur en avait ouvert les portes d'après les indications que Trotte-Menue tenait des cauchemars de Levasseur. Plus précisément, quand ils étaient arrivés en bas de l'escalier en colimaçon, Hugues, Manon, Emile Chauvet et Bertrand de La Saulnaie s'étaient engagés dans la galerie principale, pour faire diversion et attirer Levasseur hors de la rotonde. Restée seule avec Ephrem Ziegler, la jeune femme l'avait suivi dans le passage secret après qu'il eut tracé sur le mur les signes exigés et prononcé la formule adéquate. Ils s'étaient ainsi avancés jusqu'à la porte au fond de la rotonde, puis avaient pénétré discrètement dans la pièce après que Levasseur l'eut quittée. En entendant cela, le vieux sorcier fulminait de rage. Il se serait volontiers précipité sur son ancien adjoint pour l'étrangler, mais les circonstances lui interdisaient un tel acte : la mort était sur lui, et il le savait bien. Dès qu'il avait aperçu la fiole suspendue au-dessus du globe d'Hécate, il s'était souvenu du jour où il avait enveloppé la précieuse sphère dans un chiffon imprégné de mercure, en profitant que le vieux Docre avait le dos tourné. Des sueurs froides lui dégouttaient sur les reins. Dans son désarroi, il aurait bien voulu faire disparaître Edmée Chantelouve en lui jetant une fève, mais malheureusement, il ne le pouvait pas. Certes, en temps normal, quand la maison du passage des Postes était occupée, il portait toujours sous sa chemise un détecteur de spectres analogue à celui d'Hugues et il ne se promenait jamais sans les précieux légumes dans ses poches. Mais après avoir envoyé Ephrem Ziegler chez Tanguy et son épouse dans un arrondissement périphérique, il s'était cru à l'abri de tout risque d'agression, seul dans la maison vide, et il avait laissé ses moyens de protection dans le salon du premier étage, omettant de les reprendre, parce qu'il voulait goûter le plaisir de vivre autrement que dans la peur. Pourtant, il ne pouvait pas rester là sans réagir, il ne pouvait pas se laisser abattre comme un mouton, surtout après cent cinquante-quatre années d'existence. Il lui fallait trouver une solution. Dans l'espoir de s'en sortir, il essaya de gagner du temps. « Tu vas me tuer, n'est-ce pas ? demanda-t-il à la jeune femme.

- Mon pauvre Herbert, répondit Edmée Chantelouve, ça ne te ressemble vraiment pas de poser des questions aussi idiotes. Cependant, je comprends que tu sois tellement désemparé. C'est dur de renoncer à la vie quand on s'y est autant attaché, et surtout pour des motifs si nobles : le pouvoir et la vengeance. Ce n'est également pas drôle pour cette brave Méduse : elle n'aura jamais le loisir de pétrifier de nouveau des êtres vivants. En revanche, ce sont les affaires de Grégoire et Wilfried Mahé qui s'arrangeront bien : ils pourront mourir de vieillesse, sans craindre qu'un adversaire dont ils ne connaissent même pas l'existence les assassine au nom d'une vieille offense à laquelle ils ne sont pas mêlés.
- Pourtant, ils méritent de mourir. Leur ancêtre n'était qu'un traître. Il m'avait juré son amitié éternelle, il m'avait donné toute son affection… C'était mon frère. Pourtant, il me déshonora, il me vola mon travail, il me traîna dans la boue. On ne peut pas commettre des actes aussi infects envers quelqu'un que l'on considère comme son ami. Cet homme était une crapule, il devait payer, et si Tanguy avait pu vivre et me rencontrer dans les années 1900, je l'aurais tué tout de suite. Mais puisqu'il m'a échappé, ce sont ses descendants qui doivent expier.
- Et tu te crois bien placé pour dire ça, railla Chantelouve, toi qui m'as aidée, qui m'as garanti ton amitié, qui m'as juré que tu m'aimais, et qui pourtant m'as tuée froidement alors que je quémandais ta tendresse. Tu oses te plaindre de la trahison d'Eusèbe Mahé. Mais tu es un monstre d'égoïsme, Herbert ! Réfléchis un peu, et tu constateras que tu fus un traître pire encore que ton ancien ami.

- Toutefois, rétorqua le vieillard sur un ton craintif où perçait néanmoins une nuance de moquerie, je t'ai quand même soustraite à la luxure de Docre. Grâce à moi, tu as pu mourir vierge.
- Quelle splendide excuse ! Mais parlons donc de Docre. Voilà une autre personne que tu as trahie, et d'une façon franchement ignominieuse.
- Lui aussi méritait de périr. Ce n'était qu'une canaille rapace et vicieuse.
- Il avait ces défauts, certes ; mais il t'avait aussi pris en pitié après ton expulsion hors du Cénacle des gardiens, il t'avait écouté, il avait vraiment reconnu que tu n'étais pas le plagiaire et que c'était Mahé, le coupable, et en t'offrant spontanément une place au sein de sa guilde, il avait voulu que tu pusses t'épanouir enfin en tant que magicien. Crois-moi, même s'il grouillait de vices, il n'était pas aussi mauvais que tu le prétends. T'avait-il forcé à participer à ses débauches ?
- Non. Jamais il ne m'y mêla.
- Eh bien, il aimait peut-être la luxure, mais il respectait ta chasteté. Au fond, sa pitié envers toi était réelle, et jamais on ne pourra nier qu'il t'ait pris sous sa protection. Mais toi, comme seul remerciement, tu l'as tué, simplement pour s'emparer de son pouvoir et régner sur sa guilde en étant sûr que personne ne pourrait t'abattre et contrôler ensuite ton âme.
- Dois-je comprendre que je fus un monstre abominable, moi qui me suis toujours posé comme le contempteur des vices de mon époque ?
- Disons plutôt qu'après la trahison de Mahé, tu n'as plus voulu aimer, que tu as oublié jusqu'à la signification de ce verbe et que tu t'es enfermé dans la haine. Moi, je t'aimais sincèrement. Par la fidélité de mon amour, j'aurais rêvé de te faire oublier cet

ami qui t'avait trompé et de t'arracher à la clandestinité de la Guilde des invocateurs. Tu aurais au moins eu avec toi une magicienne honnête qui t'aurait compris, tu n'aurais plus eu comme protecteur le chef de ce sinistre gang. Tu aurais pu voir la société avec les yeux d'un homme qui y est vraiment intégré, et non à travers ceux d'un individu qui revêt volontairement le rôle du proscrit, parce que ça l'arrange. Mais tu m'as rejetée, tu as refusé mon amour et tu as persisté dans la haine : la haine obsessionnelle des Mahé, tout d'abord, qui t'a poussé à prolonger absurdement tes envies de vengeance au-delà de la mort d'Eusèbe ; ensuite, la haine de l'humanité, qui t'a conduit à répandre sournoisement la mort dans toute la France. Souviens-toi de ces gens que tu as fait assassiner grâce à tes spectres ou grâce à ceux évoqués par tes collèges, sous le simple prétexte qu'ils étaient pécheurs. Quelle magnifique justice ! En vérité, ta devise est vraiment : « Je viens apporter la mort aux pécheurs, non le salut et le rachat. »

- Mais dis-moi, Chantelouve, tu me reproches, en substance, de ne pas savoir pardonner. Alors, pourquoi veux-tu m'abattre ? Logiquement, tu devrais m'accorder ton pardon.
- Je te le donnerais, Herbert, si j'étais sûre que tu changes. Mais tu ne changeras jamais. Tu as eu plus d'un siècle pour t'amender, soit bien plus que la vie d'un homme ordinaire, et tu n'as jamais varié. A ce stade d'endurcissement, tu t'es condamné. Un homme qui a haï aussi longtemps que toi ne peut plus s'améliorer. Par conséquent, je suis au regret, mais je dois te tuer : c'est la seule façon de t'empêcher de nuire – et aussi d'empêcher que ce globe et cette bague d'immortalité ne profitent encore à d'autres mages malintentionnés. Toutefois,

je pourrais presque te laisser la vie sauve, si tu me jurais, par la Divinité, de renoncer à ta haine de la société et, surtout, à ta vengeance contre les Mahé. »

Levasseur ne répondit rien. Tout au long du dialogue, il avait calculé silencieusement la distance qui le séparait du brasero. Elle était suffisamment courte pour qu'il pût encore espérer bondir jusqu'au foyer, le renverser et récupérer le globe. Certes, il se brûlerait les mains et ne pourrait plus ressusciter la tête de Méduse, mais il aurait au moins sauvé sa vie. Encore fallait-il être assez prompt pour atteindre le piédestal avant que Chantelouve ne réagît, or elle ne l'avait jamais quitté des yeux et un léger geste du poignet lui suffisait pour répandre sur la sphère le fatal contenu de la fiole. Néanmoins, l'enjeu valait quand même la peine d'essayer. Discrètement, il banda ses muscles. « Acceptes-tu mes conditions ? demanda Edmée Chantelouve. « Jamais ! » hurla Levasseur, et il sauta vers le brasero, mais la jeune femme fut plus rapide et elle versa le mercure. En une terrible gerbe d'étincelles, le globe d'Hécate explosa, désintégrant la tête de Méduse qui s'évanouit en fumée. Simultanément, la bague d'Hécate s'embrasa et un éclair bleuâtre foudroya le corps de Levasseur qui tomba brusquement en poussière. Seuls subsistèrent ses vêtements, qui atterrirent avec un bruit mou devant le piédestal. Dans un ultime rugissement, la terrible manticore qui menaçait Hugues et ses amis disparut, tout comme les solisques qui avaient continué de se terrer au plafond. Le passage étant libéré, l'étudiant se précipita dans la pièce, suivi par ses compagnons, et il découvrit Edmée Chantelouve souriante, debout auprès des habits de son défunt adversaire, tandis qu'Ephrem Ziegler la contemplait encore d'un air imbécile, incapable de comprendre ce qui s'était passé. L'explosion avait un peu abîmé son veston et les éclats du globe lui avaient écorché le visage, mais il ne souffrait d'aucune blessure grave. Il n'avait d'ailleurs manifesté aucune réaction lors de la mort de son ancien maître, parce qu'il ne s'était pas même rendu compte que son rêve se réalisait. Accrochée à la laine de son complet, Trotte-Menue essayait de grimper de nouveau sur son épaule, car la déflagration avait failli la projeter contre le mur ; finalement, elle parvint à regagner la poche de son veston. Hugues Ranolphe tomba aux pieds d'Edmée Chantelouve et la remercia mille fois pour son acte qui l'avait non seulement arraché au trépas, mais qui avait aussi permis de sauver deux innocents : Grégoire et Wilfried. De son côté, Manon exultait de joie tandis qu'Emile Chauvet et Bertrand de La Saulnaie ne cessaient d'échanger des regards satisfaits. Fouillant dans les dépouilles d'Herbert Levasseur, le professeur d'histoire de la magie récupéra le piquant de manticore, les parchemins noircis par Johannès Pélagidès et leur traduction par Tanguy, mais il ne retrouva aucun reste de la bague d'Hécate. Examinant ensuite le brasero, il tenta d'y repérer quelques vestiges de la sphère magique, mais Edmée Chantelouve l'en dissuada et lui ordonna de rechercher Stéphane Duguisc qui, à son avis, ne devait pas être caché loin. Emile Chauvet repartit dans le grand tunnel, escorté par Bertrand de La Saulnaie, et peu après, ils ramenèrent le corps inerte du petit nécromancien, qu'ils avaient retiré du sarcophage empli par le souffle de la mort-vie et auquel ils avaient remis son pull sans manches et son veston. Quand ils l'eurent déposé sur le sol, Manon tendit à Edmée Chantelouve, pour qu'elle le ranimât, un sac contenant des ingrédients, qu'elle avait soigneusement dissimulé sous son manteau. Aussitôt la défunte sorcière leur ordonna de s'en aller et de l'attendre au pied de l'escalier en colimaçon, où elle les rejoindrait avec Ziegler et Duguisc. Tous obéirent, sauf Hugues qui ne pouvait détacher ses yeux de l'amas de vêtements laissé par Levasseur. Attristé, il les palpait tout en remuant la poussière qui s'en échappait, et cela le faisait soupirer. Bien que Levasseur fût devenu pour lui un ennemi mortel, il ne pouvait s'empêcher de penser que ce mage qu'il avait combattu avait quand même été un homme exceptionnel. Néanmoins, l'insistance d'Edmée Chantelouve l'arracha à sa contemplation et il partit à son tour, non sans emporter la cravate de son ancien adversaire.

Quand ils arrivèrent devant la paroi, ils la traversèrent sans s'arrêter et ne rencontrèrent aucune résistance, comme s'ils passaient à travers de l'eau. Pendant dix minutes, ils patientèrent en bas des marches, puis ils virent émerger du mur le spectre d'Edmée, suivi par Ephrem Ziegler et Stéphane Duguisc, qui non seulement marchait de nouveau, mais affichait encore une mine hagarde tout à fait similaire à celle de son compagnon. En quelques mots, la jeune femme expliqua qu'en plus de le ramener à la vie, elle lui avait jeté le même sort qu'à Ziegler afin que tous deux perdissent la raison et errassent sans but, en punition des forfaits qu'ils avaient accomplis pour le compte de leur maître. Hugues et Manon trouvèrent ce châtiment terrible, mais en même temps, ils ne s'y opposèrent pas, le jugeant mérité. On remonta à la surface, poussant en haut de l'escalier la trappe qui s'ouvrit spontanément, et quand tout le monde fut sorti, la lourde dalle de pierre se rabattit pour la dernière fois, fermant cet antre qui était devenu un tombeau. Alors Emile Chauvet prononça cette oraison funèbre : « Ci-gît Herbert Levasseur, né en 1852 à Rouen, mort en 2006 à Paris, membre méconnu du Cénacle des gardiens, mage d'un grand génie et d'une intelligence pénétrante, qui connut l'injustice, la trahison et la souffrance, mais auquel il manqua cette qualité essentielle pour être un homme bon : l'amour des autres. »

Ils n'avaient plus grand-chose à faire dans la maison et ils quittèrent la cave. Toutefois, il fallait encore s'occuper du cadavre de Tanguy, qui n'avait pas changé de place depuis son meurtre par Ziegler. Laissant ses compagnons dans le salon au premier étage, là même où Hugues avait été convoqué, Edmée Chantelouve sortit de la demeure sans ouvrir les portes, puis elle revint au bout d'une heure et demie. Tirant discrètement le corps du thésard hors du sous-sol où elle l'avait caché sur l'ordre de l'ancien bras droit de Levasseur, elle l'avait enveloppé puis, invisible, elle avait volé jusqu'à son appartement de la rue des Fossés-Saint-Jacques, où elle l'avait déposé au milieu de son salon. A la façon dont elle l'avait étendu, on croirait qu'il avait succombé à une crise cardiaque et il n'y aurait pas d'enquête policière. Edmée conduisit ensuite la troupe au rez-de-chaussée, où elle ordonna à Ziegler et à Duguisc de se diriger, l'un vers le nord, l'autre vers le sud. Elle leur ouvrit la porte, et Hugues et ses compagnons virent les deux bandits marcher chacun comme des automates vers l'une des extrémités du passage des Postes, puis disparaître, l'un dans la rue Lhomond, l'autre dans la rue Mouffetard.

L'aventure était finie. Grégoire et Wilfried Mahé étaient sauvés, la guilde était décapitée et le dernier possesseur de la maléfique bague d'Hécate venait de succomber sans que personne, désormais, pût prétendre à sa succession. Pour les deux spectres, l'heure de regagner vraiment l'au-delà était enfin arrivée. Plein de respect, Hugues s'agenouilla devant Edmée et il récita la formule qu'il avait apprise dans le livre d'Owen de Limerick : « Reçois ta récompense, ô Edmée Chantelouve, rendors-toi. » « Merci, monsieur Ranolphe, lui répondit la jeune femme. Après ces cent-dix ans d'esclavage, vous fûtes vraiment mon libérateur. » Peu à peu, elle pâlit, puis elle s'évanouit. Il restait à dire adieu à Bertrand de La Saulnaie. Cependant, Hugues hésitait beaucoup : depuis qu'il avait débuté ses activités nécromantiques, il s'était profondément attaché à ce fantôme et il ne voulait pas qu'il partît. « Bertrand, lui dit-il, après tous les services que vous m'avez rendus, je crois que je ne vous oublierai jamais. Sans vous, j'aurais peut-être été capable d'adhérer à la Guilde des invocateurs, la première fois que je suis entré dans cette maison, et jamais je n'aurais pu échapper aux manœuvres de Levasseur pour me tuer. C'est aussi grâce à vous que Grégoire et Wilfried sont maintenant sauvés, car autrement, personne n'aurait éventé le complot de ce vieux sorcier. Bertrand, ça me fait de la peine de vous renvoyer dans l'autre monde. J'aimerais tellement que vous restiez encore auprès de nous.

- Je vous comprends, répondit Bertrand. Mais après toutes ces péripéties, je me sens fatigué et j'aspire à un peu de repos. Par conséquent, vous commettriez une erreur en ne me permettant pas de retourner là où vivent les âmes des autres morts.
- Pourtant, un vrai ami ne quitte jamais ceux qui lui sont chers, or vous êtes devenu mon ami, Bertrand.
- Hugues, vous vous angoissez inutilement. Je ne partirai pas pour ne jamais revenir, car, au fond de moi, je suis sûr que nous nous reverrons un jour. Plutôt que de sombrer dans la tristesse, écoutez mes conseils : n'oubliez pas le texte d'Owen de Limerick et ne renoncez pas à la nécromancie. Vous n'êtes encore qu'au début de votre existence, et vous connaîtrez sans doute dans les années à venir d'autres aventures aussi mouvementées que celle-ci. Alors, il vous sera utile de pouvoir encore évoquer un spectre pour vous tirer d'affaire, et je serai toujours prêt à vous aider. Déjà, dans l'au-delà, je ne cesserai de penser à vous. Donc, ne désespérez pas. En outre, je tiens à ce que vous réussissiez vos études, et étant donné le règlement de votre institut, il ne serait pas bon qu'on vous surprenne avec un spectre perpétuellement à vos côtés, malgré la protection de votre directeur de recherches. »

Convaincu par ces arguments, Hugues se résolut à la séparation. Bertrand de La Saulnaie conduisit tout le monde dans la rue, puis verrouilla la porte de la grande maison grâce à ses pouvoirs magiques. Dans le ciel sans nuage, la lune était pleine et elle éclairait parfaitement le petit groupe. Cependant, il ne courait aucun risque : les bâtiments du passage des Postes étaient profondément assoupis et aucune prunelle indiscrète n'aurait pu le repérer. Une dernière fois, Hugues et Bertrand se serrèrent la main, puis l'étudiant s'agenouilla devant le fantôme et il déclara : « Reçois ta récompense, ô Bertrand de La Saulnaie, rendors-toi. » « Au revoir, mon cher Hugues, lui répondit le spectre en s'évanouissant. Je vous dis bien au revoir, et non adieu, car nous nous retrouverons. » Sur ces mots, il disparut. Hugues était désormais seul dans le passage des Postes, avec pour seule compagnie Manon et son directeur de recherches. Pour le réconforter, sa petite amie se lova contre lui et lui conseilla de regagner son appartement. De fait, tous ployaient de fatigue et ils retournèrent à leurs domiciles, laissant derrière eux la maison de la guilde qui, à présent, était totalement vide.

CHAPITRE XII

EPILOGUE

Quatre jours plus tard, le samedi matin, Hugues invita Manon et Emile Chauvet dans sa petite chambre rue des Ursulines, afin de discuter de l'aventure qu'ils venaient de vivre. Après la mort de Levasseur, bien des événements s'étaient produits. Dès la journée de mardi, on avait découvert dans son appartement le cadavre de Tanguy, qui dégageait déjà une vive odeur de pourriture. Comme l'avait prévu Edmée, la police n'avait rien remarqué de suspect et le corps avait été très vite rapatrié en Bretagne, où vivait sa famille. Etant son directeur de recherches, Emile Chauvet avait été convié à ses funérailles qui se dérouleraient le lundi. A l'institut, la mort de Tanguy avait causé un certain émoi parmi les professeurs, non parce qu'ils avaient décelé des traces de sortilèges, mais parce qu'ils ne savaient pas qui prendre pour le remplacer. De fait, à travers la France, les enchanteurs capables d'enseigner la langue des magiciens étaient rares, tant cet idiome était difficile à maîtriser et à retenir sur le long terme, et il n'était pas simple non plus de recruter un spécialiste étranger qui daignât accomplir cette tâche. Finalement, en attendant de trouver une solution durable, le conseil d'administration de l'institut avait décidé de supprimer l'option de langue des magiciens pour l'année universitaire 2006-2007, ce qui soulageait nettement Hugues. Concernant Ephrem Ziegler et Stéphane Duguisc, les forces de l'ordre n'avaient pas tardé à les arrêter. Dès le mardi matin, on avait retrouvé le premier dans un camp de gitans près d'Aubervilliers, fouillant un tas d'ordures afin de chercher sa pitance. Simultanément, on avait alpagué le second au Kremlin-Bicêtre, alors qu'il agressait un crêpier afin de dévorer sa confiture et sa pâte à crêpe. La rencontre avec ces deux hommes hagards, aux yeux vides et à la démarche mécanique avait profondément impressionné les badauds, qui avaient cru qu'il s'agissait de zombies. Néanmoins, la police leur avait démontré qu'ils étaient bien vivants et elle avait interné Ziegler et Duguisc dans deux hôpitaux psychiatriques, l'un dans la banlieue nord, l'autre dans la banlieue sud. Les médecins se perdaient en conjectures sur leur cas : manifestement, ils avaient perdu toute conscience de leurs actes comme de leur existence, et ils restaient plongés dans une sorte de somnambulisme où ils n'obéissaient plus qu'à leurs instincts primaires. Combien de temps cet état durerait-il, personne ne le savait. En tout cas, la science s'avérait incapable d'en expliquer l'origine ou d'y découvrir un remède. « C'est quand même affreux, dit Hugues en reposant le journal qui relatait ces événements et qu'il avait scrupuleusement conservé. Certes, c'étaient des crapules, mais Edmée Chantelouve a été presque cruelle avec eux. Monsieur Chauvet, vous pensez qu'ils resteront éternellement envoûtés ?

- Seul l'avenir nous le dira, lui répondit son directeur de recherches, mais objectivement, ils ont peu de chances de s'en sortir. Edmée Chantelouve devait être une habile hypnotiseuse, et je doute qu'elle n'ait su jeter que des sorts limités dans le temps. De toute façon, dans notre intérêt commun, mieux vaut qu'ils n'en réchappent pas. Cela nous évitera une éventuelle vengeance de la guilde.

- Justement, ne craignez-vous pas que la guilde n'ait déjà découvert la mort de son chef ?
- « Découvert » n'est pas le bon mot. A mon avis, elle a dû s'apercevoir que Levasseur a disparu, mais elle ne saura jamais éclaircir ce qui lui est vraiment arrivé, puisque aucun de ses membres ne connaissait le moyen d'accéder à son repaire. Peut-être ces bandits penseront-ils qu'il aura succombé aux yeux pétrifiants de Méduse, parce qu'il avait surestimé son immortalité. Dans ce cas, ils ne se poseront guère d'autres questions.
- Mais s'ils essayent de libérer Ziegler ?
- Tant que durera le sortilège d'Edmée Chantelouve, nous ne courrons aucun risque. Ziegler ne pourra rien révéler – ni formuler un mensonge qui nous serait préjudiciable. De toute façon, tant que les autres membres de la guilde ne sauront pas précisément ce qui est arrivé à Levasseur ni que vous avez joué un rôle important dans l'échec de son complot, ils n'entreprendront rien contre vous. Sur ce point, vous pouvez faire confiance à Edmée : elle n'aurait jamais laissé partir Ziegler s'il avait pu livrer des informations susceptibles de vous attirer les foudres de ses comparses. D'ailleurs, peut-être que ces derniers ne délivreront même pas leur ancien sous-chef : trop heureux d'être libérés de leur maître qui les opprimait, ils se disperseront, s'occupant chacun de leurs affaires personnelles, et ils ne se soucieront même pas de ce pauvre Ephrem Ziegler qui ne leur avait jamais confié, malheureusement, ses intrigues criminelles. A mon avis, monsieur Ranolphe, vous ne courrez guère de

dangers dans les temps qui viennent, ce qui ne dispense pas de rester vigilant. »

Hugues se sentit rassuré. Au fond, songea-t-il, la plupart des subordonnés de Levasseur n'avaient pas été impliqués dans les tentatives d'assassinat qu'on avait dirigées contre lui, et sans doute ne s'étaient-ils jamais préoccupés de son cas. Du moment qu'ils attribuaient la disparition de leur chef à un accident lors de la résurrection de la gorgone et qu'ils ne pouvaient s'introduire dans la pièce secrète qui était devenue sa tombe, sa survie leur importait peu. Devant Emile Chauvet et Manon, il remercia Edmée Chantelouve d'avoir pourvu à sa sûreté, puis la conversation reprit. On évoqua longuement le cas de Wilfried Mahé, dont la situation s'avérait peu enviable. Après la découverte des revues de charme cachées par la teinture d'invisibilité, son père avait finalement décidé de ne pas attendre l'année prochaine et il s'était servi de sa position influente au sein du conseil d'administration de l'institut pour obtenir tout de suite l'exclusion de son fils. Sa requête avait suscité beaucoup d'embarras parmi les autres professeurs, car ils estimaient qu'on ne pouvait pas se permettre d'exclure un descendant en ligne directe du fondateur de l'établissement. Néanmoins, Grégoire Mahé avait coupé court à leurs hésitations, en affirmant que son fils n'était pas digne de devenir magicien et que ce n'était pas parce qu'il comptait Eusèbe Mahé parmi ses ancêtres qu'il devait être traité différemment des autres étudiants. Le pauvre Wilfried en était effondré : comme il se remettait déjà difficilement de sa rupture avec Eliette Cardonnel, il avait sombré dans les abîmes de la dépression et il ne trouvait de réconfort qu'en fréquentant encore plus assidûment Hugues et Manon. Ces derniers déployaient tous leurs efforts pour le consoler et ce samedi-là, ils devaient le retrouver à 15 heures 30 pour aller au cinéma.

« Ce qui est amusant dans cette aventure, dit Manon à Hugues, c'est qu'elle t'aura réconcilié avec une personne que tu méprisais cordialement. Au fond, tu avais eu bien tort de t'enfermer dans cette attitude. Wilfried n'est pas un si mauvais bougre. Il est plus sensible que tu l'imaginais.

- C'est vrai, répondit l'étudiant. Néanmoins, il ne saura jamais que je lui ai sauvé la vie.
- Ne vous formalisez pas pour ça, monsieur Ranolphe, intervint Emile Chauvet. L'homme qui agit vraiment selon la justice fait le bien pour lui-même, sans attendre la moindre récompense. Il ne réclame même pas la reconnaissance. Quand je pense que Levasseur aurait secrètement voulu vous associer à son complot, qu'il espérait que votre aversion pour Wilfried et pour mon collègue Grégoire Mahé vous inciterait à approuver ses projets – car c'était partiellement à cause de ça qu'il vous avait proposé d'adhérer à sa guilde, au lieu de vous éliminer tout de suite, dès que Stéphane Duguisc vous avait repéré. Seulement, contrairement à lui, vous n'avez pas succombé à la haine, vous êtes resté capable de discerner le bien dans les personnes que vous n'appréciiez pas, et c'est grâce à cela que nous avons pu vaincre Levasseur et mettre fin – du moins, je l'espère – aux sinistres agissements de sa bande.
- Mais, en définitive, demanda Hugues, que faut-il penser de ce magicien ? Qu'a-t-il vraiment été ? Un individu odieux et manipulateur, ou quelqu'un qui avait de belles qualités, mais qui a hélas mal tourné ? »

Tout en posant cette question, il fixa avec mélancolie la cravate noire du vieux sorcier, qu'il avait accrochée à un clou au-dessus de son lit de camp. « Herbert Levasseur, lui répondit son directeur de recherches, fut un homme très clairvoyant, qui a identifié avec lucidité les défauts d'une partie de l'humanité. Ce fut aussi un homme blessé, et pour bien analyser son comportement, il faut tenir compte de ce détail. Néanmoins, sa vie fut corrompue par une très grave erreur. Il a oublié qu'un des principes fondamentaux de l'existence, c'est l'amour : l'amour pour ses proches, mais aussi l'amour pour la société et, surtout, l'amour pour ses ennemis. L'homme juste n'est pas celui qui se venge, c'est celui qui pardonne. Pareillement, même si la société a des défauts, même si elle ne correspond pas à notre idéal de perfection, nous devons la regarder avec bienveillance et chercher à l'améliorer, plutôt que de déchaîner notre hargne à son encontre. Beaucoup d'hommes sont pécheurs, mais c'est le rachat qu'il faut leur apporter, non le châtiment. Herbert Levasseur n'a pas compris cela. Face au mal dans le monde, il n'a réagi que par la vengeance, donc par le mal. C'est dommage : s'il avait aimé, il aurait pu devenir un saint homme. Enfin, maintenant qu'il a disparu, il ne répandra plus la mort partout en France. »

Et sur ces mots, Emile Chauvet proposa aux jeunes gens d'aller boire un verre au Royal Saint-Jacques pour fêter leur victoire, ce qui les réjouit beaucoup. Néanmoins, tout le temps qu'ils furent au bistrot, Hugues Ranolphe resta un peu en retrait de l'allégresse générale. Dans son esprit, il revivait tous les événements qu'il venait de traverser, parce qu'il savait que désormais, sa vie ne serait plus comme avant. Cette aventure extraordinaire resterait éternellement gravée dans sa mémoire et, surtout, jamais il ne parviendrait à effacer le souvenir de l'homme le plus exceptionnel qu'il lui eût été donné de rencontrer : Herbert Levasseur, le terrible hôte du passage des Postes.

Aulnay-sous-Bois,
le 16 juillet 2008.

L'AUTEUR

Gabriel Philizot est né en 1982. Frère de l'écrivaine Ombeline Philizot et lauréat à l'agrégation de lettres classiques en 2006, il a d'abord été professeur de français, puis rédacteur pour le compte de diverses entreprises. Grand amateur d'histoires fantastiques et rocambolesques, il confie avoir un penchant un peu irraisonné pour une esthétique de l'étrange et du décalage. *L'Hôte du passage des Postes* est son premier roman.

Gabriel Philizot (éditeur)
6 rue Lamarck
93600 Aulnay-sous-Bois

Via Amazon – KDP
CreateSpace – Etats-Unis
Impression à la demande

ISBN : 979-10-699-2195-5
Dépôt légal : avril 2018

29755776R00158

Printed in Great Britain
by Amazon